海浪花（二）

秋实 著

香港文匯出版社

序

——秋 实

世有无穷事，生知遂百春。

人的一生会看到许多的风景，见到许多的人物，经历许多的事情，听到许多的故事，但与世事相比也只能是九牛一毛、沧海一粟。

人的思维是无限的又是有限的，从思维的本性、使命看，是无限的；从思维的个别实现的情况及每次的实现看，又是有限的。正确认识思维有限和无限是我们积极思考的动力。通过一些事情而去透过现象抓住本质，举一反三的思想，便会扩大我们的见识，增加我们的收获。春秋时期诸子百家，写了许多有思想的文章，对今人无不有借鉴意义。

人生的每一个春秋，都有花的开放和秋叶的飘落。去留皆是自然事，然而却给人们以人文的启示。把它写下来，便是有益的。我常赞美"开卷有益"的初创者，是多么的智慧。因此，我也常常开卷以取益。

不断地思考并记之。偶尔打开那些自己写作的文本，读来又有一些新的收获。虽然有些文章已沉淀了许多年，但重温时，仍然感到可读，并没有腐朽之气。

在走过每一个春秋时，都有许多的人或事，与我或相处、或交往、或相识、或失之交臂、或擦肩而过。有些是令人赞赏的，有些是令人痛心的，有些是令人喜悦的，有些是令人悲愤的，这些都留下了只言片语和一些笔墨。倘若有可读之处，不妨出版面世，让读者评说。也便决计整理出版了。

故我便挤出时间来，开始整理这些碎片。很早的一些旧手稿，自己也已将之忘却了，发黄的纸上记着一些文字尚可辨别。于是我又忆起了起步走路时的情景、往事、老友、世势。

整理的过程像是探奇一样，又像是在开采一座宝藏，仿佛还充满着兴奋和好奇心。每读一篇时，还感觉语言不俗，总有一种感觉：饶有兴趣。

人贵持之以恒。思考写作不辍，积累便成蔚然，正所谓的"集腋成裘"。无论是阳光明媚的笑脸，还是阴雨风雪的心情，都没有放下笔。倘对社会无价值，对于自己也是一种记忆和安慰。一些文章是发表过的，一些是被束之高阁的。

我现在可以做的就是把它们全都翻出来，并把碎片化、纸件化的文字转变成系统化、电子化的文章，然后交给出版社的编辑再去修饰。

有许多文章是关于环境保护、城市管理、教育、旅游、文化、产业、文明、法律的思考和拙见；也有对历史、人物的评价，总是希望以问题为导向，不断去解决问题，正所谓治标治本兼蓄。记得曾经读过一篇短文，关于治标治本的问题是这样表述的：有一个垃圾箱，经常有苍蝇飞出，为不传染疾病，人们便去想办法灭掉苍蝇，苍蝇没有了；又从垃圾箱里跑出蟑螂，为不传染疾病，人们便又去想办法灭掉蟑螂，蟑螂没有了；垃圾箱里又跑出了老鼠，人们害怕鼠疫，便想办法去灭掉老鼠。但是就是没有人想办法去处理好那些产生不良东西的垃圾。像这样一些文字是有启发性的，是值得社会很好的反思的。

古人云"学而不思则罔，思而不学则殆。"写作的过程也是很好的思考与学习的过程。同时，也提倡一种百家争鸣的氛围。一家之言难服众，一花开放难为春，一木独荣难成林。

愿这些文字像春天里的一棵小草，也繁荣在文学这个大花园里。可以随春风摇曳，可供人们观赏。如若喜欢，也便可以采撷而去。

我常常醉心于那些点点似的星星似的小花朵。它们精致得可怜，一丝不苟地绽放着，从每一个环节，每一个细节都在追求着完美，追求着卓越。那小小的花朵里挑着几丝花蕊，就那么的低调，那么的隐约，那么的静美。

我也常常欢喜那些花间的水湾。清清的像一双眼睛，闪着光、炯炯有神。它们的明澈，如一颗善良的心灵，泽润着万物而有着自身的气质。在它们的心里映照着天空，如此广阔，即使是一湾浅浅的水湾，也因此有了博大和深邃。我赞美它们的宁静和包容。它们的胸怀总是那样的澄明。

我也常常惊叹那些大自然的造化。耸入云端的山峰，无边无际的草原。在它们面前，人类是多么的渺小。它们的壮观曾折服过多少诗人，留下了多少壮丽的诗篇。徐霞客的游记你读过吗？他记录的地理风光，充满着神奇与色彩。还有藏在地下的自然的壮观，人们可以展开想象的翅膀。

当然，自然和人文往往联袂出场。

我也常常敬佩那些有品德的人们。他们辛苦着自己的生活，却幸福着别人的日子，而将快乐写在脸上，把责任扛在肩上，一生简单而大度，从不计较得失，知足常乐。他们安步当车，无论什么豪华的车子从身边驰过，都无动于衷，始终用沉稳的脚步丈量着人生的旅途。

我也常常笑人间欲胜天公。人类的笨拙，并不自知，总觉得人定胜天。当大地震来临、核电站爆炸、洪水摧毁家园时，过后仍要长歌，以表人类伟大。有何伟大之有？失去的生命不再回来。人类无知的行为，惹怒造物主，以此来惩罚。人类所谓的创新是创造出更先进的征服自然的工具，加剧着对自然的破坏和人类的悲剧。

我也常常烦心那些反复无常的人。他们翻手为云覆手为雨，想出许多招数。今天这样明天又那样，朝令夕改，让人无所适从，整日碌碌无为。"无常"便是忙碌，"无常"便是辛苦，"无常"也便是"随意"，怎么会有什么意义可言？

目录

春·夏·秋·冬·人物·山海·海外·散文

春

春天

冬天过后就是春天。

春天仍旧浸透着冬日里的余寒。

冬天仿佛是春天的劲敌，顽固地守候着大地。

春天则在万物期待已久的神情中，看到了它们心灵的呼唤，毅然冲破了冬天冷酷的封锁，走遍了神州大地，抚过山、水、草、木，给大地万物送去了希望。

山欢水笑，万物复苏。

生机悄然爬上了树梢，绽放在枝叶间；融入了江湖，冰消而水绿。

于是便有了"不上楼来知几日，满城无算柳梢黄"的诗句。

春天战胜了冬天。

冬天成为春的阶下囚，被关进了冰箱、冷库，为春所用。

万物欢呼雀跃，颂赞春之伟大，并穿上了黄绿色的"戎装"，戴上了"红领章"，成了春天的卫士。

春天感谢太阳，感谢万物。

太阳付出了更多的光和热，使春天战胜了冬天。

万物一改冬日里萧杀、焦枯、苍白的面孔，踮起脚，翘着首，张开双臂，迎接春的到来。

春天感觉真有点宾至如归了。

万物说，春天，你是我们的希望，也是幻想、憧憬的摇篮，又是稳健、成熟之牡蛎。

"春种一粒粟，秋收万颗籽"。没有你的鹅黄，就没有夏日的郁郁葱葱，更不会有秋天里累累的金黄。

春天接受了冬日里的余寒又将其慢慢融化，然后把一个生机盎然、充满绿色、开遍鲜花、荡漾着欢声笑语的五彩缤纷的世界传给了夏，延续出一个金灿灿的秋。

难怪古语云：一年之计在于春。

春天是初始之生命。

春天是招展之花枝。

春天是健美之青春。

不论用什么辞藻去描述春天都不为过的。

春天来了，花儿才悄悄地打起了朵，又羞涩地绽开，像夏日里飘着长裙，笑红了脸的姑娘婀娜多姿。

春天来了，鸟儿才梳松一下羽裳，伴着牛背上牧童短笛里飘出的一缕缕悠扬的音符，清脆地鸣唱着快乐而婉转的春曲。

春天来了，和风习习，不涌水波，细雨霏霏，滋润田园。

春天来了，征雁北归，春燕衔泥，青蛙鸣鼓，彩蝶飞舞……

艳艳的春色，百花齐放，灵鸟歌唱，温馨浪漫地谱写着一首生的恋曲。

有人说春天之寒冻死牛，也许是对春天之抱怨吧？

我则从春天的眸子里，发现寒冷不都是白露沾枝、万物寂灭的严寒。

春天之冷像严父之爱，是对万物的考验和磨砺，会使一个生灵更清醒，更刚毅，更俊美。

我更希望那种春寒的存在。

只要春寒在，我就能握住春天的手，把春天挽留。

一旦春寒消失，春天也被夏日的热情融化，再也抓她不着了，忽地已到了另一个季节了。

我轻轻叹息，冬去春来，春已夏。

二零零四年三月

菏泽看牡丹

四月，初吐绿，街旁生机盎然，街上飘着几点白色的柳絮。绿化以树木为主，是典型的中国式城市。这是我到菏泽的第一印象。

一条小河，窄如飞带，蜿蜒环绕小城的老区一周，飘然而去。河水如此清静，如一位性格内向的少女一样文静。河水引自黄河，黄河之水天上来，茫茫九道入东海，这九道应该包括这一条人工小河。

人之所以美是因为有眼睛，水是城市的眼睛，有了它城市才变得妩媚。河的两旁是河滨公园，以杨树和灌木为主，一片鹅黄。水面与地面相差不大，河床边不规则地摆着一些石头，只要你坐在石凳上，垂足下去就可以濯足。就在这条河边，文化馆的门前，有一条碑廊，上面篆刻着许多文人墨客的笔迹和文章，大都是赞美牡丹之辞。本来牡丹就是花中之王，美之娇子，再加上人文的东西，就更美了。不仅使牡丹之美浸满了人气，而且也使自然、人文和墨迹相得益彰。看牡丹之前，我们先参观了这一墨迹长廊。今摘录部分，以犒读者：

丹青不知老将至，富贵于我如浮云。

数苞仙艳火中出，一片异香天上来。

安排笔墨度时光，小院阴阴书渐长。三月黄淮春未老，隔窗微雨牡丹香。

不容称霸不称王，酝酿春心涤俗肠。花报苍生今幸福，笑教人世降天香。

唯有牡丹真国色，花开时节动京城。

姹紫嫣红好面容，翩翩起舞各东西，化工真实成新巧，不怕游人情不衷。

得天华贵自堂皇，三月当春醉更香，人道曹州花最好，雍容信是王中王。

花开时节雨连风，却向霜馀染烂红。漏泄春光私一物，此心为信出天工。

数朵欲倾城，安问桃李荣。未尝贫处见，不似地中生。此物疑无价，当春独有名。游蜂与蝴蝶，往来自多情。

曹州似锦满城花，多多明艳难分差。巧手千秋画不尽，留下丹青赠万家。

　　落尽残红始吐芳，佳名唤作百花王。竞夸天下无双艳，独占人间第一香。姚黄魏紫斗妆新，绿叶扶持倍有神。桃李翻飞花事了，仗她称艳驻芳春。

　　既雕既琢，复归于朴。

　　若教解语应倾国，任是无情亦动人。芍药与君为近侍，芙蓉何处避芳尘。可怜韩令功成后，辜负秾华过此身。艳多烟重欲开难，红药当心一抹檀。公子醉归灯下见，美人朝插镜中看。当庭始觉春风贵，带雨方知国色寒。日晚更加何所似，太真无力凭栏杆。

　　此倾城好颜色，教晚发赛诸花。

　　妍花点绛唇，煮酒论英雄。

　　施朱施粉色俱好，倾国倾城颜不同。疑是蕊宫两姊妹，一时俱肯嫁春风。

　　一朵妖红翠欲流，春光回照雪霜羞。化工只要逞技巧，不放游人得少休。

　　不借春风放嫩芽，指头常作剪刀夸。三升香墨似何着，化作人间富贵花。

　　国色天香压众芳，百花队里早封王。曹州自古牡丹艳，锦绣河山锦绣装。

　　春光浓入野人家，曳杖闲游日易斜，满地繁红正零乱，牡丹只放二分花。

　　国色天香独占发，雍容华贵誉花王。风流自重轻权势，清风长留世代芳。

　　似共东风别有因，绛罗高卷不胜春。

　　读完了这片碑林，我们驱车沿着小河流淌的方向拐到了曹州牡丹园，一观国色天香。由于今年气候较冷，节气也晚，牡丹大都没有开放，但却已花蕾遍枝、含苞欲放。只有少数的已经绽开，且大多是白色牡丹，也有少数的黑牡丹。这在面积一千八百亩的牡丹园中是微不足道的，故略有点遗憾。今天是四月十六日，去年的今日牡丹已开得如火如荼了，等到四月十八日开牡丹花节时，已过鼎盛时期。因此，今年的牡丹花节提前在四月十日召开，当全国各地的人们满怀热情地来到菏泽时，牡丹却一片肃然，没有露出一点笑脸。今天我们来，牡丹仍然是"犹抱琵琶半遮面"，羞涩地打着朵儿。

　　我们没有灰心，从曹州牡丹园又来到精品园，这里的春意略浓一点，但是遗憾仍没有离去。不过令我们欣慰的是：看到了万历三十八年栽培的一株牡丹。长到如今，已被人们封为牡丹王。根部发出几十枝高丈余的老干，像

　　耄耋之年的老人，干巴巴的，老干上分出许多绿枝嫩芽，个个都顶着一个骨朵，充满了新的生机。树冠直径有五米，枝繁叶茂，每年开花四百余朵。一株称春，百花争艳。

　　牡丹有一千一百多个品种，我们很难说清楚，最后来到国花馆，参观了许多名贵牡丹品种的花色。印象最深的是那绿色牡丹，开得很大，花瓣很多，像一颗颗小白菜似的挂在枝头，叠玉染翠；白花如昆山夜火，晶莹剔透；黑花如锦绣绸缎，油亮透红；粉红的鲜艳如滴，娇艳无比；黄色金灿灿，明晃晃；还有蓝的、紫的、混色的美不胜收。大自然真是太神奇了，春天颜色万紫千红，花瓣千姿百态，花蕊尽媚极颜。风光无限啊，生活多么美好，像这春天，像这满园的牡丹。

二零零五年四月

梅花

当春天的脚步还未到，仅听到春天要来的消息的时候，梅花就已喜不自已，默默地抿开嘴笑了。梅花的笑使早春或晚冬一下子改变了色调，打破了沉寂，真有点万顷碧中一点红的味道。所以它吸引了许多人的注目与赞美。

"墙角数枝梅，凌寒独自开。遥知不是雪，为有暗香来。"多么美丽的诗句，仿佛看到了梅花凌寒摇枝的美姿。

第一次见到梅花，大概是在人家的花盆里，梅花的树干扭曲着，春寒时节，从那灰色的老的枝桠间突兀地生出花来，带着娇艳。当时我就感到大自然的神奇，不禁叹道：这花不就是沙漠里的绿舟吗？这是我对梅花的第一印象。其实梅花有许多种，桃梅、杏梅、梨梅，还有苹果梅吧，都属梅花科属。但小的时候只知道那是桃花、杏花、梨花、苹果花，但不知道这就是梅花。在我心目中梅花就是画家笔下的那一抹凌寒怒放的白梅和墨梅，所以对梅有一种神秘、高洁、诗意般的印象。

但当我知道了桃花、杏花、梨花、苹果花统统都是梅花的时候，梅花变得大众化了，但变得更亲近、更现实了。俗话说"梅开五福，竹报平安"，我走近桃、杏、梨、苹果等的花儿，数了数那几片花瓣，每一片都是精确的五片，不多也并不少，花开得像一个平面盘子，中间的花蕊清淡得则像是盘中的美味佳肴。再一次验证了它们确属梅花。过去的人们，大都靠天吃饭，冬天大自然是不能给予人们衣食的，往往有些穷人逃不过隆冬的严冽，饥寒交迫，最终撒手人寰。所以春天是人们期盼的季节，当看到梅花开放的时候就知道春天会来了，于是梅花便成为人们的福音，便有了"梅花开五福"的向往，每一个花瓣都代表着一种愿望。

一年我到濯村去看梨花，我才真正感到了陆游的"何方可化身千亿，一树梅花一放翁"的心境。大片的梨花方圆几十公里，每一棵树都那么苍劲，形态各异，开放的花儿在微风中飘香，白中泛着嫩绿的娇美。梨花刚开的时候是一树梨花一树雪，不曾有绿叶生出的，由于我来得晚了一些时日，所以梨叶也长了出来，我便感到一点遗憾，对客人说好花不需绿叶衬，如果在叶子未出现之前，只是满树如雪的花儿，那又是另一番动人的情景。

我每每折服于这些风物，总想拿起笔把这些美留住，但当拿起笔来，又觉得就那么几句话，翻来覆去地用，像是烙饼似的，自己也感到无聊。就像这梅花吧，看后总是很动人，至于其如何的动人，还是请朋友亲临一睹，切身体验的好。我就不再絮叨了。

二零零八年四月

洛阳牡丹甲天下

洛阳牡丹甲天下，早已享誉全球。今有幸徜徉于牡丹花园之中，近睹天生丽质，自己也觉得飘逸如牡丹仙子似的。洛阳这满城的历史，一城的牡丹，独具魅力，让人应接不暇。

洛阳与牡丹，由来已久。洛阳因牡丹而闻名，牡丹因历史而馨香，历史与牡丹互相滋润，相得而益彰。

据载隋炀帝在京都洛阳建西苑时，就开始种植牡丹，以作为闲暇观赏的乐趣。

大唐盛世，以洛阳为东都，朝野庭岗栽植牡丹十分普遍。特别是武则天在洛阳取代李唐，建立大周，历史曾有记载："自唐则天以后，洛阳牡丹始盛"。从此牡丹也与洛阳结下了不解之缘。牡丹也因此成为大唐兴盛的象征，雍容华贵。据统计，在《全唐诗》中，关于牡丹的诗就有五百余首。徐凝的"何人不爱牡丹花，占断城中好物华。疑是洛川神女作，千娇万态破朝霞。"李正村的"国色朝酣酒，天香夜染衣"等皆为牡丹赢得了"国色天香"的美誉。

北宋对牡丹的推崇则是更递一层。唐时仅是"一骑红尘妃子笑，无人知是荔枝来"。宋代是"一骑红尘深宫乐，无人知是牡丹艳"。唐朝崇拜荔枝，宋朝崇尚牡丹，可见牡丹在宋时的分量已远远超过了唐时。北宋定都汴梁，今河南的开封，而以洛阳为西京。洛阳牡丹则进一步大众化，史有记载："无论贵贱皆插花。花开时，士庶竟为遨游"。诗词歌赋中吟诵牡丹之佳作也多若星辰。陆游的"洛阳牡丹面径尺，鄜畤牡丹高丈余"。朱翌的"天下花王都洛京，清明寒食走香軿"。苏轼的"一朵妖红翠欲滴，春光回照雪霜羞"。张子望的"平生自是爱花人，到处寻芳不遇真。祇道人间无正色，今朝初见洛阳春"。同样抒写着牡丹"国色天香"的品质。北宋时期还有许多的牡丹专著如：欧阳修的《洛阳牡丹记》、张峋的《洛阳花谱》等。一些牡丹花会渐渐兴起，并日益隆盛，欧阳修《洛阳牡丹记》中记载道："人们往往于古寺废宅有池台处为市井，张幄帘，笙歌之声相闻。最盛于月陂堤、张家园、棠棣坊、长寿寺东街与郭令宅，至花落乃罢。"当时姚黄牡丹最为名贵，号为花王。城中每年只有几束，数量很少，古语云"每岁不过三束"，都中仕女必倾城去而观之。乡人们也携老带幼，不远千里，闻花香而往之。以花会友，赏花吟诗，歌舞为乐，真如"烛火香雾歌呼杂作，客皆恍然如仙游"。

牡丹被誉为国色天香、花中之王，可见牡丹花之富贵、高雅。如今的牡丹之盛与历代的相比有过之而无不及。牡丹园的规模是空前之大，牡丹园与园林是相映成趣，牡丹文化已被做成产业，牡丹花被做成了食、茶、药、菜等多种商品。关于牡丹的故事也搬上了银幕，做成了CD，在洛阳的大街小巷都是牡丹花的秀容美貌。牡丹的品种也已达到一千多种，种种华贵，品品雍容，十分可爱。

千年牡丹王，树高过人，枝叶如香椿老树一样，却开满了各色花朵，微风袭来，清淡的花香令人神怡。众多游人，争相与千年牡丹树王一起留影。风丹白，虽花瓣稀疏而少，但花蕊示人，给人以真诚坦荡。风中舞动的花片如翩翩起舞的飞蝶，又如"舞女的裙"。它洁白无暇，纯如白罗，素高无比。这种牡丹花的枝干相对高大，亭亭玉立，若鹤立鸡群。乌金牡丹，名符其实，色如乌金，也如绸缎，真假难分。花瓣一层一层相错而叠，形成了一朵朵圆润华贵大方的花儿，一片一片地形成了很大规模的牡丹园林，看后十分震撼，心仪卓越。绣球牡丹，顾名思义，牡丹花朵饱满而滋生，像一个个绣花球状，漂浮在绿波之上，有一种醉人的华美，可谓雍容华贵。

这么美的花朵，这么多的花色，这么大的规模，可谓是锦上添花，有与日月同辉之美。牡丹有灵，仙子当闻。

面对眼前牡丹花的海洋，不免吟咏在心：

牡丹花容动心仪，微风淡香拂神弦。

执笔难绘天香色，语论有力花因缘。

孰言国色生富贵，地寒春峭为花仙。

置身花丛已醉然，世间何物我妒羡？

二零零八年四月

春天的气息

"冬去阳生春又来"。

微信中已有许多的朋友发来了春的信息。

发来的第一枝春的信息是我非常喜欢的白玉兰。

最初收到的是还未开放的白玉兰的花骨朵，如一支毛笔一般，生机卓越地立在枝头上。颜色是黄褐色的，像是玉石表面的色彩。

再次收到的便是刚刚开放了的白玉兰，像一只小鸟，展翅欲飞。那样的生动，那样的洁白，仿佛敞开了玉石的心扉。

再后来收到的便是盛放的玉兰花。这时颇像一只飞来的白鹤，端庄地落在枝头，随风摇曳。

从花骨朵到刚刚绽放再到盛开，便像是一件白玉石的工艺品雕刻的过程，逐步地把白色的玉石自身的洁白无瑕之美与匠心独运的人文之美表现了出来。

另一枝春的信息便是那些黄色的花儿，被称之为迎春花。几粒黄色的豆儿大小的花蕾挂在枝条上，那般的轻盈和鲜嫩。旁边还有几朵胭脂色的海棠花，微微地抿着笑唇。这恰如其分的风度，使得美晶莹而剔透。

我忙收起手机，走向窗边向外望去，那若有若无的绿意，映入我的眼帘，我诧异道：哦！这就是春天吧？或许是春天的影子吧？

虽然窗外那些老槐树，依然穿着深色的冬衣，枝条愣愣地横斜于空中。上面那几个喜鹊窝，清清楚楚地盘坐在树枝上，一片墨色，还有那一棵棵叫不上名字的树木，无动于衷的黯然的表情，并没有掩饰住春天的气息。你看，偶尔飞来的一只喜鹊，它飞翔的英姿和鸣叫的声音都带有春天的欢快。

再向远处望去，辽阔的海天如此的澄明。天空中黑色点点的雁群，海面上白色斑斑的鸥鸟，都活跃起来了。

我干脆推门出去，走向野外去拥抱春天了。

　　我走向了那一片草地，上面有几棵高大的松树。松枝和松叶仿佛被刚刚冲洗过了似的，比冬天的颜色清新了许多，有的已生出了嫩嫩的松芽。淡淡绿色的草地上，落满了棕色的松球。喜鹊在这里觅食。阳光筛落下来，一片温暖祥和。

　　我走向了那一片树林，远看仍旧沉睡的树枝，近观却会发现已变得有些柔软，并凸出了颗颗的青春痘。我漫步在树林中观赏美丽而充满着生命活力的树枝，踏着地上已经干枯的落叶，发出清晰的沙沙的声响。我突然觉悟到：这就是春天的脚步声。

　　我突然感到一种希望所在：春天来了，万物复苏。正是闹春的好时节。小鸟飞来了，动物跑来了，人们也赶来了。于是春天成为了欢乐的世界。不仅温暖多了，笑声也多了，色彩也多了，一切都又重新忙碌了起来。

　　我曾写过一首诗，名字叫《春怨》：

春来百花艳，春去花又嫣。
万事皆因春字烦。
愿春永留河水边，润柳绿条抚水面。
自然怡然享悠闲。
恨春做客到人间，来来去去让人念。
常在期望绝望间。
盼春天，盼春天，坐在冬日之门槛。
让人受尽风雪寒。
春夏秋冬事，无情皆自然。

我写此《春怨》，替人类伤感。

但那都是矫情。在春天来临之时，不免还是为之喜悦，为之兴奋的。
我完全融于山欢、水笑、草绿、花开的春天里了。和许多路人一样享受着春光。有许多的路人是来春天里折花枝的。我一向是不太赞同的，但今天却异乎寻常，面对这四面八方涌来的春的气息，如此的富足，我毫无吝啬之情，并非常的大方，欣然写下了一段文字：

踏春人，赏花把枝折。

吾欲阻揶，折枝何为也？

然闻古人曰："花开堪折直须折，莫待无花空折枝"，又退却。

折枝便去折，把手举高些，高枝花开未歇。

犹嘱折枝者：折得花枝，送美人，插鬓边，略横斜。

以此送给春天。

春天的邂逅

春天的到来，使得多种花草树木都长出了新的叶子，开出了各异的美丽的花。当你清晨起来，漫步于城市街道或乡间小路时，时常会有新的发现，会带给你许多的惊奇。这就是春天的邂逅。

一

或许你会发现许多金黄色的小花朵，均匀地铺在路面上，散落在草坪上。唉，哪里来的落花？翘首而望，啊，路旁那一行行的枫树，满树冠的新绿，那五角形的叶子，棱角参差，显出勃勃的生机，仔细地观看才发现枝叶间开着小小的黄色的花朵。哦，枫树的叶子很美，花朵也很美啊！叶子的美是众所周知的，尤其是到了秋天，叶子会变红，满树的红叶像火一样，深的有点紫红，惹人眼目。故而人们只期盼在秋天里看枫树之美，春天的枫树那可人的绿和树叶的图形显出特有的美，却总是被人们所忽视，很少被人们所注意。那些藏在叶子里的小小花朵，自然也只是在叶子里暗暗地芬芳着，直到风吹撒落在地上。

俯身拾起了几朵细观，有四片或五片的花瓣，中间的花蕊则有满满的金粉。这洒满地的美丽的花朵像雨点一般的大，在纷落时可谓是真正的花雨。花儿在小路上静静地铺设着，营造了一种美的环境和充满了诗意的意境。

也许从此，你就会知道了枫树在春天里会开出美丽的花朵，当人们把目光寄给那些昭然靓丽满树花朵的时候，这些小花朵则早已铺陈在树下了，把路铺设得像一条通向天堂的路，以这样一种形式展示着自己的美丽，不免令人有些伤感。

踏着这些美丽的小花朵前行，总是有些不忍心的，但就是这样地洒满了路，那也不容你爱怜。

枫树花的花语你是知道的：喜欢枫树花的人是小心谨慎的踏实派，自制能力强，过着朴实无华的生活，对流行的东西，似乎不感兴趣，对于储蓄倒有先见之明，懂得积谷防饥，未雨绸缪。枫树花低调地、默默无闻地躲在茂密的枫叶当中，不张扬，故有拘谨之花语，又因其深藏不露，可谓"待字闺中"人不知，故有爱情难觅之说，正和了枫树花的箴言：华丽的婚礼随处可见，美丽的爱情却很难寻觅。这花语和箴言虽属文字游戏，但却高度赞美了枫树花的美丽和品格。

二

　　或许你会望见那一树的碎小的满树的花簇。满树都是那紫色的主调，树干、树枝、树叶都是紫色的，唯独那花儿开放时，花瓣紫中透着白色或白中透着紫色，而她们的花心却依然是紫红色的。当花儿含苞欲放的时候，花苞的顶端露出淡淡的紫白色，一簇簇的像那红色高粱熟透时穗子的颜色，显得是如此的美丽，这就是紫叶李。她总是像一位新娘一样，穿戴着一身喜庆的紫色的衣裳。那开放的花朵像是新娘打着胭脂的微笑的脸颊。也许从前，看着那些紫色的叶子，仿佛无精打采的样子，永远也不曾换过新装。其实并不然，那是因为你并没有停下匆忙的脚步，或许是她生长在尘土飞扬的马路旁，那新衣早已被尘埃所封蒙。这一次在春天里与她邂逅是看到了她真正的面貌。眉飞色舞，喜笑颜开，愉悦占据两颐，从此你便爱上了紫叶李。

　　其实邂逅花开，是一种乐事。当你的院子中有一棵紫叶李树，永远在那个位置上生长着，每到春天花儿都会如期开放，当你看到她美丽的花蕾时会禁不住内心的喜悦，但在一个陌生的地方偶遇，岂不会令人更为之惊喜和兴奋。

　　紫叶李的花语是：幸福、向上、礼仪。当然作为一位新娘一定是幸福的，新的生活刚刚开始，心中必然也充满向上的希望和力量，礼仪那就更不用提及了，新娘的容妆如何不充满礼仪的光环。

三

或许你在园中会看到那一枝正在开放的丁香花。或许丁香花的香气会告诉你"我在这里"，寻香觅途走近驻赏，香溢花美，蜂鸣在圆圆的叶子中间，好一幅和谐美丽的画图。在那个角落里，在那片树林间，就这样荡漾着花香，开放着如一颗颗铁钉一样的花朵，能不让人惊喜。

戴望舒的《雨巷》，用丁香花来衬托一位姑娘。"撑着油纸伞，独自彷徨在悠长、悠长又寂寥的雨巷，我希望逢着一个丁香一样地结着愁怨的姑娘。她是有丁香一样的颜色，丁香一样的芬芳，丁香一样的忧愁，在雨中哀怨，哀怨又彷徨；她彷徨在这寂寥的雨巷，撑着油纸伞像我一样，像我一样地默默彳亍着，冷漠，凄清，又惆怅。她默默地走近走近，又投出太息一般的眼光，她飘过像梦一般的，像梦一般的凄婉迷茫。像梦中飘过一枝丁香的，我身旁飘过这女郎，她静默地远了，远了，到了颓圮的篱墙，走尽这雨巷。在雨的哀曲里，消了她的颜色，散了她的芬芳，消散了，甚至她的太息般的眼光，丁香般的惆怅。撑着油纸伞，独自彷徨在悠长，悠长又寂寥的雨巷，我希望飘过一个丁香一样地结着愁怨的姑娘。"丁香花象征着年轻人纯真无邪、初恋和谦逊，故戴望舒以丁香花形容一位姑娘，那是勤奋、谦逊、良好、无邪、纯真的。而那冷漠、凄清、惆怅、愁怨和忧郁只属于戴望舒。

在春天里你遇到了一树丁香，却没有哀怨，没有惆怅，没有凄婉，没有冷漠，也没有迷茫，只有那美丽的颜色和浓郁的芬芳。每当丁香花开放时，我都会折三两枝，生在从日本的东京买来的一个微型的花瓶中，摆在案几之上。于是满屋尽是丁香花的香气。

戴望舒希望在《雨巷》里逢着他希望的那位丁香姑娘，但也许不像在春天里邂逅那意想不到的丁香花，更使你喜出望外，你不必忆起过去，只觅香驻足观花，然后离去，只留下邂逅的美好便罢了。

海棠依旧

海棠很美。

她的枝条很美。总是向上的生长着，从不横斜蔓延，看上去充满着生机和活力。即使在冬天也是如此。

她的花叶很美。总是叶花同生，绿的可爱，红的生情，和谐相伴，相得益彰。

春天刚来，毛耳朵似的嫩嫩的釉绿的叶子是叫人欢喜的，是冬日里久违了的颜色。在那枝桠之间绿叶方生，刚刚长出小小的毛耳朵似的小叶的时候，就在这美的绿叶中间几枝细细的花梗上挑着一个青色裹着的花骨朵，但花蕊的内心喜悦早已经裹她不住了，裂痕中已透出了淡淡的胭脂色来。这种颜色总是会令人惊讶的，虽淡而艳、虽艳而雅、虽雅而不妖。

当花儿微微开放时，那青色的包裹已经无法掩饰那传统的胭脂，花瓣卷簇在一起，红红的、艳艳的，已经是浓艳欲滴了，令人大为惊心。仿佛古代美人从宫墙的园门中现出身影来，满颐的胭脂，发髻上缀满了首饰，令人惊悸不已。只能用古代女子来比喻了，现代女子太时髦。古代的美人是在一个具有浓郁传统文化的宅园里。宅子是雕梁画栋，飞檐高纵，青砖黛瓦。园子内石竹流水，石条鼓凳，芍药牡丹。美人是挽发银簪，长袖飘裙，十分和谐。苏东坡说西湖："欲把西湖比西子，淡妆浓抹总相宜"。如果把海棠花比作王昭君，我想大家也是会同意的。李清照说海棠："昨夜雨疏风骤，浓睡不消残酒。试问卷帘人，却道海棠依旧。知否，知否？应是绿肥红瘦"。我在这里可断章而取义，海棠是中国传统的颜色，即使岁月蹉跎，已逾千年，即使现代文明时代早已来临，但是海棠依旧以传统的颜色展示其美。

当花儿半开之时，花瓣们仍揣着手，虚而含羞、羞而含娇、娇而含美。俗语云：花儿半开之时，令人仿佛如微醉之状。"醉翁之意不在酒，在乎山水之间也"。凡花儿都是美丽的，但都没有海棠花开放适时的，都没有海棠独具的胭脂色。玉兰花美，但太孤单，无绿叶之衬，梅花很美，但也有孤独之郁，并在寒气中受到煎熬，而没有享受到春光的明媚。

当花儿大开之时，花瓣平展，褶褶弯折，相互叠簇，中间花蕊一束，挑着一些黄色的花粉。这时花色也淡去很多，淡淡的花瓣，星星的花蕊与那长大了的簇簇的绿叶，都已纷纷扬扬的相互依托着笑容满树了。那长长的枝条上花儿和绿叶相让互拥的，随风共舞了。淡去的胭脂仍然可见在花瓣上，像点在宣纸之上自然洇开。

无论你在什么时间，只要你碰到开放的海棠，你都会为之赞美，她的风格和风姿是与众不同的。正如北宋王安石的《海棠花》描写的一样，"绿娇隐约眉轻扫，红嫩妖娆脸薄妆。巧笔写传功未尽，清才吟咏兴何长。"

若在一条崎岖的山路上，突然看到一棵开放的海棠花，你一定喜出望外，像遇到了一位故旧，你一定会感怀良久。若在一条城市的小巷里，突然看到一棵打着朵儿的海棠花，一定会使你喜出望外，或许会回忆起过去，这花骨朵或花蕾，便永远地在你的心底涂上了一层抹不去的胭脂。若在一座院子里，有几棵海棠花，每年都会等你来看花开。忽然有一日，你忙中偷闲去看海棠花开时，花已半放，你看过，然后无悔地落去。此时，你是否会感叹：花开时节那是多么美好的事情，无花之时而寻花，又是多么的烦恼和遗憾。

大放的花儿，像一只只蝴蝶一样在绿丛中或静止或慢慢地摇动着羽翼。唐郑谷曾有诗云："莫愁粉黛临窗懒，梁广丹青点笔迟。朝醉暮吟看不足，羡他蝴蝶宿深枝。"那花瓣也像那蝴蝶的翅膀，当花期已过，随风飘落，一瓣一瓣的，总那样的令人伤感。"自古红颜多薄命"，美是很难长留的。人也不是独立的，也与自然密切相关，伤感是感情与大自然的联系，也与人的处境相联系的，用乐观的情绪去看，落英纷纷也是一种美，花落而果生，是新的生命的诞生，新生命的诞生总是伴随着痛苦和喜悦。

海棠花语意义是深刻的，代表游子思乡、离愁别绪、温和、美丽、快乐。海棠花语有这么多的寓意和含义，但对每一个人来说都会有准确的意味的，落寞时则凄切、兴奋时则美丽、离别时则有愁绪。但海棠花儿则总是依旧的笑颜，总是按自己的秩序，生叶、作蕾、微开、半开、大放、逝落的，无论是在风雨中，无论是在艳阳里，无论是在庭院中，无论是在山野里，一年一年如期地开放、凋败。无论人们的情感是起伏、波动，或是悲喜，海棠花永远是那样依然如旧。人们也永远的那样一成不变地爱着，欢笑着。甚至那些伤感的人也会希望见到那依旧的海棠，当正值海棠花飘落之时，那一刻伤感才有了那份浪漫的典雅。

海棠有清秀之气、青春之气、妩媚之气。那一抹传统胭脂色，会永远地留在人们的心间，那一枝美丽的海棠花，会永远摇曳在春风里。忽然感到那句话的分量："却道海棠依旧"，但愿这世界的安宁和安定的存在也与这海棠依旧。

花园

去年冬日，凋敝的花园，今年又在春日里返青。

好久未到这花园里来了。皆因凛冽的寒风。今有阳春，有朋自远方来，便一起来到花园里散步。忽然感到了花园中植物生命的气息，便有了一种喜悦，同时也颇感惭愧，冬天的花园里，草木依然在，虽只是一片枯荣，而人面哪里去了呢？这不是冬天的原因，而是人们太忙碌。如果没有友人的到来，我自己是无暇顾及更不会如此奢侈地徜徉在花园里的。

也许，冬天的花园并不需要人的到来。草木是能耐得住寂寞的。当然它们也不愿意人们看到它们落寞的容颜，也不愿意人们看到它们在寒风中瑟瑟颤抖的样子。

其实，我还是很喜欢看到它们洗去铅华的本色的，那些美丽的枝条，映着天际必是一幅天然的画卷。冬天的花园里，不同的植物的枝条有着不同的姿态和性格，让人们钦佩至极。寒风不会使它们退避三舍，而它们却与风共鸣。当春日来临时，它们也未必急于迎合，而是仍然按照自己的步伐和节奏，向春天走来。

今天与友人共同散步，也是恰如其时。无论是花开在枝头，还是鹅黄的叶子才露头角，无论花蕾未绽，还是情窦初开，都令人愉悦。你看那些既没有花蕾也没有被春风染色的树枝，仍然支楞着，扯着春寒。

忽地一只喜鹊飞落在草地上，掠夺了我的视线。只见它前俯后仰地走了几步，又抬起头来四顾了一下，便又若无其事地低下头觅食。啄上几口，便又抬起头来一瘸一瘸地踉跄前行。它翘着长长的尾巴，不很平衡地摇着头，身上的羽毛发着暗蓝色的光泽。当发现有人靠近时，便翩然飞去。那翅膀上和身上的白色图案昭然若示。此刻的美有了动感，插上了翅膀，也让你的心飞动。

在这个并不大的花园里，仅玉兰树就有三株，每一株都不相同。一种玉兰树，开着白玉般的大瓣花，烂漫的花好像是用厚厚的绸缎做成的，把枝条压得弯着腰，在风中上下地回弹。远观如同满树的生动的白鹤，给人一种绚烂之意。另一种玉兰树，花是紫色的，与白色花全然不同，枝条向上，而花开得如同微笑，笔直地站在枝头，像一支饱蘸浓墨的毛笔，给人一种生机之意。还有一种玉兰树，花儿总是半开，白色和紫色兼而有之，花蒂之处是紫色，花边之处是白色，像是写意之笔，给人一种人文之意。看后好奇，三棵玉兰树如同一家人一样带有遗传因素的浓厚色彩。玉兰树是一种令人回味的树，树干与枝条有雄拔之姿，花儿则有柔美之丽。如此的坚硬的粗壮的树枝上如何开出如此娇艳的花朵？并在春天先发一枝，敢向春寒挑战。

花园里还有石榴树、木瓜树、皂角树和紫薇树，这些树，还在展示着枝条的气节，都在映着那几枝玉兰花，唯恐打破那一枝独秀的意境。

还有几棵海棠，根深冠茂，也长出了嫩绿的叶子，叶间也生着一簇簇的花骨朵。叶如碧玉，花如胭脂，又如水彩染成的似的，浓艳欲滴，令人惊心。

还有那一片片竹子，去年春季时纷纷从草地上长出了许多竹笋来，当年便长为成竹。今年又有破土之笋，穿着厚厚的彩衣，斜倚在草地上，一副憨态之相。每每看见都让我想起竹的精神：未出土时先有节，千尺之高亦虚心。

正寻觅期间，看到那些一丛丛的无忧无虑的芍药已齐齐地长出了地面。紫红的颜色带着童年的稚气与梦幻。过去，老家院子里就种着几处芍药，冬天来到时，一切都不见了，只有根埋在地里，怕被人踩着便在上面放点树枝，当春天来时，又会生出芽来，那也是人们所期盼的。看着那顽强的生命之芽，人们无不受到鼓舞而欣然，一天看上几次，呵护着娇小的生命从而获得新生的希望和力量。

不知名的草木们也在春日中悄然萌芽了吧，我想这不会是问题的，春天毕竟来了。

腊梅花开

腊梅花，并不是人人都见到过，也不是人人都认识。但腊梅花的名字是人人皆知的。她的品质是人人皆知的。但且不说腊梅花，只腊梅花的名字就确有美学之美。

"梅"本身是美的，人们可以想象，曾有诗人云："墙角数枝梅，凌寒独自开。遥知不是雪，为有暗香来。"也曾有诗云："已是悬崖百丈冰，犹有花枝俏。俏也不争春，只把春来报，待到山花烂漫时，她在丛中笑。"多美好的意境也，那都是对"梅"的咏叹。

梅中又有很多种梅，像"腊梅"，在梅的前面加上一个"腊"字，更增添了梅的唯美之意，恰如其分。

早春的二月，寒冬已去，但春寒还在。这余寒也毫不示弱，但飞雪的天气好像是无望的，可是有些事情往往会不期而遇。早上醒来就听见窗外有铲雪的声音，起床后拉开窗帘，果然，外面是一个童话般的世界。天空中还飘着零星的雪花。白皑皑的雪覆盖着草坪，覆盖着阡陌，也附着在树枝上。也许这是最后一场雪了，和初雪的到来一样的珍贵。

我穿上外衣走去了室外，走在被雪掩埋的小路上，两边的树已变成琼枝玉叶了。不经意间雪地里的一棵梅树引起了我的注意，我惊喜地走近关注着枝桠上开满的黄梅花。她还刚刚开放，像一个金杯似的带着光泽与雪同辉。我不禁敬重起这朵小小的鲜花，开在寒风中，开在凛冽里，开在枯枝上，赤裸裸地展现在光秃秃的枝头上，赤裸裸地掩映在雪地里。哦，这就是腊梅花。先人一着早绽放，不与群芳争春光。淡定自然心如素，雪中有颜带金香。

天上仍然飘着雪花，零星的，虽没有太阳但天空是明朗的，或许是雪的光亮，也有这花朵的光泽。我闲情地走在雪地里，看到一棵两棵三棵腊梅花。我放慢了脚步，我驻足欣赏这些花的精灵。她们在雪地里显得格外的鲜、格外的美，她没有被雪所掩盖，是否是因为她是用蜡做出的，根本着不住雪呢？

据记载，腊梅花，本是被叫蜡梅花，因为看上去很像用蜡做成的一样，故称蜡梅花，此花又偏偏在腊月里开放，故人们逐步演称为"腊"梅花。好美的名字，"蜡梅"很美，"腊梅"也很美，只要跟梅连在一起"腊"也是"蜡"，"蜡"也是"腊"，只要一提起腊梅花，人们都会想到"腊"与"蜡"。在我国古代，字有通假之字，"腊"与"蜡"虽然不是通假字，但用在梅花上，我想是可以用以通假的吧。

腊梅花，富有香气，花被多数，呈花瓣状，多层覆瓦状排列，内层花被形小，中层花被较大，外层成多数细鳞片。腊梅的品种大概可以分为荷花梅、虎蹄梅、檀香梅、金钟梅、九英梅等几种。了解了梅的品种和品质，才理解了陆游曾写的诗句："一树梅花一放翁"。

正如人一样有高矮、有胖瘦，也有品质。但人有时却是不如一朵娇艳的花朵，那些在春风的抚慰下，在春光明媚的和暖中开放的鲜花是不在其列的。腊梅花是绽放在寒风中的，长期的御寒而笑绽的。试想，人若在这样的温度里长期地立着，是否可以笑迎寒风的来访，雪花的慰藉。只那一个字"寒"也是不能抵御的。试想，有多少的人遇到挫折时，会灰心、会抑郁、会垂头、会丧气，甚至生活不如意，为一句话、为一段恋情、为拌过嘴、为吵了一架，而走上不归之路。更有甚者，为升官加爵而烦恼，在原来本已很高的位置上，自认为应该晋升而原地不动者，气忧而郁，动火伤肝，得病而不治，而走上不归之路。还有更甚者，进了位、加了爵，但自己认为不理想，而痛苦流涕，茶饭不思，而走上了不归之路。想一想腊梅花吧，她永远含笑于雪花冷风之中，享受着寂寞，或许永远也不会有人去欣赏，听不到人们赞美，只是在那人迹罕至的地方笑傲严寒，从不因花开得鲜艳，无人观之而忧伤自怜，从不去奢想会被人们或上帝移之大庭广众之下，去听游人们的赞美之声。如若真是如此，那就是她之大不幸也。综观历史上的民族英雄，那些革命者们，为了信仰而昂首阔步走向刑场。"头可断，血可流"的那些英雄是可以与腊梅花的精神相比拟的。他们的英灵寂寞在松树下，躯体肥沃着那片土地，他们抛下了一切，只为一种信念。当革命的春天未来时，革命的冬天《零下三十八度》①时，他们当先绽放出生命的光彩，正如这腊梅花的光彩，送来了春天的消息，送来了胜利的曙光。当他们或她们开放时，光彩照人，当他们或她们融入泥土，"落红不是无情物，化作春泥更护花"，会使春天里的花朵开放得更美、更鲜艳。年定邦、常青、孙晓升、牛金、陈大根、账本等，他们或她们才是真正的人中腊梅花，在他们或她们身上都有着腊梅花的精神和品格。

我要为腊梅花和英雄们献上一首诗：一枝敢向寒中出，唤醒万枝为春红。不爱红装爱武装，金色铠甲映雪光。雪融去，花未残，犹若巾帼征战还。等到寒消春归日，解甲卸装归田原。落去辗作尘与土，留取梅枝绿叶繁。莫想念，欲想见，雪花飘落是来年。

打开古诗词书，关于咏腊梅花的诗词目不暇接。唐朝，罗隐《人日新安道中见梅花》：长途酒醒腊春寒，嫩蕊香英扑马鞍。不上寿阳公主面，怜君开得却无端。李德裕《忆平泉杂咏——忆寒梅》：寒塘数树梅，常近腊前开。雪映缘岩竹，香侵泛水苔。遥思清景暮，还有野禽来。谁是攀枝客，兹辰醉始回。

宋朝，黄庭坚《从张仲谋乞腊梅》：闻君寺后野梅发，香蜜染成宫样黄。不拟折来遮老眼，欲知春色到池塘。郑刚中《腊梅》：缟衣仙子变新装，浅染春前一样黄。不肯皎然争腊雪，只将孤艳付幽香。王洋《郑顾道惠腊梅二首》的一首：一种佳名两字猜，蜜脾融液腊中开。雪花不敢迷真色，风格都缘不是梅。王梅溪《腊梅诗》：非蜡复非梅，梅将蜡染腮。游蜂见还讶，疑自蜜中来。潘良贵《默成居士集腊梅三绝》：孤芳移种自仙家，故着轻黄映日华。举世但知梅蕊白，不知还有腊梅花。旦评人物尚雌黄，草木何妨定短长。试问清芳谁第一，腊梅花冠百花香。枝头疏蕊吐檀心，借日娇黄色浅深。却倩江梅来作伴，要看明玉间良金。朱晦庵集《腊梅》：风雪催残腊，南枝一夜空，谁知荒草里，却有暗香同。资莹轻黄外，芳胜浅绛中，不遭岑寂似，何以媚芳丛。

元朝，耶律楚材《腊梅》：越岭仙姿迥异常，洞庭春染六铢裳。枝横碧玉天然瘦，蕾破黄金分外香。反笑素英浑淡抹，却嫌红艳太浓妆。临风浥此蔷薇露，醉墨淋漓寄渺茫。

清朝，刘灏《广群芳谱》：小窗静昼胆瓶古，长廊微雪珠帘垂。

一枝几案谁所置，便觉春意生睫眉。

读了这些关于腊梅花的诗词，有何感想呢？尤其是在雪花飞舞的苍穹下，地下是白色的雪，雪地里开着黄色的腊梅花。我想：无论什么植物、动物、人类、社会有高尚的品质或美好的意境，总是会被记住、歌颂、传承的。

注：①《零下三十八度》是上世纪四十年代以东北三省为背景，在伪满洲国日本人统治下的地下斗争。主张抗日、反对消极抗日，支持东北抗日联军，而展开的谍战的，关于历史故事的连续剧。

院子里的春天

今天早上出门到小区院子里转了一圈，散了散步，发现花大多数开了。我这才恍然：哦！已是"人间最美四月天"。

李梅花，开得最烂漫，满树是粉的花，没有一片叶子。灼灼其华，昭然天下。细观粉红漫枝，方知画家笔下的春天的真实。

丁香花，一种是紫色的，一种是白色的，从绿叶堆中攒出头来向我微笑。她笑出了美丽的容颜，笑出了浓郁的芬芳。丁香花虽小，但空中荡漾着的尽是她的香气。

玉兰花，有的已经谢了，有的则满树盛开。小小的一个小区，却有不同的气候。风吹和阳光洒落的时间的不同，所以同样的花也在不同时间开放。这就是我们常说的风水吧。如今的风水已经不再是自然的专利了，早已被人文所造的大楼所改变。故，风水是自然的，也是人文的。

海棠花，正长出骨朵来，红红的胭脂色，点点缀在绿叶中，疏影横斜，时有鸟雀蹬枝，在花丛中起舞鸣啼，端端的胜过一幅大家的花鸟作品。在小路的一旁，有一棵几年前种下的海棠树，一直长得不旺，一边的枝条已经枯死，而另一边的枝条则舒展茂盛。今日不经意看到她充满着生机，面带笑容沐浴在春光里，在春风中摇曳，我便想起这是我曾种下的一棵海棠树，我为她的新生而欢喜！不过看她的神情，仿佛她并非是不经意，而是很专注地等待我的目光。

紫荆花，有人称之为一串红，但是，其实并不是红色，而是紫红色。也有人叫她蚂蚁上树。一枝枝粗壮的树枝像一根魔棒吸引了满身的如颗粒一般的碎花。在春风里展示着自己特有的美丽的风格。

连翘花，很富贵，满身尽是黄金色。长长的花瓣像龙舌兰的叶子。她和迎春花不易分辨，常常被混淆，许多人呼她为迎春花。这也难怪，她们的枝条同样的长而柔软，花儿压枝低，拉着弓儿向着大地。

　　腊梅花，已经凋谢，把春天的温暖留给了花园里的娇羞者。她们只能在春天明媚的阳光里开放，不像腊梅一样甘向严寒动春枝。由此，我便联想到：南飞北归的大雁，避寒趋暖。而这些花儿却在这里坚守，度过春夏秋冬。我曾写诗赞美花的品格：

　　花落未必随流水，树下尚可作香泥。

　　冬去春来不丈夫，寒蛰暖醒乐生息。

　　石榴花，也是不与众娇羞争春光的，也是一位谦谦君子。只是在春光无限、热情洋溢的暮春，才会像火一样开放。其惜春的风格与腊梅迥然不同。石榴花还没有开放。整棵树还处在睡眠状态。春天的气息还没有唤醒她冬眠的梦。去年干枯了的叶子有的仍残存在树枝上，顽强地等待着新生叶片的诞生。当石榴花开时，其实已看到了初夏的影子。

　　石榴醒来蓼草高，忙寻春光怕春老。

　　打起灯笼满地找，春天踪影已杳渺。

　　无独有偶，紫薇花也还在炫耀着美的枝条，还不想让叶子遮住她枝条的美，一直在春风中如竖琴般瑟瑟。但她一旦开花，会经久不衰。人们都称其为百日红。

　　天天在屋里，不会看到这样美丽动人的变化。出去一看，春天还真令人身心愉悦！所以，人需要接近自然！人本来就是自然的一部分，来去都在自然中。

　　有许多的人在院子里徜徉。有的在赏花，有的在嗅花香，有的在花前留影，有的在走马观花，有的三三两两谈笑着漫步，也有的人只管走路。不论怎样，都在享受院子里的春天。

　　春色撩人！这是多么美好的时光。

　　春天总是让人们感到温暖的。不仅人们感到温暖，而且万物都会有知。你看，春天到来了，绿色来了，红色来了，粉色也来了，白色来了，紫色也来了，蓝色没有落后，黄色也在队伍中……。他们拉着手，挺着胸，昂着头，生机蓬勃地走来。

我总认为春天太浮躁，花儿和草儿都纷纷而来，仿佛没有什么主题，所以很少写文章去赞美春天。其实不是春天的责任，是自己对春天认识的浮浅，并没有认识到春天的伟大、春天的包容、春天温暖的深意。因而去歌颂秋，这也是有情可原的。秋嘛，是果实累累、可以收获的季节。但可悲的是我还经常去颂扬冬天，喜欢那肃杀的白霜、白露、白雪，仅看到那表象的洁白。

今天站在春天里，从未有过的一种感受，那就是春天的力量。冰雪消融，万物复苏，百花齐放。有许多诗云："春风又绿江南岸""日出江花红胜火，春来江水绿如蓝"。这就是春天的力量。但我又有一种感觉，那就是春天的无私，春天会走进大地的每一个角落。无论哪一株草木，哪一片山川，哪一道水湾，都会拥有春天。

万物生生不息的原因是因为春天之不息，是因为春天的岁岁如期而至，从不食言。

因此，当我们为表达一种氛围、环境、机遇和感染力时，便会用"如沐春风"或"春天来了"几个字。"春"确实应被人们推崇。古时过年时，人们都把"春"字贴在最重要的位置，以示对春的尊重，以兆对人们的吉祥如意，希望一切事情都像花儿开在春天里。

"春天"为什么如此有"民意"得"民心"？是因为春天有灵魂。其灵魂是美丽的、慈祥的、洁白无瑕的。春天的每一种行为都是用灵魂去为之的。用灵魂去做事，一定是正确的、无私的、充满能量的。用灵魂去表达，一定是充满温暖的，充满感染力的；用灵魂去爱抚，一定是无坚不摧的、充满力量的。

春天把大地抚绿，春天又把花儿抚开，这是怎样的魔力呢？我见过许多的魔术大师，都无与伦比。

回到家里，我就把厅里的落地窗的窗纱打开，把窗子打开，好让春天进来，让目光远游。然后坐在沙发上向外望去：粉色的，白色的，黄色的，红色的，一树一树。茵绿的草坪平铺开去。飞动的鸟儿不时出现与消失。一幅生动的春色画图映入我的眼帘。

我静静地，坐看花摇，鸟雀飞。

春·夏·秋·冬·人物·山海·海外·散文

夏

▍炎热的夏天 ▍

炎热的夏天,像火一样的烤人。然而这个季节却偏偏是一个干活的季节。割小麦,拾麦穗,这活那可不是人干的,麦芒在火中烤得干脆,飞扬着粘到人们的身上,那滋味也是很不好受的。就在这个时候我们也放假了,那叫麦假,就这种可恶的假期使我们这些小学生也卷入了苦不堪言的忙碌之中。

大人们身穿粗布衫,操着锋利的镰刀,半蹲着割小麦,那实在是不简单,手足并用,无有一肢闲暇,一手拢着小麦,一手挥动镰刀,两条腿交替前行,有的人割小麦的速度比人行还快。

我们便跟在后头复收散落的麦穗。太阳照得我们懒洋洋的,有时又饥又渴,但毕竟要干,也如大人一样,左右开弓,一畦麦田,蹲在中间,像螃蟹一样伸着两支胳膊向前运动。可怜的孩子们经常站在地头上发愁,望田兴叹,"这么长的麦畦,什么时候才能拾到头"。然而干起来也从畦头干到了畦尾。老师们有一句名言:"眼是软蛋,手才是好汉",鼓励我们从脚下做起,而他们只坐在树荫下打鼾。但就在他们打鼾的时候,我们倒添了几分乐趣,同学们之中,有的会偷偷地拽一块土块,打到拾在前面的同学身上,这必会引起一阵混战。有一些畦田中长着几棵果树,一般以杏树为多,麦黄杏熟,特别惹人,远远望去,口中生津。就在混战时,偶投一石给杏树,杏树还知情,反应也敏锐,几个枝条抖动后,杏落满地,等到拾麦穗拾到树下,在偷闲纳凉之时,饱尝杏梅之甘,是最大的乐趣。

一次中午收工途中,路两边全是杏树,像城市里街边的法桐树,一街两行,浓绿的叶子中间隐藏着香甜的杏果,有的还特意从叶片中露出红红的笑脸,像跟我们捉迷藏似的,引诱我们摘食。忽然有人暗投一石,杏雨落下,这可惹了祸,被看杏林的人看见了。老师便把队伍停下,厉声让投石者出队,大家沉默,无一人敢迈出队伍。最后那老师从队伍当中揪出一位女生,

"是不是你干的？"，"不是"，啪的一记耳光打上去，"老鸹啄冰冻嘴硬，就是你干的。"老师这突如其来的行为，使同学们目瞪口呆。就在这时，一位男生站出队来，"是我干的，你打错人了，老师"。这时候的老师，脸被憋得紫红，半晌无语。队伍继续向前走，一路沉默。后来同学们说："这老师与那个无辜的女生家世有仇，那是自私、狭隘、报复。"再后来我离开了村子到外地上学，听说那位老师又打了一个学生，被革了职。因为他打在了"茬"上。那位女生得知后一定会说："活该"，这就是扬眉吐气了。

傍晚放工的时候到了，太阳见无人可晒，也就收了光，落到了西山里去了。这时，我们可要在地头上稍歇，享受一下夏日的晚风，麦畦里小麦收了，玉米刚长出三十公分高，太阳落山后，它那卷闭的叶子也舒展开来，在风中飘扬陪伴着我们，就这一点绿意，让我们感到十分的清凉。看着路上收工的农民，推着车，扛着锄，腰里别着镰刀，牵着暮归的老牛，心里特别的惬意。一天来的汗水和劳累都随着晚风飘去，像充电似的使我们恢复了生机。

但是无论如何，像我们这些小孩们也不喜欢那些赤日炎炎的天气。在两个月漫长的麦假里，最好的日子是夏日里的雨天，清凉而一扫燥热，并且能呆在家里，看一看书，困了便可睡上一觉。所以一下雨，我们就喜上眉梢，偶尔走出院子，在雨里看一看翡翠般的黄瓜和可爱的脸颊般红红的西红柿，那心情是非常的快乐的，偶尔发现一个熟透的柿子，便可以一犒馋虫，所以总希望雨下个不停。与此同时，一种担忧也就油然而生了，不雨盼下雨，下雨怕停雨。但是雨终究会停，然而雨停后看到乌云满天，仍不甘心，有俗语云："云彩向南，雨连连；云彩向东，一阵风；云彩向北，一阵黑；云彩向西，披蓑衣"，所以总希望云彩向南或向西。当在地里干活的时候，看到低飞的燕子，也高兴，因为"燕子低飞蛇过道，大雨不久就来到"，但有时也不灵，会使我们在等待中失望。不过有时在无意识中突降大雨，这就是意外的收获。下雨，天晴，都是自然现象，不以人们的意志而转移，如果依我们这些孩子的意志，世界早就成了一片汪洋。

一九九八年七月

雨天

　　我是特别喜欢雨天的。雨的天气里，天显得不那么的高傲，倒很像穹庐，笼罩着迷茫的四野，似乎举手是可以触摸得到的。不像那些阳光灼人的天气，天显得如此的高傲，太阳如天马行空，独自往来，把火辣辣的光直射到大地的每一个角落，逼得你睁不开眼睛，仿佛要把你从地球上赶走似的。然而你即使想离开，但却不能，还不得不流着汗，耐着饥渴不停地劳作。

　　而雨天则不同，雨幕是遮掩着太阳和星星的，天空只有一种颜色，既没有令人厌恶的东西，也没有令人眼花缭乱的东西，像一张空空的白纸，给你以无限想象的空间，任你幻想的翅膀去描绘。那如海的天空里，一定是龙的世界。张牙舞爪的龙，一定会在雷鸣电亮之时闪现。闪电的那一刻是很威严的，送来的隆隆的音响，一定是龙的咆哮。

　　不论是清晨，还是暮晚，是春，还是冬，是夏，还是秋，除那淅淅沥沥美妙的雨声，雨天似乎是万籁俱寂的，给人一种世外之感。那雷声那闪电，欲要人感到雨的声势之大，愈给人一种寂静。无论是坐在房间里听雨，或是撑一把伞走在街巷里，雨的情，雨的调，雨的闲，雨的逸，都会淋漓尽致地一同涌来伴你，你可以尽情享受雨的快乐。即使是"梧桐更兼细雨"，还有"雨打芭蕉"都是颇有诗意的，似乎不曾有半点的愁绪。李清照笔下的雨是郁悒的，不是一个"愁"字能了得的。子敏笔下的雨是清新、宁静、可爱的，雨声成为子敏做事的铜鼓声。柯灵笔下的雨是"仿佛一个触着蛛网的飞虫，身心都紧贴在那粘性的丝缕上"的，但是"那淙淙的细语正编织着一个梦，使人想起辽廓的江村"。或抒情或言志或写景，我是都很喜欢读的。人们说"雨"和"愁"是一对孪生姊妹，分明是不能尽然的。

　　历史上曾有祈雨之说，古人同样也厌倦那些太阳神统治的日子。希望雨幕的笼罩，滋润长期枯涸的心田。雨天空谷幽梦里，万物翠滴别样熙。只有雨天里才看得到烟雾缭绕的山，看得到烟波浩淼的海，看得到烟雨迷蒙的苍穹，听得到小草汲取雨水的声音和那青蛙的悠鸣。

雨天的夜里，拉上窗帘，但一定要开启一扇窗，雨声一定会飘进你的梦境，伴着你的梦飞翔。如果窗外是一片槐树林，你的梦会变成一只鸟儿飞入林中，向正在栖息的鸟儿犄暖，并一起去南柯一游。当晨曦微明时，它们会在林中起舞并歌唱，会第一个打断你的瑶台之曲。但你绝不会有李白《梦游天姥吟留别》中感觉的跌宕。梦固然是美丽的，然而梦毕竟是梦，现实的美丽才是现实的。把你从梦中唤醒来，也会第一个听到雨和鸟儿们的合奏。这就是天籁之声，是对人类的慰藉。

这时你可以再开上一扇门，走向阳台，看一看眼前这片槐树林的翠绿。伸出手接住檐上流下的断线的珠子，它会从你的手中跳起来，澎到你的脸上，使你不断地眨着眼睛，与你分享着快乐。还可以从树缝中窥视那翩翩飞舞的喜鹊，那洁白的羽毛在林中闪过时，轻盈而美丽，仿佛飘忽于梦幻与现实之间。这时，你不仅会赞美它婉润的歌喉，还会赞美其漂亮的羽裳。它们给你的不但是喜悦，单纯，自我，而且是一种飞向远方的希望，正如暗夜海上的船只，看到了航标灯的烁光。

二零零八年九月

五月的山野

五月的山野春气烂漫，我曾徜徉在那花树簇拥的园子里，也曾漫步在花树飞扬的山路上。我喜欢园林的美，也喜欢自然的山野。

那是一座不很高的山，有多条可以攀上的路。山顶上有一古刹，若一凤凰展翅欲飞。曲折的山路如凤凰的美丽的尾翼，路两边有树有草有灌木，山花盛开，山路如锦。

我从山下沿山路上行，看着盛开的路边的鲜花，听着山风吹松之声，沐浴着花雨，踏着落红，向山顶迈进。山体处，透过山路两边的花丛，有农家菜园和果园。高处则可观海望烟，山峦谷涧，跌宕起伏，大有豁然心胸之感。此山虽不高，也不险，是散步闲游的好去处。

这里没有石泉，故这里没有淙淙之音，也没有风雨之声。但这里却有山花更有松子常满地。山路边除了落花，还有美丽的松球，山里人多见不怪，视之若草芥。而外来之人见之则如获至宝，捡起而藏之，或摆于案几，或收之于玉盘之中，独成一景。并可以染之以色，成五色之艺术品，静坐独观或品茶伴赏则会给人以自然舒畅之感。观松子以听松风，平添几分闲情，大有了清净淡雅的禅境。

山花则在山风中，纷纭而落，那随风而飘落的场景，美妙不可言之。落满地，如花毯。树上、空中、地上，可谓是花的世界。沿山路望去，如锦绣十里。这就是花的瀑布，就像那彩色的天河，直通那峰巅的云雾之中的楼阁。

山路的两边，除了这些花儿，还有草儿，也浪漫地从土中萌芽，有的也开出了美丽的花儿。花儿虽小，但很精致，花也同样在这明媚的天空下享受着这般的时光。相比那高树上的花儿，却不曾有丝毫的逊色。那顽强的生命力，自强的精神，让高树上的花儿为之俯首。

我躬身细观，那是一棵蒲公英，翠绿的叶子的形状，有艺术的风格，中间直挺挺地长出花梗来，举着一朵未开放的花骨朵，十分的精美。见之会得知"巧夺天工"等那都是谎言。当花儿开放时，花儿的梦想便飞向远方，越过那些高树上的花儿，到了更高远的地方去扎根，或许在那高远的地方，微笑着回望那些高树上的花朵。

还有许多像蒲公英一样的草花儿，都很有点儿精神，有些生长在路边的石缝里，也未见有怨气，而且也是那样的笑容可掬。这些小草的灿烂、满足、感恩的精神境界，是人类一直以来刻意去效仿的，但并非是所有的人都能学得来的。此言绝不为过，小草春来必生，生而必花，秋来必枯，避过冬日，苦度严寒，来年再生，生而再荣。它们的心中有梦想有信念：春天一定会如期来临。

物理的客观性即规律，人性的主观性即人文。人文显示了规律。自然规律与人文历史趋势是相同的，但自然规律之径往往是一条直线向前的，而人文历史之路则是一条弯曲或挫折向前的。自然规律如山中的悬崖峭壁，人文历史就如山中的曲折回旋的山路，但最终都是通向了顶峰的，都会来到那山顶的楼宇大堂里，互诉各自的经历，诉说着山的哲学：直与曲，快与慢，陡峭与漫坡。

到达山峰的楼阁，我环顾着山势，海之苍茫，已不见来时的山路，已被山峰树木隐去，而那些小草的花儿更是寻不到踪影，但它的存在却是真实的、毋庸置疑的。路上那来去之人也见不到踪影。山川之大，人之渺小，自然之道。自然之力不可抗拒，自然之存在，古往今来，有多少人文被自然的岁月所埋没，只剩下了一纸空文，成为一段传说。

从山上下来，回首再望，也只有山形之状，连高峰上的楼阁也被大山淹没。

要完全看清山阁还需远观，须胸怀全局，要抓住自然与人文的脉络，亦须高远而窥全部。但很多时候，会有高楼的障目，有雾霾的朦胧，总是不能一目了然的。

夏日的傍晚

　　傍晚，出门散步消夏，感觉有一种久违了的自由和舒畅。夏日的海风习习吹来，花儿轻轻地摇动，虫儿在浅吟，知了在鸣叫。忽一抬头，发现月亮已爬上了楼顶，像一个大大的玉盘，安静地挂在天边。淡青色的天空上，不见有其它的星星，只有那一轮明月。

　　楼里人家的灯火渐渐地点亮，光辉从窗口射来。我散着步，数着一家又一家的光明的窗口。渐渐地路上的灯光也亮了起来，像一个调色的画师，给此时一个宜人的色调。这是一天最好的时光，一天的疲惫和辛苦都随着晚风飘去，夏日的炎热和烦闷也被那天上的玉盘散发出的清冷的光辉驱走。这美好的时光，怎不让人向往之呢？

　　我不禁吟诵：

　　灯光射来，竹影摇地。

　　脚步踏上，人入画里。

　　思到无人境，神得闲情时。

　　蝉声常入耳，红尘不染丝。

　　花荫出墨香，心静生禅意。

　　却看落花处，已有红泥诗。

　　然而，宁静是短暂的，很快就被喧噪的人们打破了。吃过饭的人渐渐地多了起来，习惯性地走出家门散步，沿着小区内的外线小路转圈子。有的地方中年女人已开始放着音乐跳起了街舞，那音乐的旋律和鼓点有节奏地向我袭来，忽又感一种闷热、浮躁和喧闹。

　　我忍耐着走了几圈。但我也想，这也是无可避免的。广场舞已无处不在，只要你在晚上走出家门就会听到那具有很强冲击力的舞曲。此所谓安居乐业乎。

　　我再次拐进屋子，独享那读书时昏暗的灯光下的静谧了。

虽食人间烟火气，但谙太虚清凉机。

不问桃源世外津，只作八戒悟空人。

这才感到又一个宁静、宜人的诗一般的境地，正如"瓶花落砚香归字，风竹敲窗韵入书"。

春·夏·秋·冬·人物·山海·海外·散文

秋

▌秋 日 观 海 ▌

　　双休日的一天，妻与女儿约我去看海。我们来到烟台山下的海边。山上昔日葱翠的树木，已变得斑黄中杂一些红叶，看上去秋色很浓。与烟台山相互厮磨的大海，依然咆哮着，呼啸着，展示着自己的博大、雄浑；带着远古的深沉向岸边不断地拍击，一次又一次地向人类倾诉着一种永恒的生命的旋律；拍岸而起的浪花，回旋着，覆而又生，灭而又华，永无休止地向人们展现着一种前所未有的崭新的美丽。只是这秋，使之显得更加苍茫与悲凉。

　　然而，这要比春之海、夏之海、冬之海都要好看得多，壮美得多。因为它不像春天的海那样单调，也不像夏天的海那样温顺、柔和，也不像冬天的海那样冷酷无情、桀骜不驯。秋天的海既有热的情又有冷的智，像一位有风度，有气质的爵士。我爱大海更爱秋天的大海。

　　今日的天气是朗朗的，虽不是阳光明媚，但这种天气最适宜于观海，头上未有紫外线的照射，不会有损于你的容颜。也许是这个原因吧，今天海边的人比往常要多，熙来攘往，两两成对，三三成群。有的在漫步，有的在偎依，有的在垂钓，有的在写生，还有的在海面上飘荡或游泳。人们在大海面前显得温顺、文明、娇气，像儿女在母亲的怀抱。海风送着秋凉，大家穿着风格不同的深色的秋装，每一张脸被装扮得像大海一样，比春、夏要显得成熟，与大海有一种和谐的格调。

　　人们观赏着大海的浩瀚，呼吸着新鲜的空气，手中或身边还放着一些小零食，不时地捏入口中，逍遥自在。有许多的小商贩为迎合游人的需要，有的拖一辆小车子，有的提一个小篮子。或卖葡萄干，或卖糖葫芦，或卖海波螺。吆喝着，从这边走过去，又从那边走过来。形成了这风景画中不可缺少的一笔。

　　自烟台山向东，先是一段陡立的石壁。海浪，或拍岸明奏，浪花怒放，或撞壁寂寞，回浪低吟。后是一片柔软的金黄的海滩，海浪在这里却很舒展，很通畅，一浪追一浪地接踵而至，像一条条的白练被推到岸边，逐沙滩而消逝。

我们走在海滩上，女儿丽莎捡起一块石子，向大海扔去，"嗖嗖……"地打了两个水漂。这一行为使我想起了童年的我在河边打漂的情景，思绪忽地回到二十多年前。我也捡起一块平滑的瓦片，躬下身，认真地，用力沿海平面撒去，瓦片在海面上滑行了好一段距离，"嗖嗖……嗖"地打了十几个水漂，轨迹很象一条蜈蚣。丽莎跳着拍响了手掌。

正玩得起兴的时候，天阴沉下来，苍穹压得很低，海岸线窄得如水库一般。一会儿，乌云翻滚，海上能见度很低。在海上划行的小船已显得斑斑点点；一艘巨轮由港口驶入深海，渐渐地被烟波迷蒙，缥缈如海市蜃楼。近海处，出现几只海鸥在海面上盘旋，像高尔基笔下的海燕，在暴风雨来临之前，勇敢地与狂风海浪搏击。

波连天，云及海，水漫苍穹。大海更加狂欢，海涛呼啸着狂奔岸边，与陡壁相和，"卷起千堆雪"。浪花抛上岸边，扑向游人，人们跳跃着离开。大海与游人像在玩"老鹰抓小鸡"的游戏，捉襟挪裙，开心极甚。

大海的波涛、浪花与游人的欢声、笑语，还有周围的高楼、树木，伴着秋风、落叶，乌云，真是如歌似诗像一幅长轴，令人留连忘返。秋日观海，如见故旧，可诉衷肠。在此，我要提醒人们，不要忘记秋天看海。

一九九九年十一月

秋日随笔

我来到日本已一周有余了。由于教室和宿舍在同一楼内，除晚上外出溜达溜达外，几乎未出过楼门。一天上午，我正在房间读书，窗外的几枝红叶极力地在窗口摇曳，诱引我放下手中的书《徐志摩散文集》，将我的思绪慢慢地从英国的康桥扯回到了日本的茨木。抬起了头向窗外望去，发现到处已是斑斓的秋色。宿舍周边的山上的竹与小叶的树木已经黄、红、橙色相间，山下那一泓碧水，已碧得发蓝，树木倒影在水中，水面荡漾着秋色，使秋更加绚烂。

我高声喊道：不能呆在家里，也不能站在阳台上观看秋色，我要走进大自然，去闻秋的气息，去拥抱秋的美丽。我沿着日本万国园艺博览会纪念旧址外围的一条大街漫步，万博园里片片的红叶在墙外眨着眼睛，仿佛在向你微笑；路边草坪上的野花，红的、黄的、蓝的、紫的、白的都已染上了秋的颜色，美中带韵，格外的妩媚。这才发现自己已被秋色所拥抱，我的上空，我的脚下，我的身边到处都是秋的颜色。

日本是一个岛屿国，湿润的海洋性气候宜于植物的生长，而且在这个国度里每年的树木的砍伐率为零，所以植物葳蕤，到处是郁郁葱葱的树、草、竹，把日本岛装扮得十分的美丽。但秋天又对它那样的偏爱，给了它那么多的颜色。

我责备这秋的锦上添花，我赞美那春的雪中送炭。春是世界在一片枯萎的灰色的时候，给世界以叶、以花、以艳丽。这是万物复苏，普天下共同的待遇。但是秋的爱是有选择的，在日本它对樱花是厚爱的，它把颜色首先涂满的是樱花树，而且通身不留一片绿叶。当其它的树木还保持碧绿的时候，樱花树就已绿中印红。当其它树木斑红的时候，樱花树就已满身红透了。樱花树是大自然的宠儿，它的花儿在初春也是第一枝开放，一直开到花期烂漫的五月，从日本国的南部一直开到北部，战线拉得很长很长，南方被称为樱花树开放的前线。当海风吹尽樱花的芳菲，它那紫碧的叶子又装饰着日本岛，等到秋天来的时候它又迫不及待地裹上了红装。

这满目的秋色，使我心悦神怡。我禁不住感慨：这就是我们的健康之本，是我们获取生命的大自然。我们要热爱，要爱护，要护理大自然这块生命的基石。只有人类与自然和谐相处，自然才能美丽，人类才能幸福。违背自然规律，无论权多重，位多高，钱多富都会受到自然的报复。大自然是人类的母亲，热爱母亲，常看一看母亲，看一看溅花碎玉的溪水，看一看蝶飞花黄的大草原，饱尝充满无限梦幻而又使人感到实在的秋颜，会使你获得相当的裨益。

在日本一棵野草也会受到保护，在现代化的城市里，有的主要街道和场合绿化的使命由野草肩负着，野花高高地伸出草丛，烂漫地笑迎人行。但是在我们中国的城市里，居民们会毫不留情地将小草铲除，种上自己喜欢的瓜果蔬菜。我佩服日本人爱护一草一木的精神。日本美好的生态环境就源于这种精神，眼前这美丽的景色也源于这种精神，那可不是秋的偏爱。

二零零五年十一月九日于日本茨木

秋天

一年四季，一到了秋天，就四数尽三，一年将暮。这是按照中国的风俗而言。但秋天是最具有生命力的，也是最结实，最富有，最充满彩色的季节。是春的期待，是夏的结果，是最值得喝彩的日子。

她也已脱去了春的毛嫩，夏的浮躁。已长成了一个成熟的、一个丰韵无比的、一个美丽的姑娘。她也已经可以一经风霜，可以迎接寒冬的初临。

她所接受的已不仅仅再是吹面不寒的杨柳风，已不再是润物细无声的小雨，而是一扫落叶的寒风和凄冷的苦雨。她追求的不再是那不实的美丽的华表和浓眉秀发般的浓绿。她所追求的已是华落果实，是多彩和缤纷，是一种具有物质的内涵，意志的筋骨，一种洋溢着芳香的神祉。所以秋变得如此博大。

且不说那山中草树丛中的淙淙溪水更加清晰，且不说那山上层林尽染的斑斓彩色更加浓郁，且不说那海边汹涌澎湃的雪浪花更加美丽，且不说空中舒展的淡云更加明澈，且不说那南行的飞雁更加高远，且不说那透碧的湖水更加澄明。仅那些累累的果实，没有了障眼的叶子，带有秋天颜色挂在删繁就简的树枝上，那种景物那种醇香就可以让你有十分的醉意。再看到那五谷的丰登，就使你欢乐如狂；再看到人们丰收的笑脸，就更让你融入了欢山笑水之间，融入了整个秋意之中，已找不到了自己。你一定已成为秋色赋图画中的一点画。

自然有秋，人生亦有秋，天人合一，自古谓之。人之秋同样值得鉴赏。人到秋天也是多彩的美丽，人生自古多磨难，历尽人间冷暖，方显英雄本色，才真正拥有了财富、经验、意志，具有了选择生活方式的资格和能力，才真正懂得了生活。所以秋天才是最值得喝彩的日子。

二零零七年十二月

秋菊花

许多的事物，经过春的起点，夏的历程就已被友好或残酷地放在了半途中，但有的则从容地走进了秋天，或许它们还想冲刺严冬，一睹冬雪之美。不过到了秋季仍然具有生命并充满生机的事物则已经寥寥，菊则是无几之一。

《礼记·月令篇》中有这样的记载，"季秋之月，鞠有黄华"。"菊"字也写作"鞠"。菊花每年在秋末开放，故菊花也叫"秋花"。菊花的"菊"字，在古代亦作"穷"字讲，其意是说菊花是一年之中花事之尾。当百花凋谢之时，秋菊则花好叶绿。看上去好像残缺不全的菊叶挂在挺拔的菊秆上，显得坚强而沧桑，仿佛只留片甲也要护围和映衬着枝头上那朵坚毅的宋美人。

菊花既烂漫多彩又傲霜而立。她笑在澄明的天空下，笑在迷人的金黄中；她立在潇潇的凄雨里，立在秋风的落叶间。她有秋的绚烂，有秋的刚毅，是秋的象征。如果说那朵朵的菊花就是秋，或许是很贴切的。她赋予秋一个看得见又摸得着的概念。

霜下了，撒在菊叶上，菊叶更加翠绿；撒在菊花上，菊花更加艳丽，姿色更动人；洒在枝干上，枝干愈加地脆硬，宁折不弯。寒风来了，她们临风而立，威风凛凛，不惧风摧。风愈是瑟瑟，菊愈是英姿。那舞动着的花丝，像广寒宫里嫦娥舒展的长袖。

菊花是中国十大名花之一。菊花大者如绣球，小者犹如蒲公英。花瓣有的形如片片碧玉，有的形如根根银丝。花色有的如雪，有的如金，多有姿色，颇有形韵。根据经典的记载，中国栽培菊花历史已有三千多年。《离骚》中有云"朝饮木兰之坠露兮，夕餐秋菊之落英"之句。汉朝《神农本草经》有"菊花久服能轻身延年"之记载。菊花与民族的文化早就结下不解之缘。至晋朝陶渊明时，已赋予了菊更多的人文性格，陶渊明解绶还乡后，隐耕田园，一直过着"击壤以自欢"的生活。他家住庐山脚下的栗里村。每到秋来时节，南山坡上，到处绽开野菊，竞艳争芳。他十分欣赏秋菊"三径就荒，松菊犹存"的品质。他在《和郭主簿》一首中写到："芳菊开林耀，青松冠岩列，怀此贞秀姿，卓为霜下杰"。陶渊明爱菊成癖，菊成为陶渊明的代号，陶渊明也成为昭然天下的菊士。

"我花开后百花杀"，秋凉一着，菊花始结。

一次我登上一座山，翻过一个山峰，我看到了大片的野菊，像一棵一棵微型的向日葵，漫山遍野黄澄澄的，在太阳下闪着光亮，在微风中飘着芳香，可谓是"芳熏百草，色艳群英"。我禁不住弯下腰，采撷了一束，触到自己的脸上，一时菊香两鬓，大自然的气息也洒满了脸庞，沁入心脾。

有一年在韩国的首都首尔的一座大楼前，用菊花的各种艺术造型营造了一片休闲园，有田园之风貌，也有艺术殿堂之风采，有动物园里的各种角色，也有城市里人们忙碌的身影。韩国幼儿园里的几位老师带着一群活泼可爱的没有菊高的孩子，仰头观望着用菊构筑起来的世界。若同大森林中的小矮人和白雪公主，幻如现实环境中的一个甜美的梦。忽地猛一抬头，一个用菊花编制的喜鹊站在同样用菊花装饰而成的拱门上，形真神似。这使我的心像一只喜鹊一样登枝而高鸣。

菊花不仅有春的生命，夏的肉体，而且有秋的骨骼。菊不像松，一身的戎装，也不像竹，浑身都是铁骨，但敢向霜雪一展娇艳的，且是不以娇艳姿色取媚，而以素雅坚贞取胜者，唯菊是也！

二零零九年一月

秋雨秋色

秋雨淅淅沥沥地下了几天，温度下降，天气清冷。蓦然感到了暮秋的来临。树叶落下，覆盖着草坪，绿色中生出彩色，黄的、红的、橙的、褐的，忽然进入了人们的视野，给了人们一个多彩的世界。

许多人疑惑，一夜就变得这么美丽，像是施了魔法一样。雨后的多彩使得秋色欲滴，到处洋溢着湿漉漉的秋艳。人们喜欢着这个世界的变化。

我也喜欢这样一种感觉，推开门走向秋雨中，或穿一件雨衣，或撑一把雨伞，突然见到了雨中的秋叶变得清新，树下绿色的草坪上洒落了一些黄的、红的叶子，有一些红果子树，叶子落了一地，枝上稀疏的叶子透着串串红色的果实。

我也喜欢这样一种感觉，外面的秋雨在淅淅沥沥地下着，雨声风声仿佛有节奏地不断地重复。透过窗子可以看到多彩的枝叶的摇动。自己坐在沙发的一个角落里，孤缩着，或手里拿着一本书，静心地阅读，或手里拿着一个遥控器，关注着电视，偶尔停下来听一听雨声还在敲打，看一看树枝仍在摇曳。

我也喜欢这样一种感觉，秋雨下着，走在那些历史的街道上，石或砖砌成的甬道，两边是翘起的屋檐，听着雨声，踏着湿湿的路面，任雨淋透自己的衣裳，观看那从檐上流下的雨水。街上偶尔一个人与你相遇，不曾相识，无有语言，但彼此都在赏雨，听雨，听雨中走过的脚步声。当雨来得急时，又可以避到一个门楼中，以对面青瓦白墙为背景，看空中速速默默地落下的雨线。

我也喜欢这样一种感觉，秋雨很密集，不给人们一点空间。一时街道上水流成河，突然又下起了冰雹，啪啪地打在车窗上，打在房屋的瓦棱上。天黑黑的压得很低，路上看不见一个行人，大雨点拍打在那些室外的什物上，那些过去惯听的声音也会随之而来，使人又想起了什么。

我也喜欢这样一种感觉，秋雨少歇，鸟鸣枝头，雨滴从树叶上滑落，风儿把它吹散在你的额头上。鸟儿在草坪上寻食，偶尔落下一片叶子，把鸟儿惊扰，鸟儿飞去，又飞来，如此增添着美的生机，增添着美的动感。

人们总是漫步着漫步着，然而终于被它们所吸引，使你不得不驻足留意这旁边的意趣。

那秋色和秋雨叠加在一起，会使彼此更加浓郁，更加令人感怀。阳光下的秋色固然是多彩的，是美的，但是阳光会夺去一些光彩。而月光下的秋色固然也是多彩的，也是美的，但是灰暗会夺去一些光彩。只有当秋雨霏霏的天气，秋色才会像出水的芙蓉一样，无与伦比。

有人说秋雨一至，秋色会变得有一点凄凉，其实，这是一种具有很强感染力的凄美，更会打动人们的心，是美的一种，是美的最高境界。人们总是把落花与流水连接在一起，落花总是伤心事，但又无奈随流水。前人创造出的这些语言太令人叫绝了，落花不够，还要随流水远去，连落下的花也见不到了。但反过来思想，落花也是一种新生的前奏，落花有其美意，再在流水上漂流，岂不是美意深远矣。

人的一生度过的每一天都不是阳光明媚的，也都不是阴雨连绵的。如果把人的一生用一季来描述，人们一定会选择秋雨的天气来形容人的一生，略有凄凉，但正因为这种凄凉才有了人生的美丽。在这个时节里，人们已经经历了许多，付出了许多，但也正是这些经历和付出才营造了这样一个收获的季节。瓜果熟透，挂满枝头，又给美增添了内涵。人们看着这雨洗净净、硕果累累，一下子对那人生的凄凉化作了一种满足。从这一意义上来说，人生其实就是一种感受，其实就是一种结果。如果秋没有果实，那一定是冬天，那一定不是凄凉，而是苦寒的了。

人的一生都是苦尽甘来的，像一句话那样"宝剑锋从磨砺出，梅花香自苦寒来"，只要有收获，路途坎坷一点怕什么呢？"无限风光在险峰"，"奇特瑰丽，常在于险远"，人生走到了秋季，也应该攀到了高峰了，也走到了最远处了。自然与人就是这样天人合一是也。秋雨与秋色那就是我们的人生啊，那就是付出和收获，那就是凄凉和美丽，也就是秋雨秋色吧？

初秋时节

刚刚立秋，夏日的蒸汽仍然升腾着不愿意离去，依然会使人们浑身湿热。人们也依旧穿戴着夏日的服饰，丝毫不曾怠慢这初秋的热浪，并把初秋的热的天气谓之曰："秋老虎"。

"秋老虎"之称源自我国广大的农村，是人们世代的经验总结。每年一到了秋日，秋雨来临，雨后太阳的光热，蒸发了湿漉漉的大地上的雨水，而周围春日播下的种子，像玉米、高粱等都已长成大苗，高高地立在田野里，还有叶茂的密林竖立在路旁，丰茂的百草也爬蔓在田野里，紧紧组成了一道道屏障，决不使一丝的风透过来。走在路上便觉得像是在蒸笼之中。不仅如此，而且那些高秆植物和树林同时也遮挡着人们的视线，看不到远处，放眼望去也只能看到眼前的庄稼，愈发使人们喘不过气来。树林当中，田野之间那些泥泞的路，愈加使人感到像热锅上的蚂蚁一样，无处着脚。

但在这像蒸笼一样的日子里，农民们却看到了秋的希望，所以他们赤着脚，光着膀子，顶着太阳，围着自己的庄稼园子，抿着嘴笑，有时也不免要到地里享受玉米丛或高粱丛带给的桑拿般的热疗，累了便蹲在地头点上一支烟，一边"叭哒、叭哒"地抽着，吐着烟雾，一边欣赏着秋色。一个个大得像球一样的西瓜，一个个绣着红胡须的金色玉米，一棵棵红着脸笑弯了腰的高粱，一颗颗穿着紫色大袍的茄果，还有涂着粉红胭脂的苹果，那一大片如竹子一般的大姜，生机盎然地立着。这些都使人们有了勇气去抵御那些闷热的湿气。望梅可以止渴，丰收亦可以使人们战胜闷热。人们在尽情地享受那些如花枝一般的作物的景致时，一切都变得美好起来。烟抽完了，把灰烬扣在鞋底。两手一背，冒着初秋的暑气，带着喜悦扬长而去。

回到家里，又可以享受到秋的献礼了，品尝到了鲜嫩的农产品。煮熟的新地瓜红皮白瓤或白皮红瓤一兜面，甘甜可口；那煮熟了的花生略施咸盐，香美可口；那蒸熟的玉米，黄金一般粒粒凝香。这些劳作的成果一样一样地搬上餐桌，人们也就笑逐颜开了。一天的闷热，一春的磕打，一年的等待，一时灰飞烟灭。

人们还互相交换着有无，并把新下来的新鲜东西送进城里，不论多少，不在贵贱，关键是新鲜和心意，同时也是送的丰收和喜悦。

在这初秋大丰收在望的时刻，生物链条上的许多不速之客也都来凑热闹。不知是为丰收的人们贺喜，还是为丰收的人们生嫉。白天蝉声不断，从四面八方拥来，一齐塞入了人们那小小的耳鼓。尤其是中午，蒸汽正盛，那蝉声又大大渲染着初秋的热浪。烦人的蝉吟，总也不停地侵扰着人们的疲惫。不仅如此，而且苍蝇蚊子等虽然体积不大，但是毫不自卑地逞能。

蝉的远攻，扰乱着你的视听。蚊子的近掠，侵害着你的一切，它们毫不客气地直攻你的皮肤，直想吸干你的血液置你于死地。即使你挂上蚊帐，也不能运筹帷幄，有时它们也会神秘地进入帐中，使你不仅不能决胜千里，就连帷幄中的运筹也不得。倘若进不了蚊帐，它也不会善罢甘休，也会停在蚊帐上或在帐外来回地飞，哼哼着，像撒娇一样，攻力绝对达三尺之外，直攻入你的脑神经，使你终不能安眠。当它们一旦捞到你，就会狠狠地亲你一下，使你的皮肤兴奋起来。

苍蝇也和蚊子一样，是一丘之貉。苍蝇对人的侵犯从更大的范围展开，不能咬人则与人争食物，或在食物上洗脚，使你食后会吐出你的五脏六腑。

到了晚上，热浪不减，青蛙也来了，此起彼伏的蛙声如此的悠扬，本是来送秋凉的，反而又助了初秋的燥热。

上半夜人们便在门口的街道上燃上一把艾蒿草，冒出烟，散着香，把蚊蝇驱走。孩子们躺在凉席上，大人坐在马扎子上手摇着蒲扇，不停地扑打在孩子们的身上，不让那些小东西们打扰孩子们的梦，直到秋的后半夜。这就算幸福的时光来了，但是很快就消失了，第二天又是一个轮回。

秋的山野

如此晴朗的天气，清晨起来阳光洒满了城市的大街小巷。走在路上心情自然是很爽快的。沿着柏油路一直走到城市中间那座山下。山下的路上停满了车，都是游人们驱车前来爬山停在路边的。山上的游人上上下下的，熙熙攘攘的。孩子、老人、青年都结伴而来。

从山下拾级而上，在树林间穿行。那迂回的石级上都是游人，那木栈道上都是游人。人们倚栏凭眺秋天的颜色。秋天是什么颜色呢？就是眼前那些树叶的色彩吧？那些红色的、黄色的、绿色的、橙色的，都在你的眼前，被风拂动着，甚为美丽。还有那些一树多彩的斑斓之美，在树枝上微微地抖动着，像是孔雀开屏一样，引得许多游人驻足。我也被吸引着，转身而赏。尤其是那些黄栌树，树冠大而茂盛，满枝的斑斓，绿中隐红，满树的颜色洋洋洒洒地长在山林之中，与那些红枫树，与那些银杏树，与那些叫不上名字的树各具色彩，竞相争艳。

还有眼前那些飘白的芦苇，在蓝天下，在山坡上，在树前树后，随风摇摆着，与白云相呼应。还有那些杂草，都有秋的色彩，有的黄，有的红，有的已经枯了。但在草丛中那些四季花还开着红花，还在草丛中笑着。不时地从草丛中飞出灰色的鹧鸟。树枝上的喜鹊也在树林间飞来飞去的，不时地啁啾几声。在喜鹊飞往的树上结满了果子，树叶已经落得精光，果子赤裸裸的在枝条上。这也是秋天的颜色吧？

山路上落满了叶子，展示着秋的性格。这一切都与山下的高楼，山下的大海，与天上的白云，天上的蔚蓝，形成一幅令人陶醉的秋天的光景。

人们被这秋所包围，被这秋色所熏染，被这大自然所融化。走在这秋的山野里，人们一定会意识到，什么是生活，什么是艺术的生活；什么是人生，什么是美丽的人生。

正在山上欣赏着这秋色之美的时候，突然白云变乌云，东边太阳西边雨。豆大的雨点噼噼啪啪地劈头盖脸地从天而降。这是秋的洗礼，令人酣畅淋漓，也使秋更有了一些味道。秋色更加艳丽，仿佛这雨就是滴下的秋色。乌云过后，阳光依然洒满了山路，从树枝间筛下的碎荫淡而有韵。山谷间风静，树密，阳光暖人，虽有行人，却弥漫着静谧之感，行吟其间，如若浪人，可以对万物言语：草儿枯去吧，生命会在明年的春天里再来；叶儿飘去吧，秋色会在明年的秋天里再来；果子，鸟儿啄去吧，种子会在落下的地方萌芽。鸟儿，飞去吧，冬天这里没有你的落脚之处，只有谢了秋色之后的寒冷，一切都被那白皑皑的雪覆盖着。

但是，一些鸟儿并没有走。我仍然会看到鸟儿的影子，并听到鸟儿的啼鸣声，那是冬天里最熟悉也是最美的音乐和歌声，像这秋色一样的美好。你看黑白色的喜鹊总是以不变的颜色映衬着那多彩的秋色，丰富着那单一的冬日，装扮着生机勃勃的春天，刻画着夏天的绿意。喜鹊是山里四季的天使，只要你来到山上都会有它的身影和歌声相伴，人们如此睿智，给了它一个吉祥的名字。今日我走在山里，也像这喜鹊一样自由快乐，心中充满了秋一样的色彩。可惜我不会写诗，不能充分表达这秋的山、这秋的城市、这秋的世界的美丽。但总会有人去写的，我也读过许多歌颂秋色的文章和诗篇。但放眼这连绵不断的大山，看着那曲曲折折的山路，如读着那脍炙人口的诗句，令人发狂，也令人沉静。杜甫诗云："感时花溅泪，恨别鸟惊心"，真是触目惊心啊。这山里的一草一木，一叶一颜，一石一亭，都让人抒发着情感，人是多么的渺小，又是多么的脆弱，无论是躯体还是精神，在自然界，在这大山里。"天也高，地也厚，人生杳杳在其中"，与大千世界相比，人生便是沧海一粟，便是万丈红尘中的一粒尘埃，仅是大自然中的一个生物链条的小小的节点而已。

跨越一个山峰，跌入一个山谷，再攀上一个山峰，远处的景物如在天上，忽上忽下，心情也随着跌宕起伏，真是太美妙了。走在山间，如在大海中乘船一样，有上下的沉浮之感。站在山顶远眺，城市的路直通向天空。山顶上的那座飞阁宏伟而壮观，翅檐直插云霄，古色古香的与这秋融为一体。周边的人们在赏阁，也在赏秋，那五颜六色的衣裳也融入眼前这多彩的世界，也增添着秋的浓烈。

天、云、阁、山、树、人、城、楼，无不有着秋的朗气，有着秋的苍翠，无一淡然，无一例外和这秋的山野一样，都令人迷醉。

秋日的树林

秋天是很美丽的。

我喜欢秋天的颜色，也喜欢秋天的味道，还有秋天的意境。

尤其是那林间的小路，秋天便洒满了斑斓的落叶，颇有诗味，那也便是秋的诗的小径。

林中也充满一种清爽而又湿润的醇香的味道，走在这林间小径，望着那各色的澄明的树叶，不是诗人，也可以写出几句诗来。

我总喜欢在林间的小径散步，虽然就是那么几种树木，除了它们便就是一些野草和灌木，但总觉着世界是博大的，有无尽的趣味，每次走进都感到很新鲜，即使是同一个秋天。

如果再飘上一场小雨，就使得秋色欲滴了，不仅是空气的清新，也会使环境更加的幽静，令人们感到一种难得的轻松，那独自享受的过程是无与伦比的时刻，仿佛沐浴在精神的阳光里，使你的思想得到升华。

偶有鸟儿的鸣啼，便打破了一种宁静，使你猛地从凝神中醒来。或一只喜鹊，从一枝头飞起，那被振动的树枝像弹拨的琴弦，喜鹊张开的翅膀像蹁跹的舞裙，也会使你从静默中兴奋起来。

树多而成林，便可营造出人间的仙境来。风在林中变得有了音乐，雨在林中变得有了节奏，阳光在林中变得柔软，鸟儿在林中变得自由。

树本有其自身的美丽，无论是哪一个季节。但最美的季节还是秋天，四季中唯有秋天的树林是多彩而又丰实的。春天的树林还不够浓密，冬天的树林又过于稀疏，夏天的树林又太单调。当然，这都是美中的不足，或许仅是一种审美的观点而已，且不可打扰了人们对不同季节的树林的赞美。

树林需要我们特别的呵护，因为一把火、一把刀都可以把树毁掉，不需要大吊车，不需要推土机，更不需要炮弹。所以我们在林中经常会发现一些公益广告：爱护树林，人人有责。

对树林的保护，要像对运输的玻璃器皿一样，一层层地包装好，并在上面写上几个字：小心轻放。这十分的形象。

树林给我们的不仅是美好的环境，也给了我们新鲜的空气，并涵养了一方水土，给予我们以生存的基础，是人类命运的基石。

过去，我们常走的那条树林的小路上，忽地哪一天横了几栋房子，成为了私人的领地，使许多的人们在此止步，有时会有一条狗冲出来冲你狂吠，你会被吓一跳，然后十分扫兴地折路而回。这无论是什么季节，即使是秋天，也不会使人感到美的存在。

故当你走进这美好的环境当中时，看到那些毁林、占林的现象之时，不免会有淡淡的忧虑，也不免为之呼吁：保护树木，使树林不被破坏，不被毁掉，让树林长年累月长成一片古树林，成为鸟的乐园，成为动物的世界。

有人说，人是从水里走出来的，也有人说，人是从树林中走出来的。我相信都有道理，但更倾向于从树林中走出来的传说。

所以，我们有充分的理由爱护好每一片树林，使其永远成为人类的朋友。

让那条林间小路将依然落满斑斓的叶子，树林更加的多彩，更加的充满诗意，让更多的人们每一个秋日、每年的秋日都可以来这里散步，来寻觅这条诗的小径。

秋是一首诗

秋天到了，于是微信圈里便有了一首诗，名曰《秋词》。

自古逢秋悲寂寥，我言秋日胜春朝。

晴空一鹤排云上，便引诗情到碧霄。

读了这首诗，突然激起了我的一些情绪。对于秋许多的人们为之喜悦，也有许多的人们为之悲哀。刘禹锡所言："自古逢秋悲寂寥"。这是对秋较普遍的感觉。许多的人就感叹：秋风秋雨愁煞人。"一声梧叶一声秋，一点芭蕉一点愁，三更归梦三更后"。

"雨过一蝉噪，飘萧松桂秋"。人们刚刚从夏天走来。夏天里狂热和浮躁的心情还没有消失，突然都进了一个清凉的气爽的季节，使人们神清思明。虽然是硕果累累，但是树叶飘落，枝条瑟瑟，难免会使人感到冷清和萧条。

其实，天人合一。季节到了秋天时，犹如人到了中年。人到中年经过了许多的坎坷，经历了许多的冷暖，可谓是收获颇多，因此也有了丰富的人生，但不免感觉光阴紧迫，"未觉池塘春草梦，阶前梧叶已秋声"，也会有人生苦短的感叹。

这时候或许我们的两鬓已经染霜；或许我们的"前途已经光明"；或许"贵人已不顶重发"；或许"只有后发制人"。这就是人生之秋。俗语云"岁月不饶人"。也有诗曰："最是秋风管闲事，红他枫叶白人头"。

但是刘禹锡又说："我言秋日胜春朝"。秋天的澄明使我们更能看得高远。你可以看到天空下面那蜿蜒的来自天边的河流。你也可以看清白云下那起伏的美妙的山际线。你可以看到无垠无际的广阔的田野，还有那金黄的果实。故人们到了秋天也便有另一种感觉，那就是丰收的喜悦。因此也便不禁产生出许多的妙语佳句：金秋十月、硕果累累、月明星稀、瓜果飘香、晴空万里。

　　更有古诗词也为秋而绚丽："寒山转苍翠，秋水日潺湲"、"何因不归去？淮上有秋山"、"秋在水清山暮蝉，洛阳树色鸣皋烟"、"秋阴不散霜飞晚，留得枯荷听雨声"、"冉冉秋光留不住，满阶红叶暮""满载一船秋色，平铺十里湖光"。

　　更有高远处"晴空一鹤排云上"，那些南飞的雁群，在晴空中如移动的墨点。见此情景，思绪万千，便诱发诗人的灵感，写下许许多多的感人文字："塞下秋来风景异，衡阳雁去无留意"、"秋风起兮白云飞，草木黄落兮雁南归"、"长风万里送秋雁，对此可以酣高楼"。这当然就是刘禹锡所云之"便引诗情到碧霄"。

　　读到这里，你会知道秋的意境。秋的美丽是世上最美丽的。秋就是一首诗。

　　这首诗则使我意识到，这世界就是一个魔橱。当你走进去的时候，会发现那里风景的玄变。许多人说：人生如梦。就是因为你在这个魔橱里。这个魔橱幻化的一切，有时会使你如痴如醉，有时会使你痛心疾首，有时会让你感到欢乐无比。在这个魔橱里你会遇到各种各样的动物或事情，甚至是一些怪物或怪事。比如说人面牛腿的动物，头上长着鹿角的人。你还会遇到巫婆，还会遇到善良而单纯的露西和爱德蒙。

　　你看一看这个魔橱，冬天里本来无艳，突然白雪纷飞，给你一个童话般的世界。你再想一想春天，暖风拂来，百花怒放，这是怎样的一幅美丽的景象？到了夏天又是郁郁葱葱，花荫满地。有时会大雨滂沱，有时骄阳似火。而秋天呢？则是"天高云淡，望断南飞雁"。

　　无疑这世界就是一个魔橱。有人把它比作"万丈红尘"。也有人把它比作"佛门圣地"，有人把它比作"天堂"。也有人把它比作"地狱"。人啊！其实一出生就迈进了这个魔橱的大门。当人们所谓的死去的时候，其实也就是迈出了这个魔橱的大门的时候。

　　当你迈出大门时，回过头来看一看这个世界，突然发现这个生活了一辈子的世界原本是一个魔橱。原本有些事情是不该为之喜怒哀乐的，那一切都是幻化的，都是虚无缥缈的。真是令人哭笑不得。可是人啊，总也逃脱不了无形的意念和欲望。这是魔橱的魅力？还是人之本性的使然？

有一句诗曾经描写过春天和秋天，说："春风大雅能容物，秋水文章不染尘"。单单把春天和秋天剔出来歌唱。其实，春夏秋冬本都是大魔橱的幻演，本不必区分好与坏的，可是有了人的思想便赋予了其冷暖、善恶、美丑。

刘禹锡的另一首《秋词》同样描写了春与秋：

山明水净夜来霜，数树深红出浅黄。

试上高楼清入骨，岂如春色嗾人狂。

这里就完全地赞美秋了，秋和春同等的美好。这更加体现了主观对客观的认识的差异性。

人各有志。我则认为春夏秋冬各有其美。春像一首歌，冬若一部童话，夏似一场戏剧，而秋则是一首诗。

秋天来了

每一个季节到来，都会给人一个全新的感觉。因为每一个季节都有其特点和美丽。秋天的到来，也不会例外，同样给人另外一种心情。

院子里的那棵柿子树，叶子已变得绿中隐红，甚至变成了完全的红色。那橘黄色的柿子显露其间，实在美得醉人。斑斓的色彩集于一树，在高高的天空上显得十分迷人。随着秋的深入，叶子会越来越少，柿子则会暴露在枝叶间，最后，只剩下那熟得透亮的橙色的柿子，赤裸裸地挂在树枝上，像被高高挑起的红灯笼，被气爽的高高的天空刻画着。

还有柿子树旁边的那棵小叶子树，我忘记了它的名字了。已完全地变成了淡淡的黄色，显得如此的爽朗、淡泊，和它的邻居柿子树形成了鲜明的对比。在这两棵树之间还有着一块巨石。

院子里的另一边的那一片木瓜，也缀满了树冠，已变成了黄色，散发出淡淡的馨香，也偶有被风儿摇落的，落在树下的草丛中。

那条熟悉的小路旁边草地上的那棵五角枫，叶子已染成了红红的颜色，像一颗颗红心挂在树上，直耸入碧蓝的天空。绿壤，碧霄，红叶，使人驻足，平日里鲜有人走的小路，一时拥塞起来，打破了昔日的寂寞。

你脚下的那条路，旁边的景物也在向你微笑招手。匆匆走过许多的路，有时目不斜视，心无旁骛，只为目标而向前，故便忽视了一路的景物。稍一回头，便会放慢那急忙的脚步，饶有兴趣地驻足欣赏这秋的颜色和沉稳。这时你会发现那棵与杂树同生共荣的黄芦树，满树的叶子，仿佛是一张张绯红色圆润的笑脸，正以饱满的热情向行人致意。

秋天来了，给你送来了成果，同时送来了冬的消息。这就是秋的伟大和秋的深刻意义。它不虚华也不张扬，而是实在地显示着自己的一切。虽然秋后紧接着是无情的冬天，但人们还是从春暖花开的季节就开始盼望着春天种下的那颗种子，发芽，长大，结果。

秋天来了，树叶飘去，只有果实挂在树上。那是成熟的宣言，那也是苍天的恩赐。

秋天来了，两鬓染霜，只有淡定写在脸上，那是蕴藏的沧桑，那也是澄明的心灵。那颗心，如若那累累挂在树上的柿子，在清澈的天空中，任风吹来，任雪飘过，任鸟儿啄去。得失哲学已沉淀于心了，于是那颗心也与秋一样的高远而澄明。

秋天这斑斓而深重的颜色是充满果实的，是充满喜悦的，也是令人敬畏而深思的，它使人感到了自己的存在，让人感到生命的可贵和人生的价值所在。其难得之处是收获，收获了果实，也收获了智慧。果实成熟了，豪华落尽，一切都一目了然。看懂了，明白了，知道了。正如"黄山归来不看岳"，"曾经沧海难为水"。

记得启功先生曾有一副对联写的就是这个道理："气傲皆因经历少，心平只为折磨多"，就是更加直接地对着人生而言了。其实不必从大处理解，只从我们身边的小事便可以看得出其中的道理来。秋天没有到时，就不知道秋天的多彩。当你第一次看到秋色时，一定会赞叹秋的美丽，哪怕是初秋万绿丛中藏着的一点斑黄。若经历了多个秋天，你就会感到当初的那种兴奋和惊讶是多么的肤浅。同样，没有经历冬天时，不知道冬的寒冷，经历了冬天，你就会知道冬天的冷冽，风的刺骨，世界的枯败，万物的凋零。

秋天来了，冬天也接踵而至，但仍有风景，有枝的美丽，有雪的飞舞，有风的松声。经历了严寒也收获了风光，故世上许多的事情都会让人一举多得。

俗语说："一切都是最好的安排。"一切的存在都有其存在的理由。作为人要适应春的温暖，也要适应夏的酷暑，也要适应秋的霜露，也要适应冬的冰雪。从中也是要得到点什么的。

有些经历是看不见摸不着的，但它一定是会渗透到你的人生中的，也许在你的意识中有冥冥之感，对人生是有所裨益的。

常常得，常常失，经历的得与失多了，经历也就会丰富起来。得与失已成家常便饭，故也不再为得而满足，为失而沮丧，而是笑看得失。

丰富的人生，像那一片片的树叶，春天时兴致勃勃地生长出来，映衬着红花。秋天时又淡定、逸然地飘落而去，甘愿把枝条留给果实。

春·夏·秋·冬·人物·山海·海外·散文

冬天

　　北国的冬天尤其是北国乡村的冬天来得特别的早，当树叶发黄纷纷飘落时．冬天便悄然来临。尽管有许多的果实还留恋着枝桠，还在做着芳香的梦。

　　冬天虽说来得早，但我认为是很恰当适时的，当晚秋那飘逸的白云下，千果万穗的醇香充满宇宙，荡漫苍穹的时候，冬天来了，像一位高超的艺术大师，将这满天下的芬芳定格；当人们将一篓篓的果实储之仓囷的时候，冬天来了，像一位魔术大师，将洁白如絮的雪花洒向人间，覆盖阡陌，掩封院门，让人们守在火炉旁只管享用辛勤耕作的收获。冬天就这样将春天的娇嫩、绚烂，夏日的葱茏、繁荣，秋日的金黄、成熟像种子一样珍藏了起来。

　　假如说秋天是一幅热烈的水彩画，那么冬天就是一幅精美的素描。不！应该说是一幅工笔画，主体更明确。你能更清楚地看见赤峰裸岩的山的峥嵘，看见盘枝错桠的树的意志；更能真正嗅到腊梅花清淡而纯的幽香，赏到水仙花凌波而立的玉姿。

　　春听鸟声，夏听蝉声，秋听虫声，冬天则要数风声和雪声了。只有风，有声而无态，干裂无韵；只有雪，有态而无姿，湿寒无骨。只有当风雪交加，方显冬日的姿态，骨傲而韵丰。

　　冬天的风，寒意凛冽，如针砭人，呼啸东西，鞭树木，镂山川，推波助澜，声厉如熊咆虎啸，势欲扫尽整个环宇的埃尘，当雪花纷纷飘落大地，洁白不染。仿佛这大地是宇宙的脸，风如水，雪如粉，其意如人，洁而涂之，这时候你可以在窗前、门槛尽情地听那风声和雪声，欣裳冬日的姿态，风来自于树林，来自于旷野，来自于房前屋后，携着雪上下地翻飞，左右地旋转。有时飘落于地的雪花仍不甘寂寞，又飞舞着卷入空中，偶有雪花卷入帘内，如梅花坠入唇边，虽不香而味甘，沁人心脾。

　　当风收雪也落定，这时大雪铺地、冠山、压枝，整个世界银装素裹，蚊蚋不闻，虫声俱寂，既没有车轮辚辚之声，也不闻马蹄得得之响，你可以尽情地赏阅这粉饰如画的世界。如果你觉得这还不够，那你可以举足出门信步其上，踩着厚厚的咯吱咯吱的积雪，回首往事，憧憬未来，这确属一种享受。

记得在乡村时，我可是很奢侈地在雪原上漫步，炫耀我少年时光的美丽，那时我心灵如雪，单纯如雪，欢乐如雪。即使在那些风雨如晦的日子，不幸像冬日里的风深深地刺痛我的心，但那雪花仍然像往日一样落到我家的院内，树上和房顶上，如别人家的雪一样的洁白。越是不幸我越爱去踏雪，去享用这普天下一样的待遇。雪是洁白的，可以净化人的心灵，趁着这雪正白，尽情地踏吧！朋友，莫等到西阳斜照，染了这方圣洁。

北国的冬天尤其是北国乡村的冬天是很像个样子的，寒则透骨，风则肆虐，雪则满天……，可谓名副其实矣。

一九九七年十二月于烟台

雪中山林

一日中午，满天飞雪。正是在火炉旁煮茗对弈，或临窗诵诗的好时候。我却与好友马先征披上了大衣，一起去坐落在闹市区的小黄山散步观雪去了。

沿着一条幽静的小路，踏着路面上软绵绵的雪绒向山里走去。在冬天的催促下，山脱去了绿装，树木也已洗去了暖日的铅华。虽没有了绿色弥漫时的幽深，但透过高高林立的树木，可以目及山峰，仰观苍穹，有一种豁然开朗之感。满山的树木，挺立着，昂着头，任风雪吹打，在三九严寒里磨炼意志，砥砺品格，显现出一种特有的风骨。你看那构树，柞树，槐树，枣树，还有许多的灌木，都在风雪中傲立。雪花纷纷扬扬，飘飘洒洒，从树的枝桠间，悠闲地筛落，像夏日里采蜜的蜜蜂，往往来来，忙碌不停。

松树直立在风雪中，还在做着春天的梦，鹤唳的风声和肆虐的雪，仿佛并没有打搅它那绿色的梦境，它浑身仍洋溢着春、夏、秋的烂漫；构树的叶子已经落得精光，它的枝桠粗胖，像孩子般陶醉在这童话般的世界里，游嬉于春天的白衣天使；槐树亦赤裸裸地挂着几簇像四季豆似的已经干瘪了的果实，在风雪中窸窣作瑟；法桐的树枝上清清楚楚地挑着一些圆圆的小球，悠悠然随风飘荡，与雪共舞。我想这圆圆的小球里，一定装着生命的种子和青春的希望；只有柞树像穿着棉袄似的带着满身的干黄的叶子，摇曳着在风雪中发出一种声音，与其它的声响共同奏鸣，形成了一种冬天里特有的交响曲，像是在拖着长腔反复朗诵一个"舞"字；那枣树及一些灌木已没有了一点颜色，你很难想象到其春的鹅黄，夏的葱茏，秋的金黄。然而，春天一来，干枯的树枝依旧会发芽、长叶、开花、结果，就是枯死的小草也会奇迹般地崭露头角，绿意盎然。

沿着曲曲折折的林间小路，越走越深。风声和雪声愈紧，这山与林愈静。虽然与闹市只有几步之遥，但仿佛我们已置身世外，远离了那万丈红尘，望着山坡下偶有几座青色瓦房，袅袅的炊烟，依稀可见陶渊明山中《饮酒》的诗境，"结庐在人境，而无车马喧"、"采菊东篱下，悠然见南山"、"此中有真意，欲辩已忘言"。

我们这沾满尘埃的凡俗之人，来到了这具有莲花一样风格的出闹市而静谧的山林，总不会熏染她们吧，但她们却感染了我们，净化了我们的心灵，升华了我们的情操，给予了我们愉悦、豁达与豪放。陶渊明后悔自己"误入尘网中"，其实，不曾落入尘网，哪能体会到《归园田居》里的"闲情"。

我与马先征一边指点着江山，一边欣赏着飘雪的山林。大自然真是太美了。自然的魅力使我拿起了笔以记之，但这般自然的美，哪里是用文字能够琢磨得透的呢？

一九九九年十二月

雪

雪，单片称为雪花。那么精致，那么晶莹，这已够使人喜爱，然而她又偏偏以一种独特的方式自上而下地旋转着，飞舞着，供人们从高低远近不同的角度去观赏，真有锦上添花之美啊！尤其是在风静的时候，雪花落得慢而轻盈，像回放的慢镜头似的，令人沉醉。

我多么想把雪花留住，变作永恒的美。这样我一定会将其摆放在工艺品架上，一年四季去观赏。但想来想去终觉不妥，因为看不到她那自由自在的舞姿，实在是一种遗憾。昙花不也像雪花一样绽而即逝的吗？然而短暂的生命却显现出无比的光辉。

雪花的美丽，不仅在于她自身的美，更在于她能用朴素的美去装饰万物。在那些飘雪的日子里，你总会看到"千树万树梨花开"的景色，就连那些最无观赏价值的蒿草与灌木丛也变成了一件件珍贵的银饰品，那么圣洁，那么令人神往。冬天那灰蒙蒙的色调，加之这洁白的雪，很像一张极具艺术效果的黑白照片，这要比彩色的更典雅，更讲究，更有珍藏价值。

我多次将自己置于画里，体味自由的飞雪与无束的漫步那种适宜、和谐、闲舒的情调，倾听脚下那咯吱咯吱的踏雪声，感受生命的实在，领略那"纷纷鳞甲飞"的壮观，忘情地欣赏这童话般的白色世界。

雪呀，你不曾有一点颜色，美来自何处？人们说：你可以折射出青、红、黄、绿、蓝和紫，又可以征服一切颜色，使世界的五颜六色都包容在你这小小的花瓣里，你有一种无与伦比的神韵。我多次将你捧在手中，想看个仔细，探个究竟，但你总是跟我捉迷藏，明明捧在手里，却倏然不见了。后来我才明白，世上的一切并非都需要热情，热情在某些地方需要止步。

二零零一年十二月

雪与诗

　　大雪纷飞，万物着花，素然一色。冬天的色彩从一种单调到了另一种单调，但给人们的感觉却是从暗淡走向了靓丽，仿佛置身于仙境一般，望着这冰天雪地，喜不自已。

　　路上行驶的车辆也倏地减速慢行，人们也小心翼翼地骑车走路，仿佛都怕惊扰仙人们的宁静似的。其实，雪花在飘落，那么潇洒。强风在劲吹，那么执着。明明到处都在动，不曾有一丝的静，而整个世界却变得如此安谧，真是"蝉噪林愈静，鸟鸣山更幽"啊！

　　且不说这雪声吧！仅那周天一色的白，足以令人为之陶醉，为之放歌。徐凝《喜雪》中云："长爱谢家能咏雪，今朝见雪亦狂歌"。多少文人墨客被雪感动而歌雪。那纷纷扬扬的雪本就有一种美，再加入一些诗韵，那种美就更使人不能盈纳了。

　　南朝梁吴均《咏雪》"萦空如雾转，凝阶似花积"；北魏曹操《苦寒行》"溪谷少人民，雪落何霏霏"；唐代杜甫《对雪》"乱云低薄暮，急雪舞回风"，都描绘了大雪飘舞之盛，一幅大雪弥漫肆虐的场景展现在了我们的眼前。

　　宋代孔平仲《寄内》"行人日暮少，风雪乱山深"；乐府民歌《子夜四时歌·冬歌》"渊水厚三尺，素雪覆千里"，描绘了大雪积聚之深和大雪覆盖之广，像一幅大漠图景一样令人震撼。

　　唐代聂夷中《雪》"远山银鹤聚，老树玉龙斜"；高骈《对雪》"六出飞花入户时，坐看青竹变琼枝"；柳宗元《江雪》"千山鸟飞绝，万径人踪灭"则描画出了各具特色的雪姿和雪势。诗美，雪美，诗雪美，雪诗更美，美不胜收。

　　宋代杨万里《雪后晚晴，四山皆青，惟东山全白……》"最爱东山晴后雪，软红光里涌银山"；六朝庾信的《郊行值雪》云："……雪花开六出，冰珠映九光。还如驱玉马，暂似猎银獐……薛君一狐白，……"描绘了雪花之形状，雪花之光泽，雪花之色彩，更展现了一幅"驱玉马""猎银獐"的奔腾驰骋的动态场景。

雪使人们的诗句多带烟霞，诗也使绝然一色的雪充满了色彩。韩愈《春雪》"新年都未有芳华，二月初惊见草芽。白雪却嫌春色晚，故穿庭树作飞花"。则写出了雪的灵气。

雪是大自然的骄子，是大自然的造化。大自然在给人们创造着惊喜，春暖、夏热、秋凉、冬寒；春花、夏雨、秋月、冬雪；雷、电、霜、雾、风、润等，都是大自然馈赠给人类的，使人们一年四季享受不同的环境和气候，不至于那么单调，那么枯燥地生活。

在这大自然中，万物都有令人欣赏之处，但最使我陶醉的还是雪花。雪使人雅，雪使人逸，雪使人悦，雪使人忘怀，雪使人从万丈红尘中飘然入世外桃源。刚才还是凡俗人间，红尘万丈，忽地如入太虚天堂，白雪千里。人们烦躁、忙碌的心情一下子变得平静、安闲。

这一反差，使得人们心旷神怡，屏息舒怀，像咆哮着的大海突然沉默下来一样，从一种境界到另一番景致。雪使人们享受到了这一变化，而且是不分平凡与伟大，不分贫贱与富贵。雪花虽小，但胸怀是那样宽广，不愧为大自然的子孙。

有人把风、花、雪、月封为四大美景，我认为雪为四大美景之王，可随风飘洒，可遮月拂花。

二零零五年一月

大雪

今天是二零零六年十二月十六日，天气预报有暴雪。我对天气预报大为不满。把雪的美丽和魅力，用一个"暴"字一扫而光。我总认为：无论怎样肆虐的雪，都可以用一个字来形容，那就是"大"字。大雪那是怎样的令人神往啊！

下午四点钟，阴云密布的苍天的脸，终于挂不住了，大雪像面粉一样洒落下来，半个钟头的功夫，天地皆白，草木间开满了玉兰花，大有不可阻挡之势。就在这个当儿，大雪突然停了下来，像跟人们开了一个玩笑。但到七点钟，大雪再次降临。我这才知道，刚才只不过是大雪舞蹈的序幕。这回才是全剧的开始。

天黑了，雪仍然在飞舞，美丽的舞姿随风摇曳着。我在楼上，打开窗帘，并熄灭了屋内的灯，向外张望。夜空茫茫一片，不辨雪的影子，只有路灯的方向，透过光方见雪花，像蜜蜂一样密密匝匝地忙碌着。地面上已是厚厚的一层。我耐不住大雪的诱惑，拽一件大衣，走出大门。雪已经和门前的第一级台阶相平，一脚踩去，雪没了我的脚脖。在雪中走了几步，冰冷的雪就钻进了我的鞋子，跟我的脚一起来分享鞋子里的暖温。飘飞的雪花也飞进我的领口，跟我嬉闹。我感觉仿佛首尾受敌似的，于是便急忙收兵，整进了楼内。人们入眠了，雪仍然在飞舞，尽管已无人观看，但雪的舞姿仍然是一丝不苟。天亮了，雪仍然在飞舞，天和地都是它的舞台，它弥漫了整个世界，"盖尽人间恶路歧"，"如今好上高楼望"，"坐看青竹变琼枝"。

大雪整整下了一夜，又下了半天，这才隐退。雪的退去，使我不免有了一丝忧伤。担心这美丽的雪景会化去，再露出那些污泥浊水。我喜欢下雪，也喜欢下雨，两者有异曲同工之妙，都能覆盖或冲刷掉一切污浊的东西，使世界变得洁净、美丽。

二零零六年十二月

冰雪的天地

童年的时候就经常收到来自东北冰天雪地里的问候。我有一个姨闯关东去了东北，当时东北是非常富有的，她经常邮寄一些东北的特产和东北特有的防冷的乌拉鞋。当亲戚从东北回来，又给我们讲起大森林、小松鼠、熊还有梅花鹿及猎人的故事，以及冬天里雪的场景。所以小时候就产生了对东北冰天雪地童话般的世界的向往。

高中毕业了，考上了大学，我第一志愿报考了东北的一所军事院校，想象着去东北享受一下这个冰天雪地的世界，享受那透骨彻肌的淋漓的寒冷，不免有些兴奋。也想独居这个天涯的一隅，认真地去研读军事工程以便将来报效国家。然而，却被一所师范大学录取，那时候师范大学是优先录取的，不管你是否申报了志愿。因此，在不知情的情况下，突然收到师范大学的录取通知书。

这一次没有来到东北自己也略感遗憾，但是，当我得知被师范大学录取的消息的时候，依然感到兴奋激动。当时家里贫穷，师范院校每月的生活补贴，也给自己的家庭减少了一些负担。

人生有许多的事情，是不能够完全由自己把握和控制的。努力加上天时才是命运和前途。但一切都是最好的安排。

大学毕业后，我去过几次东北，那也是很迟很迟的时候了。不过都是在明媚的春天或是绿色的夏天，最晚的季节也是在秋天。去看过美丽的太阳岛、著名的天池、长白山、鸭绿江、大森林。虽然每次去都是匆匆的，但是给我留下的印象是很深刻的。

直到有一次去哈尔滨工程大学，那是一个冬天。飞机落下来，一个向往已久的童话般的世界撞于眼前，一片洁白。树木，大街，建筑物，都已面目全非，不见了真正的颜色。尤其那些草木被一层白色的冰雪包裹着像是用银子做成的，那么庞大，那么一望无际，我的心真的有点震撼了。心里想这下可好了，我可以踏在咯吱咯吱的积雪上面了。这听起来是足够的浪漫，可是那彻骨的冰冷却会迅速地透遍你的全身，当然，这也不失为另一种罗曼蒂克。

傍晚夜幕降临，借着路灯的光明，我踏上了雪地，但是路上的雪已被人们的车轮辗得平滑，在灯光下发出冷清的光，已没有了那咯吱咯吱的悦耳声。也许这就是生活，现实总没有理想那么浪漫。我于是偏向了路边的雪地，在这里仿佛找到了我理想的感觉，咯吱咯吱咯吱，我愿意这样走下去，虽然寒冷，但却很有节奏感，可以留下深深的脚印。晚上的空气完全被雪凉透，射来的灯光也增添了几分寒意。这一次我充分体会到了冰雪世界的寒彻。好一个寒冷的北国。

当我返程的时候，城市到处是浓浓的白色的雾霭，树上是白色的冰挂，天空白色的迷蒙，地上是白色的冰雪，四面八方都是雪的世界。飞机不能飞，许多的旅行者被阻隔在机场或城市里。都说人定胜天，在这个时候，大家都束手无策，只好等待天公的笑脸。这倒是给了我一点时间，尽情地徜徉在自己向往已久的冰雪的世界里。耳边响起那一首歌《我爱你塞北的雪》。

又有一次也是冬天来到了东北，这一次是落脚沈阳。虽然不比上次寒冷，但温度计仍显示室外温度是零下二十度。不过没有雪，当地人感到有些遗憾。这么冷的冬天没有雪，略有些逊色。我冒着严寒，参观了沈阳故宫，参观了大帅府。这又使我的遗憾增添了几分。这么壮观的大帅府又有何用？不也是被日本的铁蹄踏过了吗？我有一种说不出来的莫名其妙的滋味。

油然想起了那些令人崇敬的民族英雄。虽然身单力薄，虽然弹尽粮绝，但仍然跋涉在林海雪原上，与敌人浴血奋战，直到献出最后的一滴血。杨靖宇是也。

我离开沈阳，到了梅河口。路上，我看到东北的秩序，看到有序的原野，被收割了庄稼的田地那么洁净。山没有被破坏。树木没有被砍伐。自然的景观也是如此的完美。我看到了东北大地的希望。到了梅河口，我又看到了一座小城的繁荣。虽然是冬天，但我并没有感到萧条，却发现处处涌动着一种生机，涌动着一种活力。到了晚上炫动的城市又有了五颜的色彩。

离开梅河口，我们来到了长春。路上又发现了同样的美丽而有序的原野。路边已有了雪的消息。到达长春时，又看到了厚厚的积雪。人们已经开始用冰雪来雕刻大型的艺术作品。我踏着咯吱咯吱的积雪，走进了伪满洲国的皇宫，末代皇帝溥仪工作生活了十三年的地方。十三年里发生了多少的故事？我看到了历史的悲哀。

这里寒冷的冬天是怎样度过的？这里有过春天吗？一年四季都令人寒心。但是春天已经到来了，我们应该很好地保护好这些历史建筑和文物，以此为鉴。

一边走一边看一边写下了如下一段文字：

多少宇台人去楼空，多少贤达事败公众。

遥想溥仪，三岁萌萌坐皇宫。

六岁却破皇帝梦，十一岁伪满洲国里作绥崇。

到如今，楼中什物，为后人唾笑留物供。

匹夫尚虑家国兴亡，何曾问身后名功？

大人物须立正义之名，事事当以天下为公。

不失士节，应与匹夫为垄。

这寒冷的天带给我异常的寒冷。我仿佛被冻僵了，感到身体极大的不适，想呕吐。当走出伪满洲国皇宫大门时，我不自觉地裹紧了衣服，匆匆回到了住所，放满一池的热水，把自己的全身投入了进去，使自己慢慢地复苏。

眼前升腾的热气和窗外清冷的寒气，就像那无形的魔鬼不断地幻变着。正像那些历史的片段总是萦绕在人们的眼前一样，挥之不去。

冰雪是寒冷的，但是比冰雪更寒冷的物什还有许多。冰雪的寒冷是单纯的，只能冻僵人们的肉体。而那些物什的寒冷却是复杂的，连人们的灵魂都可以冻僵。

冬天的原野

　　车在原野上驰骋，目光从车窗远望，青色的天犹如穹庐。这毋庸置疑，一定是冬的缘故。冬总是给天一张怪脸，阴沉沉的，使人战栗或发抖。穹庐下的山，树木，河，沟壑，小路，低矮的农家房屋一览无余，只是不见一点的色彩，看上去像是要窒息似的。

　　在这个叫冬的暴君面前，一切都变得肃然，成了一种调子，一种颜色。没有太阳，整个原野愈显得苍凉。太阳哪里去了？难道也怕被冬冻僵而熄灭？

　　刚刚下过的一场雪，覆盖着山水，覆盖着大地，分不清是一条流淌的小河，还是一条蜿蜒的小路。冬天的无情扼杀了一切。冬的风像刀一样切割着一切，冬的雪又像盐一样撒下，已把草民们全部扼杀掉了。雪的白透着寒光，像一把刀一样在晃动。败叶也都被寒风扫尽，只剩下了枯枝。那些被冬日夺去了生命的草民们，在春夏秋的季节里，可都是以自己的特点和个性尽显本色的，都在安逸中做着天使的梦。看上去都那么安然，都那么美丽。你很难看出世界上还会有冬天，一年还会有冬季。当冬日来了的时候，草民们的影子连着他们的身体却统统地不见了，也许有少数者的残骸，已被盖在了雪的下面。是否他们还把根藏在大地里，这是要待到明年的晚春才可以见到分晓的。

　　眼前只有英雄们的美丽，是他们的意志塑造了他们美的形象。虽然没有了一切的修饰，纵然连一个陪衬的耕作的人也没有，就是牛羊也不出来略加点缀作一个陪衬，只有那些英雄们赤裸裸地站在大地上，背负着大地的希望，怀抱着天使的巢穴，枯枝间写着两个美丽的大字—"傲骨"。被冰封的河边，有他们的影子；被冰雪覆盖的山下，有他们的影子；平川上有他们的影子。处处可见到他们顶天立地的形象。枝条直愣愣地刺向天空，使天的那张脸歪斜着，更加怪异起来。风儿呼啸着飞来，卷着雪儿，是他们发出抗议的呐喊。这一幅苍凉的图画，时时令人为之赞美。

雪覆盖着苍凉的大地，又刻画着大地的苍凉。这苍凉是冬的表情，有权威，也有深意，不扬花，也不轻浮。

车子不停地向前跑着，渐渐淡去了雪痕，而却来了雾气。雾却比雪缠绵得多，它不像雪依偎在山川上，只是薄薄的一层，或许会是厚厚的，但它总归是明朗的；而雾则是弥漫的，从四周拢来使人分不清方向，又抓它不着。不过，今天的雾是不算厚的，但也不薄，不过还可以隐约分得清哪是山，哪是川，哪是河流，只是变得朦胧。有歌曰："月朦胧，鸟朦胧"，而今天的一切，都变得朦胧了。其实，朦胧是一种美，那些雾中的白杨树们傲然挺立的样子很值得你去欣赏，朦胧可见树的下边是一个青色的河塘，树的旁边是青色的山坳，唯有那树在冬天的雾中，显得有点苍白，想必一定是雾气触在树枝上结成了霜。大雾使车子很难奔驰起来，只好慢慢地前行，好像这是天意，让你能够细观雾中之"花"，享受自然之意的悲凉。雾拥来又散去，散去又拥来。

渐渐地车子走出了天气的沼泽，雾气淡去，太阳出来了。车子从高速公路下来，沿着河边的一条小路前行，河边满是枯萎的杂草和没有一片叶子的树木。蜿蜒的小河，让那些淘金者把河底翻得高凹不平，但河水还是找到了自己的轨迹，水到渠成，形成了河中渠，虽然不能占满河底。河底水边的或水中的凸起者，也长满是枯萎了的水草，芦，或蒲，分明曾经是青草离离。在这隆冬里，河底的细流也结成了冰，仿佛静止地停滞在那里。小路的一边，是连绵不断的山丘，山丘外，是高高的山。在路边山丘上偶尔长着几棵高大的树，上面喜鹊们筑有巢窝，喜鹊站在巢边，像是山崖上的哨兵，宁静地望着远方。我仿佛感觉到了自然而又无人迹的环境的力量。再看一看那座山坳，三面环山，一面的山很高，把尘嚣隔在了九霄云朵之外。冬天的阳光柔和地照在山坳中的树和野草上，照在那一泓结有冰棱的白水上，虽然是冬天，但感到一丝的温暖。山坳中有一条小路，如若沿途而上，可以攀上峰顶，则可俯视大观。在这苍凉的原野上依然有这些闲处让人看过心旷神怡。这就是自然的力，自然的境，自然的美。我也曾在汉拿山的林荫公路上停车漫步，观看那满山的红叶，嗅闻那漫天的花香，倾听那树林间的鸟鸣，并停下来在路旁的休息吧里品一杯热咖啡；我也曾经站在虾龙湾的一座山上，环视四海，观看海里静卧的小屿，看那穿梭于海上的小舟，但都已失去了自然的宁静，都找不到这条无名小河和这座无名山坳里的这种悠然。有句俗话："人满为患"，不无道理。在云南有一道风景是"蝴蝶泉"，起初蝴蝶铺天盖地，于是人们蜂拥而来观看，最后蝴蝶全没有了，只剩下游人。那里赫然立着一个石碑，上面写着"蝴蝶泉"三个字，如此而已。

小的时候，我父亲就经常对我说：世上无二景，就是人看人。以此来打击我对外出的向往和憧憬。现在看来是有一定道理的。世界技术的发展，交通的便利，已经使人们无处不能及，到处都是人，所以宁静越来越缺少了。原野毕竟是原野，那里没有修饰，那里也没有遗憾，那里只是一片自然。

看树枝的季节

又到了看树枝的季节。万物又归于寂灭。

我仿佛很喜欢这个明快而简单的季节。

故便坐上一辆高座车沿着高速公路看这个季节里的风光。安逸地坐在车上，可以动态饱览前景，更有不劳而获之嫌。

刚出发时，太阳还在山的后面，但天边的颜色有一点淡红，或者可以描述为黄的旋律。我心中大悦，想起古语中的"黄道吉日"，这不是迷信，而是一种心理上的反映，故心情很愉快地上了高速。两边尽是山峦，草已全枯了，黄黄的铺在田野里，安然而恬静，当太阳升起来的时候，把阳光也洒在这些野草上，草像发出了金色的光，有点金灿灿的。树枝在随风摇动，但在车里并不能听得见外面的风声，但树的多姿却尽显眼前，逆光的树枝有点浓墨的色调，顺着光看到树枝尤其是白杨树，却像是涂了淡墨，上面的喜鹊的巢墨色浓了一点。远处那一片山崖抱住了射过来的阳光，暖洋洋的，但怀中的草木依然是干枯的，却也赋予了一种坚毅的意志。

其实在冬天里，我不很喜欢那些绿色的、不凋的树木，那与时令不符，显得很不和谐，该枯时枯，该荣时荣，总能带给世界一些变化，不至于让人烦闷。

一条河流映入眼帘，在阳光下如一眼镜。崖边是杂草，河中也有汀草。到这时我才悟出我为什么喜欢那种颜色，那是祖先留给我们的印记。远处出现了一片松树，我刚说不喜欢，他就来了，一年到头就穿着那么一身的绿装，不像其它树一样从发芽时的紫红色，到长出鹅黄的叶子，到茂盛时的浓绿，再到秋时的黄或红，最后脱去了铅华，去繁而就简，总可以让人喜欢。随遇而安，随时而变，也是万物之性情。

一个村庄过来了，红砖红瓦，房顶上的老槐树和老梧桐的干枯的树叶在动。村前是一个草垛一个草垛的星罗棋布，再向前是一大片白杨树林，密密麻麻的，林中蕴含着烟岚似的，如村子里的炊烟藏在林中。

我已经离开一个城市很久了，总希望离开得越远越好，但一个城市的痕迹还没有完全的消失，另一个城市的影子已经到来了。

高压线塔架林立着，电线横斜在天空。

许多小房子横七竖八地堆在土地上。

天地无空，无宁静，自然消失，人流杂乱。

总是遗憾而又遗憾。太阳也升高了，太高了也失去了刚爬起来的那种感觉，太阳太高也使我遗憾，像抛不掉城市的影子一样的心情。或许黄昏时那种愉悦又会归来。那是回家的感觉。也不是那种寻找自然，看万物寂静的感觉。

有一位作家说给你一匹马，而她的马永远属于自己，在梦里，在心里，在意志里，在情绪中，那需要用情绪作饲料。而我也有一匹马。这匹马总是在我心里、梦里，在那漫无天际的自然牧场里，在荒原里，在这个可以看枝的季节里。

轻歌曼舞的雪

雪，总是人们最喜欢的，如果确切地说，是最令人惊喜的。

她从天空中飘来，如此的清清楚楚，轻盈剔透，像诗一样地来到你面前，充满了浪漫主义的色彩。

她于无声中改变着世界的颜色。枯枝生出花朵，兰、竹、松生出清冷而可人的绿，把世界万物装饰得美丽起来。

她飞舞是美丽的，她落定是美丽的。

她为阴历年增添了年味。没有她总找不到过年的感觉。

她为青松平添了翠绿，没有雪，青松本身也感到单调。

她为梅花送来意志，增添了美姿。曾有诗人说："梅须逊雪三分白，雪却输梅一段香"。没有雪，梅花开得寂寞，开得孤独。梅与雪的结合自古以来便是诗人和画家笔下的题材。有多少诗篇和文章，赞美梅与雪；有多少艺术家把梅和雪画在画中，那种韵味无雪不及。关于雪与梅的作品，都是脍炙人口的诗词和爱不释手的画卷。

她为竹增添了高风亮节。有了雪，竹便有了清风与高洁。你看那一片院中的竹林，染着淡淡的白，有无与伦比的天之韵味与丰盈。绿中染白，白中透绿，仿佛是竹花盛开，那是多么难得的圣洁。人们走过，都会感觉到像一幅作品，禁不住拍下这大自然之作，以便永恒地珍藏。

这自然与人文的结合，这自然与科技的结合，都在创造着美与记忆。

没有雪，也便没有阿尔卑斯山的雪峰的美，也便没有阿尔卑斯山下河水的美丽。罗纳河在流出日内瓦湖之后，就和地中海一样蔚蓝。莱茵河从康斯坦兹湖流出后，就和大西洋一样碧绿。都是因其仍然流淌着雪的品质。

雪化为水，就像那珍珠化为了钻石一般。

没有雪，也便没有富士山的美，也就没有富士山下湖色的美丽。去过日本国的富士山的人们，一定会记得箱根的芦湖的宁静，在箱根的芦湖边，可眺望到富士山的白头峰，那是雪染白了的富士山。但你眼前被雪水所浸润着的樱花，却把雪的白色和红的胭脂融合得那么完美与自然。

这雪是伟大而神圣的，自盘踞富士山以来，日本诗人就用"玉扇倒悬东海天""富士白雪映朝阳"等传统的诗句来赞美她。富士山下的山中湖、河口湖、西湖、精进湖和本栖湖都透着碧玉的美丽。

有一座山被称之为世界屋脊，那就是喜马拉雅山，那山上的世界，也是雪的天地。喜马拉雅山脉在梵语中意为雪域，藏语中意为雪的故乡。

没有雪，便没有雪域高原，也便没有雪山，就没有雪山脚下的湖水和河流，也便没有黄河滔滔之壮观，也没有"黄河之水天上来，奔流到海不复回"之诗句。

喜马拉雅山融化的雪水，形成十九条河流。雅鲁藏布江，它像一条银色的巨龙从海拔五千三百米以上的喜马拉雅山中段的北坡的冰雪山岭发源，自西向东，奔流于西藏高原南部，最后于巴昔卡流出国境，被称作布拉马普特拉河。经印度和孟加拉国，注入了孟加拉湾，在中国境内全长竟达二千零五十七公里还有余。

记得有一次回村子里，老家的房屋还是低矮的，是带有院子的瓦房。从屋里走出来，到了院子里向北一望，屋顶上的天空，一片灰暗，但却显得如此深奥而广阔。"天要下雪了"，果不然，当我们迈出院门，再向后望时，雪花飘降下来，而我所站的地方，则不曾飘过雪花来，我像是在台下观看舞台上的雪花飞舞的观众。远处深奥的、灰暗的天空，飞出洁白色的雪花，我顿时感到神圣而又神秘，感到吉祥而又壮观。几分钟之后，整个天地，都弥漫着雪花了，都成为了雪花飞扬的舞台，我也便淹没在雪中，也仿佛在舞台上与雪一起舞动。

但我却找不到雪的旋律，也找不到雪的步履。雪是上帝的造物，她不受一切事物的影响，只有一个主调，那就是自由。她有多个化身：可成雾，可成水，可成冰，可成霜，可成雨，可成雹。

雪的品质在于无我，可隐可现。有古语云"大道本无我，青春常与君"，故雪每一次来到我们中间的时候，都是那样的洁白，不曾有人间红尘的俗颜。

雪用轻盈的身姿，垒起了童话般的雪峰，在冷峻中体现伟岸的雄姿；雪用轻盈的身姿，铺就了辽阔的雪原，拥抱着万物的根和种子，用冷的温度温暖着生命。

但她也享受和接受着自然的默默的温情，悄悄地融化着自己。

当她在山峰的时候，雪水会从山峰上流下，快乐地唱着歌，汇成河，形成波澜壮阔的洪流，流向大海，变得深沉而雄壮。这些都已辨不出雪的身份，但当暴风雨来袭之时，她也会像猛兽一样愤怒地奔涌，那拍案而起的浪花，便是雪的化身。当她在田野的时候，雪水又会滋润着树根和种子萌芽，使生命朝气蓬勃起来。

雪往往习惯于轻歌曼舞，但从来也不畏强暴，面对强暴她也会变得肆虐，变得狂舞。这就是人们崇拜的"遇魔成魔，遇佛成佛"的最高境界吧。

我不禁崇拜起雪来。

我不禁赞叹这一朵可坚，可柔，可静，可喧，可如猛虎，可如蛟龙的轻盈的雪花。

她演化出了一个波澜壮阔的世界。

雪的风格

那窗外的雪，繁忙地飞舞着。

天空中白茫茫的，不见杂色。

我不知道，这晶莹的雪花是否来自天国？

我愿意看到这一幕美妙的景象。

我几乎是痴迷地看着雪花飞舞而又平静地落在地面上。

这是大自然中最为精彩的一幕，还有什么能胜过这飞雪的壮观呢？

雪弥漫了天空，使我看不到那些人间的城廓，也看不到那些绿色的树木，也看不清路的方向，更看不到路上的行人和车辆。

我忽然感到一种超然，一种轻松，一种愉悦。

人类啊！你再伟大也没有这自然大师之伟大。这大手笔是何等的气魄。细细想来，人类也是在这位自然大师的手掌之中啊，生老病死都逃不出它的控制。

据说，人类就是这位自然大师捏造出来的啊！

人欣赏雪，雪是否也欣赏人间。

只要雪来到人间，她总是飞舞着，高兴而来的，从不选择落脚之地，从不避之趋之，树枝上可以栖身，山野里可以藏身，江河中可以容身，即使被化为乌有，也在所不辞，这是怎样的品质，怎样的勇敢，怎样的精神！

我不想写人，人太复杂了，笑不一定高兴，哭不一定悲伤，一写到人便把握不准了，要写到深刻处，会扰乱了你的心情。

只写雪吧，雪不论是乌云还是太阳都一样地飞舞，越是寒冷越是晶莹剔透，抓住雪的现象就抓住了雪的本质，简单而明快。

雪会使你思绪飞扬。

你可以想象雪是多么的多彩。"林海雪原"、"冰天雪地"、"雪山"、"雪松"、"银装素裹"，多么壮观的景象，但也难以表达雪的美丽。

不去看那些一望无际的壮观，仅看那些四合院中的雪景吧，那小小的环境被雪装饰出多彩，在寒气中营造出清新，令人推门见奇。房顶上的白雪，融化后流成的冰锥、石凳上的雪层，草垛上的雪堆，猫从院中走过，留下的足迹，都会使你有所感触，尤其是那几棵园子中的花草，挑着雪枝，掩盖着几个红果，那怎不令人忘乎所以呢？

坐在屋子里的窗前的沙发上，看着窗外的雪花飞舞，是件愉乐的事情。

天黑时，夜幕漆黑，窗外的雪，借着屋里的灯光仍可以看到雪的影子，从窗前斜着落过去。背后是茫茫的夜空，在这样一个舞台上，在这样一个窗口里的雪的飞舞的姿态是如何的美丽！

茫茫的暗夜里，轻盈洁白的雪花仍然按照自己的节奏在舞蹈，不期世人的观望，不期展示自己的美姿，而是不惜把洁白投入暗夜之中。

当暗夜过去，白日归来，雪花仍然洁白，陈设在大地上，飞舞在天空中。

无论环境恶与劣，翩然独步漫飞雪。

光天华日有泽美，夜黑风高亦自洁。

结伴合拍互相携，物理美德教人学。

不分时分与日月，不问前程勇飞落。

雪景之美丽众人皆知，但雪花的美德，可能不曾为人们去思想，它是冬日里万物的暖襟，它是冬日里万物的乳汁，以自身的寒气送给万物以温暖，以自身的融化牺牲去滋润万物的心田，故民间俗语有云"瑞雪兆丰年"。

短暂的生命，有耀眼的光辉。

其实，雪不能用生命去称重，其可以用灵魂而称重。

她来自天国，所以她如此的洁白无瑕，一尘不染；所以她如此的晶莹剔透，简单无华；所以她轻盈淡薄，形美心静。

她带着天国的赐予，带着天国的气象，无忧无虑地、自由自在地飘舞着来到人间。

她没有愤怒，没有悲伤，没有锐利，只有慈祥、善良、温顺。通过她的形态就可以看到她的内心构造，表里如一。

　　雪是天国的消息，看到雪就知道天国的宁静，仿佛就飘在你的上空，只有雪花飞舞时，才会让你体会到。

　　雪用灵魂称重，那是雪自己赢得的，冬天有了雪才有了灵魂，枯萎的万物有雪才有灵魂。

　　雪懂得增色添花，值得赞美之：

　　二月飞雪嫌春迟，故作飞花穿枝间。

　　犹如六月柳絮泛，剔除寒气若暑天。

　　雪又在飞舞了，我忙放下手中的活儿，站向窗前痴迷地望着窗外。

　　雪纷纷而来，我又走入飞扬的雪中，陶醉于雪的世界，享受着天国的宁静了。

▌雪的美意▐

大雪舞青松，两色对白中。松枝随风动，轻轻把雪拥。天冰赋地冻，路滑复寒空。铁甲气冲冲，歪头堵路通。车人急汹汹，叹气又捶胸。孩子把情纵，雪中乐融融。门前培雪童，树下玩雪官。

生活在这里的人们，每年都能够欣赏到雪的美丽。

每年的冬天都有许多场雪。今年也毫无例外，大雪又飘在天空了。

有时一飘就是一天一夜，厚厚的积雪铺在路上、树上、草丛上、房顶上，给人们一个全新的洁白的世界。

每年都是如此，心情是否会平淡下来？没有，每次看到雪花飞舞都是那样的欣喜若狂。每当打开窗帘，看到外面飞舞的雪花，看到洁白的积雪铺满路面，都会感到一种美丽，感到一种快乐。

其实，雪并没有因为我们的情绪而改变她以往的性情，仍然那样的洁白，那样的轻盈，那样的自由地飞舞。

有时她为了给人们一个惊喜，便在夜里人们进入梦乡的时候，悄悄地飞来装饰这个人们已经司空见惯的，有时还不免厌倦了的世界。当人们从梦中醒来走出家门时，仿佛进入了另一个世界，美不胜收，不禁大喜，并用现代化的机器拍下一段一段的美景，互相传递着，甚至传向远方。正如过去，人们奔走相告一样。

雪，总是一以贯之，深入地，沉着地，持之以恒地，不管是有人欣赏，还是有人嫌弃，总是尽情地舞蹈。你看吧，即使有人早已做好了清除她们的准备，但她们仍然义无反顾地飞落。有时还很执着，还很任性，成群结队，密密麻麻地一直在飞，一直在落，让你扫不及，清不完，大有前赴后继的勇敢。被一堆一堆地堆在路旁，堆在院子中，或被雕成雪人或冰灯，无论怎样地处置，她都无言，都以不同的形式展示其美丽。这高尚的姿态，实在是令人们钦佩。

但是人们仿佛更任性，大喊着：什么也挡不住我们的脚步。雪再厚也要出门，雪再大也要行车，雪再肆虐也要户外忙碌。可怜的人们辜负了雪的一片心意。雪是想：大雪封门，人们忙碌了一年可在家中以逸度日，以便来年冰雪消融，再户外劳作。然而人们却没有季节之分了，一年到头地忙碌忙碌，收获收获。人类没有认识自己的贪得无厌，反而却憎恨这雪，抱怨雪耽误了交通，埋怨雪耽误了买卖。

这雪的美意也便完全明珠投暗了。

雪 赋

雪，一年四季，有三个季节见不到你，只有到了冬季才见到你的身影。

正值万物凋败、萧瑟一色的时候，你就来到人间，洒落在万物之上，又使万物恢复了生机。

人们经常说"雪中送炭"，你的到来，使这一成语倒了过来，成了"炭中送雪"了。

冬天那炭一般的颜色，是你给了她洁白。

你深知一句俗语："能在穷时帮一口，不在富时帮一斗"。

春天是明媚的、夏天是和暖的、秋天是殷实的，都不需要你的慰藉。

春天有红花的陪伴，夏天有绿叶的陪伴，秋天有果实的陪伴，冬天如果没有你，那会是怎样的孤独！

你为了不让冬天孤独，就在冬季来访问大地了。

你的温柔让冬天变得更加任性。

冬天那凛冽的寒风带着音响肆虐，但你并不计较，总是随着风儿落到树枝上，变作各种形状，以丰实冬的色彩。

你的到来，无论是脚步蹒跚，或是脚步匆匆，都给人间一种新意。

在炭色的苍穹下，走路的人们，忽然看见你淡淡的影子；品茶的人们，忽然发现窗外你在纷纷地飘飞。清晨睡起的人们，推门发现你已厚积如毡，这都会给人们带来欣喜。

我曾多次赞美过你，也曾写过一首诗，名字叫《赋雪》："雪花飞成纸，研墨来书之。方家俯身始，笔笔出多姿。"

俗语说："普降瑞雪"。漫天飞舞，万里一色，这是何等的壮观！

雪，你是大度的。

你可以飞落到山峰上，也可飞落到山谷中。无论是乡村，或是城市皆可立足。

你不分贫富，不分贵贱都一视同仁。

你从不见利忘义，也从不见义忘利，总是义利双收，总是在装饰他物的同时，以示己美，以存自身，总是花好月圆，月圆花好。

你总能营造一种诗人的环境，所以许多的诗人都为你讴歌。

你是否记得？有一位大诗人柳宗元写过一首诗："千山鸟飞绝，万径人踪灭。孤舟蓑笠翁，独钓寒江雪。"

你是否知道？总是在你来的季节，阴历年也如期到来。

人们就燃放红红的爆竹来欢迎你，来埋葬那炭色的旧岁。

爆竹一声响，红粉满地落。斑斑胭脂红，朱色染白雪。

当你走的时候，人们又点亮大红的灯笼，为你送行，故人间就有了"正月十五雪打灯"的谚语。

灯笼红着，雪花飞着，人们穿行猜灯谜，这是人间和上苍的交流。

人们站在大地上，雪花从天上飞来，那灯上的谜，就带有天机，谁猜到谜底谁就看破天机，在这时候天机就被泄露。

你走了，年就过完了。

人们又重新回到了从前，又开始了春种夏耕、秋收冬藏。

世界就这样如此的轮回，你总是如期的来临。

雪，飞吧，飞吧！肆虐吧，肆虐吧！你可以弥漫窗口，你可以弥漫前途。我只想看到你的影子。

飞吧，飞吧！弥漫吧，弥漫吧！你可以覆盖世界，你可以覆盖一切炭色。我只想看到你的洁白。

飞吧，飞吧！覆盖吧，覆盖吧！你可以永远沉睡在大地上，你可以永远沉睡在我的屋顶上。我只想看到你的光泽。

飞吧，飞吧！沉睡吧，沉睡吧！你要像高山上的积雪一样，永远不再消融。我只想看到你登峰造极的雄姿。

雪，飞吧！肆虐吧！弥漫吧！

春·夏·秋·冬·人物·山海·海外·散文

人物

往事

往事如烟，溟蒙在我记忆的长河；也如陈酿的酒，飘着幽香。

童年时外婆家院子中间那棵茎蔓盘折的朱藤，春天缀满串串的紫色的花序。秋日结满累累的长长的荚果；奶奶家房后那棵婆娑的李子树，秋日爬满枝桠的长着长须的"老牛"；还有那棵邻街的杏树，麦黄杏熟，顽皮孩子偷食而折断杏枝时，奶奶那副怒相；还有村后永远流淌着的欢快的小河，着实令人难以忘怀。就连我家房檐下那些雍容华贵的牡丹，日后随家境败落而凋敝的一幕，现在想来也成为一种深沉的美。

我的童年一直住在外婆家，奶奶家那偌大的庭院和青砖灰瓦的房舍直到九岁那年回乡读小学才目睹它的真貌。当时我感觉没有什么两样，因为我外婆家的天井也很大，房屋有正房和东西厢房，墙也是青砖的，只是房顶都是用麦秸拍成的。应该说奶奶家和外婆家门当户对，但我住惯了外婆家，对外婆家有一种特殊的情感。

在我记忆里外婆家院子里长着许多树木和花草，印象最深的除那棵藤萝外，还有一棵高大的海棠，一棵粗壮的枣树。童年的我经常爬到树上玩耍和"避难"，有一次外婆吩咐我去叫外公吃饭，我顶撞了外婆，外婆生气地拿起正在烧火的棍子追我，我跑到枣树下像一只猫似的爬上了树，俯视外婆那无奈又惊异的神情。得意之际，触动了枣树上的一个蜂窝，蜂子乱飞，吓得我抱头掩面。尽管如此，还是被一个蜂子蛰中，我被驱逐下了树。自那以后，枣树失宠，而那棵海棠树便成为我攀援的对象，直到有一次从树上掉下来，我才彻底放弃了树作为娱乐或"避难"的去处。

为消磨寂寥而美丽的时光，春天柳枝吐绿时，我与小伙伴们一起折枝做成柳笛吹出各种奇特的声调，与鸟儿、蜜蜂一起闹春。当然，最难忘的还是那棵海棠树，初春长出绿叶又吐出花蕾，含苞欲放的红骨朵点缀在叶子中间，有一种无比的美。当花蕾放开，繁花似锦，绿叶便又点缀在如霞的花簇中了。微风摇树，落英纷纷，我站在花雨中尽情地享乐；夏天顶着烈日，站在树下用拴在长长的杆子上的马尾钓蝉，在檐下搭肩摸雀；秋日踏着植被去野外摘野果；冬天大雪飘飞，鸟雀无处觅食便在院子里箩雀，扫出一块空地，撒一把米，用短棍支起一张大筛子罩在米上，用一根绳子一头拴在短棍上，一头扯进屋里，静静地而又急不可待地"请君入瓮"，看到鸟进入包围圈，便迅速拉绳子，绳子一拉，筛子扣地，鸟便成为我的猎物。这些都已成为我童年的美谈。

当然，惊心落魄之事，也不乏其例。到郊外割青草时碰到藏在草丛里的小花蛇会使我大惊失色。搂柴草搂出长虫，缠在筢上，非但摔打不去，反而顺杆而上，我慌忙弃筢逃之夭夭。蛇我是非常惧怕的，见了头皮都发怵。传说打蛇要打死，否则日后会找你报仇的。因此，一般我是不侵犯它的，只要侵犯就要打它个一败涂地，但也偶有失误，蛇仓皇而逃；或将其拦腰切断，尾部还在翻滚绞腾，头部早已无了踪影。日后我则"寝不安席，食不甘味"，处处提防蛇来复仇。将其告知大人，大人便说"龙虎斗"，因为我属相为虎。

在外婆家那些久远的日子，许多生活的片段都已朦朦胧胧，混沌不清。但外婆的勤劳、美丽、贤惠在我的记忆里难以磨灭，且随日月的流逝而愈加清晰，是我记忆图像中彩色的一帧。外婆是一个小脚女人，头发向后梳着，看上去妩媚而端庄。心地善良，乐于助人的外婆，自然成为村子里的纠纷调解的主人。我也因此受宠于左邻右舍，他们不时送一些玩具，如马鞭、陀螺、弹弓、风筝等，让我爱不释手。时光如流水，不觉已到了读书的年龄，只得回奶奶家上学，我含着眼泪离开了朝夕相处的外婆回到了村子，回到了属于自己而又不属于自己的陌生的家。背上了书包，拿着小凳子上学了。像一只在大自然中自由自在飞翔的小鸟，一下子被关进了笼子。

每到星期天妈妈便为我收拾一个小包裹，步行十几公里去看外婆，外婆早在村头翘首以待了。生活当中的这一幕一直持续了许多年。后来由于我学业忙也就不能经常去看外婆了，不幸的是我的外公和舅舅相继永远地离开了她，留下外婆一人踽踽独行在这悲凉的世界上，一下子苍老了许多。我大学毕业后参加了工作，去外婆家看望外婆，站在外婆面前，外婆已看不清我是谁，那时她的眼睛已花，但仍很幽默地说："你姥姥过好了，不认识你们了。"彼此都流下了惜别的泪。

自那次见到外婆不久，外婆去世了。记得是个春天，我赶到家时已不见了外婆的音容笑貌。只见海棠依旧像往年一样，花被风吹落满地，我踏着飞落的花瓣，感到一种不可名状的哀伤。童年的我站在花雨中仅是享受到形式上的浅薄的欢乐，从花开花落的自然现象中我未悟到从生到死的自然规律。现在我才明白。当然，人寿终正寝时本不必悲伤，也像这眼前的花一样被岁月的风摇落，开着时美丽，飘逝时依然是美丽的。

我俯首捡起一片花瓣，把她珍藏了起来。现在想来，这珍藏的不尽是一片花瓣，而是我的童年，我对外婆的美好的印记。

一九九九年三月

谒拜史世奇先生

六月二十一日下午三点，从烟台出发到威海，去拜访一位大家。这是我十分崇敬和敬仰的一位书法艺术家，不仅如此，而且还是一位博学大师，古玩艺术鉴赏大师，是启功老先生的第一大弟子，伴随启老二十五年。人如其名史世奇。

史世奇，号卧云，另号布福，字小怿，现任山东文史研究馆馆员。一九四一年出生在烟台市福山区。自幼善书，后拜启功为师，深获真传、精得技法，其字用笔刚劲、结体秀美、章法严谨、一丝不苟。启老为其题评"青胜于蓝、下学上达"。楚图南、王任重、张爱萍、王光英、赵朴初、溥杰、刘开渠、刘久庵、李铎、刘炳森等领导人和专家学者也为其亲笔题字以高度评价。中国历史博物馆、人民大会堂、中南海等专业馆和纪念馆以及海内外许多著名人士相继收藏其墨宝。北京广济寺、四川宝光寺、青海塔尔寺等均有其笔墨，或悬匾或石刻。

有幸认识史世奇老先生，是一次偶然的机会。一位好朋友约我吃饭并跟我说："今晚上约一位你想见的人。"我说："我最想见的人就是约我的人。"一阵嬉笑。地点是在海边的一座很有雅趣的酒楼里。当我走进房间的时候，发现三位年轻人陪伴一位老者，早已在那里等候了。互相寒暄几句，我才知道这位老者就是史老先生。方面垂耳、深眼浓眉，灰白色的头发，高高的鼻梁上架着一副花镜，和蔼可亲，一副佛像。一看便知道是一位仁智者。朋友对我说："史老送您一幅墨宝。"我一听喜出望外，等展轴而观的时候，我不禁叫绝，写的一幅横卷《兰亭序》。通篇布局都洋溢着启功老先生的气韵与风骨。字不仅苍劲而且浑厚，骨者透背，韵者弥漫。大家之风采跃然纸上，灿然照人。

从此，我与史老便结下了不解之缘，成为忘年之交。与史家相处，如入芝兰，馨香染人。每每交谈，史老总不苟辞言，令人受益匪浅。史老多次提到启老先生生平的一些事情和生活情节，总使我忘神聆听。史老介绍启老：临碑读帖，苦练用笔，经过反复研究，他发现要写好字的关键是"结体"。于是，把很多名家碑帖用透明方格纸一一放大，用心描笔，从名家的笔画变化结构距离上，找到了结字的规律。启老还发现，字形结构存在着先紧后松，左紧右松，内紧外松的规律，而历来的"横平竖直"之说也不尽然，平、直之中其实皆有变化，形似、神似之别首先在于字的结构，结构精神就是神似。其次，才是用笔的肥瘦方圆。写字时，心中先要有这个字的骨架子，即所谓"胸有成竹，写起来笔下就有底了"。根据这些体会，启老大胆地修正了宋元书法家"书法以用笔为先"的理论，选择了一条先有结构，后有笔法，"书法以结字为先"的道路。启功先生一辈子写行书、草书和楷书，不写篆书和隶书。行书、楷书都有墨迹和帖，而篆书和隶书都用碑。所以启功写诗曰："少谈汉魏怕徒劳，简椟摩挲未几遭。岂独甘卑爱唐宋，半生师笔不师刀。"启功先生的《论书绝句百首》将他的书法美学、历史、考证都集中在里面，也是启功先生一辈子的书法艺术结晶。启老为人使人钦佩，做事一丝不苟，也使人懂得许多做人的真谛。启老一生最敬重的两个人，一个是老师陈垣先生，一个是妻子章宝琛。老师和老伴去世以后，启功的哀痛极甚，难于言表。尤其是其妻的离去，使他长久地沉浸在无尽的哀思之中，写下了二十首催人泪下的《痛心篇》，以朴素的语言，表达了他与老伴之间生死相依的深厚情感。此提一首以作示例："结婚四十年，从来无吵闹。白头老夫妻，相爱如年少。相依四十年，半贫半多病。虽然两个人，只有一条命。我饭美且精，你衣缝又补。我剩钱买书，你甘心吃苦。"

启功老先生的字被世人所仰慕，登门求字者络绎不绝。启老在身体允许的情况下都一一应许，在身体不支之时，便在门上诙谐地写上"大熊猫病了"的字样，以谢绝求访者。但是，求字者终成启老一患。启老只得搬家索避。由于启老的字美名传扬，于是乎全国各地仿效者众，并有人公然落上启老的款章。启老看后，并不加以指责，并诙谐地说："这个比我写的好，这个不如我写的好，许多人靠我的字吃饭，我养活了一批人，我很高兴。"这充分展示了启老以墨饷民，慈悲天下的博大胸怀。当然，对那些用心不良或浑身充满铜臭的人，也确有不满，也有大发雷霆之时。

启功属爱新觉罗家族，生活俭朴、节约，反对铺张浪费。而史老也不愧为启老的第一大弟子，除在艺术上相通外，在大慈大悲，思想性格上亦相通也。史老热爱艺术，热爱真诚，爱憎分明，反对弄虚作假。因为他不仅是艺术家也是鉴赏家，所以他对那些制假、卖假的人深恶而痛绝。在几次相处中，就有几位朋友，由于说话观点不对，而使史老幡然变脸，毫不掩饰。在他一生中，也有几位朋友由于作假，得到了他的怒斥并与之断交。史老收藏一方砚，上面有名家刻字："未出土时先有节，到凌云处也虚心。"是史老品质的写照。

今有幸到史老家拜访，实属机缘。史老的宅第位于威海海边的一座山腰间。驱车沿着迂回的陡峭的山路上盘，当逼近史老的房舍时，已是非常之陡。车停在路上，有一种欲倾之虑。刚下车便听到一只大狗的狂吠声，令人毛骨悚然，循声而观，一条大狗仿佛像是在楼房之上，其实那就是史老的家院中的一个阳亭。可见史老居宅之高。我沿着台阶而上，这时史老的儿子和孙子，一大一小、一高一矮地走出家门，迎上前来。等走进大门，史老穿一身白绿条相间的休闲装，走出楼门迎接，满面的红光，迈着矫健的步伐，微笑着把我们迎进屋里。不禁使我大吃一惊。这是一座文化宝库，从一层到三层的小楼，到处都布满了名人字画，启功写的"福顺堂"，画的梅兰，尤其是那幅红竹，特别令人注目。从床头到案几都摆放着砚、瓶、筒、字、画、钻、玉等多种艺术珍品。在这种高雅的环境里谈话，是一种有品味的快乐，茶香水甜樱桃红。史老自己在案头上写有一副对联："四壁捧辉皆珍迹，案头高歌皆名篇。"

有许多字画都来自爱新觉罗家族。整个住室充满了皇家气息。史老说："贵族皇家中琴棋书画只是一种自身修养，是日常平凡之事。"他们一边绘画写字，一边唱歌跳舞，一幅工笔画没有作完，他们可能已变换了角色，所以一幅画往往由几个人做出，那么版权归谁呢？归样子底稿的拥有人。又听着史老讲述的一些故事，不知不觉已是日落霞飞，我们不得不离开了。但史老真情地挽留，在家里吃饭，我们也就应许了。这又使我们多了一份经历，多了一段与史老相处的机会，甚为可贵。我说越简单越好，吃完还要赶路。好！从留下吃饭到开始吃饭，约二十分钟的时间，一桌子的菜上来了。这些菜像炸刀鱼、焖巴鱼都是不足为奇的，而有几种菜则是普通而有创新的，一种是虾皮鸡蛋饼，一种是猪蹄冻，猪蹄冻白得如一块块的雪糕，吃起来口味淡香。吃饭时史老告诉我们，这是他的专利，若干的猪蹄子才能煮出一碗。这冻中把猪蹄骨、猪蹄肉都已滤出，只剩下纯美的猪蹄汤，凉后如冻粉一般之美。还有那自己做的熏肉，自己做的灌肠，还有自己种的绿色韭菜、绿色小葱，还有自己蒸的馒头，自己磨的米面汤。史老说他家中从来不到市场上去买馒头，都是自己去磨面，麦皮麦肉一起混磨，粗细杂合，有利健康。花生油都是自己榨出来的，都是用新鲜花生，过期或变质的花生是不可能用的。很讲究饮食之道、美食文化。吃的是同仁堂的蜂蜜，喝的是十几种大量的营养品泡制的白酒。自己的餐具，碗是洁白无暇的玉碗，酒杯是清初的带花的黄色瓷杯。如此讲究，体现着一种品味，一种传统，一种文化。

在史老家中就餐，那是最高礼遇，有许多北京来的高官、艺术家来家里作客，并要求收藏一幅史老的墨宝。我既不是艺术家也不是什么官，更谈不上高官，但我很幸运。其实与史老吃饭不足为奇，但在史老家中吃饭就弥足珍贵了。吃饭时还有史老的大儿子、儿媳妇、孙子和史老的一个女儿。晚餐结束后，与史老合影留念，驱车尽兴而归。

二零零八年八月十七日

天下着蒙蒙细雨

天下着蒙蒙细雨，四野烟雾阴暗。

坐在轿车上望向四野，通过那粘有太阳膜的车窗，便觉一片昏暗。

疾驶的车窗上的雨滴，在风的剪力下，横着流淌，像那悲哀的人侧卧时的泪水，模糊着本已暗淡的车窗。

迷蒙、黯然、模糊等同一个家族的分子们，一齐袭向了坐在车后排座位上的东寒先生。一切往事仿佛都从那阴霾的四野中像幽灵似的走来。

他首先想起了那个大雨倾盆、电闪雷鸣的天气。那是初冬的一天，东寒风尘仆仆刚刚从外地归来，便约见自己的未婚妻雪梅。但意外地觉着雪梅对他的态度有别于以往，但东寒并未在乎什么。

雪梅说："近来很忙，是否再约？"

"很想马上见到雪梅。"东寒说。

雪梅说："你现在工作都忙完了吗？"然后稍一停顿，带着颤抖的声音说："不会有什么大事了吧？"

一连串的问号，很温柔地丢向了东寒。东寒则像接绣球一般的兴奋而又内疚。忙说："不忙了，下一段时间可以好好地陪一陪你。"

分明东寒认为雪梅是有怨言，认为自己太忙，冷落了雪梅，所以就说不忙了。生活对于东寒正如他的名字一样，春天还是没有到来，寒冷正密织着。但东寒明白一句名言"冬天来了，春天还会远吗？"也正因为是这样，有春暖在后边，才有雪梅的寒来自向雪中开。

雪梅听到东寒不忙了，也暗自高兴。

二人约定好，在英语角见面。那里有一私密的空间，是属于情人们的天地。这对于东寒当然是一件美好的事情，久别重逢，喜悦的情绪是不容隐埋的，但虽然他说不忙，其实不然，为了生活他仍然在忙忙碌碌地应酬、奔波，不曾在约会之前调整一下自己的心态，修饰一下自己的衣容，便欣然赴约。

就是这一天，糟糕的天气。雪梅开着一辆轿车接着东寒向英语角奔去。车子穿行在城市的大街上，二人久别重逢的状态并不像往常一样。以往此时，总是雪梅高兴地一手握着方向盘，一手伸出来，倾着身子，紧紧地握住东寒的手，表示久别的思念，并略带羞色。今天则不然，一上车雪梅就埋怨东寒太迟缓，让她等的时间太长，故二人无语。但等到了转向英语角的路口时，雪梅没有转弯，而是径直开向了海边。车头对着狂躁的大海，风夹着雨水洒向海面，海浪扑向岸边，溅到了雪梅的车子上。

雪梅这一举动，东寒并不知用意，只是在歧路处无意识地说："唉，过了。"雪梅也应声说："我今天本来也没想去那里。"来到海边，二人先是默默无语，看了四周这冷雨凉风，心里自然是很沉闷的，而眼前的海，一片迷茫，并未使人感到胸怀的宽广，神情的愉悦，而那"烟波江上使人愁"的诗句，却令人记得格外的清晰。

雪梅说："东寒，还记得上小学和初中时，我们一起度过的时光吗？"

"记得"东寒若有所思地说，"尤其是上小学的时候，你总是穿着大棉裤和棉袄。你在家里有哥有姐的，大家都很疼爱你的。给我印象最深的是你穿着一双大蒲袜，是用蒲子编成的，用于防寒，蠢得看上去很憨厚，呆头呆脑的样子，走起路来很像一只企鹅。俗话说'人在衣裳，马在鞍'，但那笨式的衣着，并没有掩饰你的美丽。方形的如同西瓜籽模样的脸上，有一双闪亮的眼睛，美得好像两朵灿烂的梅花，黑如钻，白如雪，忽闪着聪敏的光。厚厚的乌发扎成了两个刷辫。"

雪梅说："你好像在编故事，我不想听这些陈词滥调。"

东寒没有接雪梅的话茬，继续说道："到了初中的时候，你已经长成一位大姑娘，你我彼此有些好感，但仿佛谈不上爱情，只是一种感情的萌芽，见面后总是彼此微笑而默默无语，那一瞬间之后又形同陌路。"

雪梅听后说："初中的事情，你说的贴谱。记得你个子很矮，上课时你坐在最前排，我坐在中间排，你经常回头看我，并笑一笑，心中就有一股暖流。"

"你那时可是白天鹅，我却是像丑小鸭一样。"东寒笑了笑说。

雪梅心里则一阵酸楚，表现在脸上则略有惆怅。不过还是接过了话题说："那时，很幼稚。笑的那一瞬间，不曾考虑到有人看见。其实很多人已发现了，包括我们的班主任老师。他也很多事，在一次调整座位时，便把我们安排在同位上，还是我服从了你，坐在了前排，后来听说那位班主任老师是你的本家，我可倒霉了。"

"哈哈哈……"东寒的笑已失本色，不知道雪梅把自己拉到海边，到底葫芦里卖的什么药。也就有点装腔说："还是你的心细，我并不知道把你安排在我身边是老师别有用意，我只认为是巧合，是缘分，所以现在每每听到《同桌的你》那首歌，我便是格外的高兴和自豪。"

雪梅说："那你就没有讨厌我的地方？那你说说那个时候，除你喜欢我的地方外，我有什么令你讨厌的地方吧。"

"几乎没有"，东寒说，"就是冬天的时候，你感冒了，鼻子不透气……"说到这里东寒戛然而止，略有深思，看了看雪梅既想听又担心的表情，话锋一转，"其实，没有什么，不喜欢，但不讨厌。可以说没有吧。"

雪梅仿佛很失望一样。仿佛只有说她的不足和缺点她才高兴似的。但东寒并未觉察雪梅的这一表情，只是一味地说下去。"与你同桌后则有些不自然了，老师在上课，我经常听不到讲的是什么，但很快就调整回来了。"

雪梅说："东寒，过去的已成为过去，那已成为我们回忆的历史时光。今天我本来有一件事要告诉你，但我现在不想告诉你了，以后再说吧。"东寒一听就越发想知道。雪梅说算了吧，等以后。东寒则执意要听，雪梅迟疑着，东寒便鼓励雪梅说："不要紧，天大的事我能顶得住。"

雪梅说："我们两人分手吧。"

东寒一听如雷轰顶，六神无主，但嘴里却说出不该说的字来："那好吧。"

于是两人都失声痛哭。

车外的雨打在车上，渲染着凄切的悲凉。

最终还是雪梅理智地提出："我们各自回去吧。"

"那好吧"东寒说。

一路两人都哭成了泪人。

东寒独自去了英语角，百思不解其因，只能归罪自己太忙。东寒因此想到"牛郎与织女"，他们每年只有七月七日才能鹊桥相会，其他时间只能遥隔星河，珍藏相思。他们怎么能彼此保持着贞操长离居又长相思呢？梁山伯与祝英台，又如何地相恋相思，在天愿作比翼鸟，在地愿为连理枝呢？生不能为伴，死亦化蝶成双呢？自己把一连串的问号抛向自己，像一瓢瓢的凉水泼向头顶，使自己心灰意冷。

东寒的痴迷，泪流满面，衣巾透湿，忽然地一阵急雨，湿透了他的衣裳，不禁打了一个寒噤，如梦初醒。

雪梅则横下了一条心，电话也不打一个。但也是放心不下东寒，怕其出事，就让那些好友不时地打探东寒的消息。

时间过去不久，就有许多的同窗好友，善言相劝，力促和好。因为大家都知道，东寒与雪梅，冰冻三尺非一日之寒，他们青梅竹马，从小学起就朝夕相处，到初中时情窦初开，初中毕业后分别上了不同的高中，一个进了县城，一个留在镇上的中学，但彼此心心相印，互相鼓励，偶也彼此走动。直到上了大学后相隔距离远了一些，一个考上了上海的一所高校，一个考上了北京的一所高校，方向上是南辕北辙，但心还是在同一条轴线上。

大学浪漫的时光的开始，给了两人一定的时间和空间去倾诉衷肠。东寒写给雪梅的第一封信，内容是一篇散文诗，名字叫《期待》。

你像一只快乐的小鸟，

自由自在地飞翔在蔚蓝的天空。

我多想你能飞落在我的肩上，

让我倾听你明快的啁唱。

每当我徘徊在广袤的田野，

翘首仰望蓝天的时候，

看到你在空中翩翩起舞美丽的影姿，

便有一种欢悦的感觉，

心中就有了一片辽阔的天空。

不知何时，

你飞入了我的领地，

使我变得孤寂而沉默。

常常翘首望着天空发呆，

希望能看到你的影子。

不知有多少次，

我独自漫步在公园的绿地上，

惊喜地发现你就飞落在离我不远的地方。

我便悄悄地走近你，

心怦怦然。

不知有多少个夜晚，

你飞入我的梦乡，

歇息在我生命之树的枝叶间。

使我的梦境变得绚丽多彩。

我几乎高兴得喊出声，

把自己唤醒，

辗转反侧不能入睡，

企望梦能成真。

假如有一天，

你从我的天空中飞去，

我的天空将会是一片苍茫的空白，

再不会有太阳、星星和月亮，

更不会有彩虹，

生命之树一定会枯萎。

我不敢想象，

只是期待着有一天，

我的生命之树，

能成为你长久的栖身之处，

每天都能听到你悦耳的啁鸣。

我期待着，

默默地，

永久地。

接到这封信后，雪梅欣然命笔回函。当然，信的投递是有一定时间的，而东寒则日夜的盼，经常去取信函回来，但往往没有自己的，每每失望。这次终于盼来了，一看是雪梅从北京寄来的，眼睛一亮，自然是情不自禁。信封上赫然贴着一张邮票，名字是《惊艳》，一位女子坐在屋内正在拨动琴弦，一位公子在窗外窥视后，大为惊讶，那女子如此美貌。东寒回到宿舍，别无他人，悄悄地，仔细地打开信，仔细地一字一句地读，直读得热泪满面。回信时也冠了一个名字《期待》。

你要努力汲取大地的营养，

以期生命之树长得更加繁壮。

当风雨来临之时，

能为我遮挡一片天地。

我也会努力，

从小鸟长成一只大鹰，

不论风云如何变化，

都能像海燕一样在天空中搏击，

与你的生命之树一起，

迎接暴风雨的来临。

我期待着，

默默地，

永久地。

这一来一去充满罗曼蒂克的信，成为了东寒和雪梅的媒人或红娘。两人再不必仅仅是会意，亦可以言传。从此以后，两人好成了一人。除了鸿雁南北的往来传情，就是假日里的鹊桥的相会。

起先是东寒从上海飞去北京，一起爬长城，逛故宫，评点江山。后是雪梅去上海看黄浦江上的吃水很重的货轮，看外滩的外国建筑，话说时代。有时两人各说自己所住的城市好。雪梅说北京历史文化底蕴深厚，东寒说上海开埠文化深厚，常常是争得面红耳赤。

东寒说："上海是一个对外开放很早的商埠，有许多外国的洋建筑。"

"上海的开埠是北京说了算的"，雪梅有点滑稽地说。

东寒辩解道："就是北京说了不算后，才被开埠的。"

不管谁说的对，不管哪里好，两人一争就是四年，大学很快结束了，两人又都一起离开了上学的城市，一起来到了省城工作。很快地雪梅便进入了角色，成为一名优秀的中学老师，而东寒则被分配到一个企业。起初两人是非常浪漫的，经常骑着自行车游逛。一次两人看着省城那万家灯火，尤其是从那高楼窗子里透出的温暖的柔和的光，便向往一个安乐窝。雪梅的父母条件好也有钱，雪梅分配到省城后，便在省城买了房子，并给雪梅买上了坐骑。雪梅是住在父母家中，有时东寒去，也感到与老人在一起，处处小心谨慎，不自由，不自在。所以，需要一个不大但是属于自己的地方的愿望时常冲动着。

但工作不到一年，东寒正当带着一腔学子之气，准备干一番事业之时，企业关闭停业，东寒便开始了给个体老板打工的职业生涯。不停地换地方，不停地奔波，不停在市场大潮中搏击，已不是一位白面的书生，毫无规律地忙碌着。最后在其父亲的资助下办起了自己的小公司，更使自己像无头的苍蝇一样，到处碰壁而又到处寻找光明。而雪梅从温室又走进了温室，工作总是按部就班，很像一朵华贵的牡丹花，倒不像那临寒的雪梅，娇嫩地离不开人们的呵护。

　　在人们的撮合下，雪梅已有些动摇，还是留恋过去的时光，那难以挥去的旧影时常来访，扰乱着雪梅的未来婚姻。逐步试着与东寒联系，东寒自是兴奋不已，但同时也大有后顾之忧。雪梅已是第二次的波动，今后是否长远？那自然不能未卜先知。但东寒同样忘不了旧时光阴，不仅如此，而且对雪梅也是一往情深。虽然是惊弓之鸟，但仍然追求着，即使耗尽自己的生命。

　　东寒与雪梅，这一对恋人，真与其名字一样，亦属岁寒之友。梅花开放时，正值寒冬雪花飘飞。雪花飘飞时，梅花喜不自胜，笑得拢不了嘴。彼此欣赏。

　　东寒也想，即使不成功也要成仁。东寒的大度化解了一切的冰雪。东寒读过林徽因的爱情故事。梁思成爱着林徽因，徐志摩也爱着林徽因，还有一位金岳霖。但徐志摩和金岳霖都没有得到林徽因，梁思成则独领风骚。首先是梁思成的大度，爱的权利和选择爱的权利交给林徽因，最终梁思成与林徽因成为眷属。但，日后金岳霖就成了梁家的常客，经常以朋友的身份出现在林徽因的客厅里，梁思成则甘当服务员与他们说古论今。徐志摩飞机失事后，病弱的林徽因亲手制作了一个小花圈，梁思成亲自带着小花圈去吊唁，并捡回了一块残骸挂在梁思成和林徽因自己的卧房里。

　　想到这些，东寒的心情则如海阔天空了。

　　一天下午东寒的电话打到了雪梅家里，是她母亲接的，一听是东寒的声音，便不冷不热地说雪梅不在家，有事再约吧。然后东寒又迟疑地拨通了雪梅的手机，仍然是雪梅的母亲接的。东寒有点明白了什么，悻悻地撂下了电话。本想约雪梅吃饭的，一时未实现，心里自然不快，心想今天是星期天，雪梅在家休班，也许是出去马上会回来，再打电话时便没有人接了。

　　第二天是周一，一上班东寒就打通了雪梅的电话，问及昨日之事。雪梅未回答，只是说自己马上上课了。东寒才把请她吃饭的事说了。雪梅说晚上不去吃饭吧，我们可以吃完饭通一会儿电话。

　　东寒仍不知雪梅葫芦里卖的什么药，急切地想打开看个究竟。等到晚上九点钟，雪梅打来了电话，二人直说到天亮，互诉衷肠，又谈到了初中之时两人的吸力，放学后总是要到那个邮电局门口看一看，站一站，彼此相见，打个招呼。初生牛犊，刚学了一点知识，正瓶子不满，半瓶子晃荡的时候，看到邮电局门口有一位老太太卖蜡烛，东寒上前问："蜡炬是怎么卖的？"老太太不解地说："什么蜡炬？这是蜡烛"。东寒脸色一下子红了，心想不该"拽"了，但又不服，明明在课本上学过一句话："蜡炬成灰泪始干"，这里的蜡炬不就是蜡烛吗？反之蜡烛不也叫蜡炬吗？但不管怎样，东寒吃了一个教训，从此以后，本分得多了。更多的原因是雪梅的存在，也使东寒大为自觉与自知。两人一谈到这些问题便破涕为笑。

两人又谈到吃的问题和肥胖。雪梅说吃不要紧，吃不等于肥胖。如果像猪一样吃饱了就睡，那自然是要长肉的。东寒则说老虎也是吃饱了就睡的，为什么老虎不胖，总是半瘪着肚子，腰细细的呢？雪梅认为猪和老虎虽然都是吃饱了便睡，但是其索取食物的方式是绝然不同的。猪是食来张嘴的，而老虎则是需要伺机攫取食物，有时则要付出许多的体力的。东寒也颇为叹服雪梅的哲理性之谈，也认为老虎有时吃食朝不保夕，今天捕到食物后几天可能受饿，尤其是在冬天，而猪则是一天三顿的往肚子里面塞的，老虎是自食其力，猪则是一个寄生虫。二者相互勉力都力争做一只老虎。

东寒说："我现在已经是自食其力，像一只老虎了。"

"我现在也是自食其力啊"，雪梅也说，"但我不愿意自己是一只母老虎，更不希望自己是一头猪了，如果二者必须选择其一则我会选择母老虎自居。"

一晚上的话题悲喜交加。天亮后又各奔岗位。

东寒又投入了市场竞争的大潮。东寒之后顾终于成为当前之忧。雪梅的冷热无常，又使东寒陷入了无端的痛苦之中。雪梅这次倒不是不联系不来往，而是只偶尔电话访问，只闻其声不见其人。但东寒还是很理解雪梅，认为其一定是有自己的苦衷，东寒认为雪梅一定是爱自己的，一定爱。

其实，东寒说的对。雪梅也同时受着煎熬。爱着东寒但不能去爱。自己的母亲认为东寒无法给雪梅一生的幸福，开始在两人之间设障。雪梅在抗争中，也受了不少的苦头。

但是这一切，粗心的东寒并没有去想该如何的应对，只是采取了简单的上策"走"。于是，一天的早上，起来拎起包裹打上一辆轿车离开了省城驶向远方。

天下着蒙蒙细雨，四野烟雾阴暗。东寒坐在轿车上望向四野，通过那粘有太阳膜的车窗，便觉一片昏暗。迷蒙、暗淡、模糊等同一家族的分子们一齐向东寒袭来。东寒想让这蒙蒙细雨洗去那昔日的山盟海誓，洗去这车轮的轨迹，洗去那些熟悉的面孔。

车在风雨中前进，也正预示着东寒的前途是要在搏击风雨中前进。

暗淡的天空下，一辆黑色的轿车渐渐远去，消失在雨雾当中。

东寒离开省城在一座城里安顿下来，大约两个月以来未见到一滴雨水，天空总是阳光明媚，这也使东寒感到焦躁。东寒虽然离开了雪梅，但是心里却老是装着雪梅的音容。大学毕业后，雪梅用自己挣来的第一笔钱，给东寒买来的一块怀表，东寒一直揣在怀里，与自己的心脏一起跳动。这给了东寒莫大的安慰。

一天突然天上飘起小雨，工作归来，放下雨伞，掏出钥匙开门的当儿，看见伊人站在宿舍的大门口等候。东寒愕然。"大树！""大鹰！"互相喊着，紧紧地拥抱在一起，泪洒如雨。

二零零八年九月

拜谒范曾先生

一、谒见范曾

春节刚过，二月中旬时节，范曾先生来到青岛海边度假。我于是就跑去了青岛的"三生缘"谒见范曾先生。"三生缘"是一座古典建筑的茶楼。楼内到处挂着范曾先生的书画，每一个客厅的门帘上方都是范曾先生的题字或题名的匾额。"三生缘"三个字也有幸现于范曾先生的笔下。"一品茗中开大觉，三生石上有奇缘"、"大月当空般若智，宗师演法渡航杯"两副楹联也是范曾先生为"三生缘"所题赋。真乃三生有缘。

"三生缘"茶楼的二楼大厅北面有一个茶室，中间是一个大的红木茶几，东面是两个单座红木沙发椅，桌子中间有一个红木方茶几，西边自然一样，对称放着一个红木方茶几和两把红木沙发椅，正北面有一个三人坐红木沙发椅，椅子后面又有一个案几，上面放着一块天然的石头，每一个茶几上都有一盆兰花草。雅室芳草，净几香茶，砚陈翰墨，轴坠松兰，框裱人物，一片书香气息。范曾先生往往就坐在三人座的红木沙发椅上。

当我迈进房间时，忽地四五个客人都站了起来，其中一人是著名主持人朱军，朱军是范曾先生的学生，跟范曾先生学画画。还有几位企业家也在品茶坐等范曾先生的到来。与朱军相见自是我意外的收获。朱军干练，有朝气，很热情，也健谈，英气扑人。生活形象比银幕形象更让人赞美，更让人感到他咄咄逼人的睿智和机敏。很快我们谈得热火朝天，也十分投机。朱军谈到他在军队里的生活，讲到对越自卫反击战，讲到自己主持人的生涯，大家都很感兴趣，洗耳以听。这是不是艺术人生的艺术人生，当然这更现实，更真实，更朴实。艺术来源于生活，又高于生活，而生活则也享受着艺术，生活的艺术价值则远远超出了艺术本身。

品茗时，把烟台的苹果切成片端上了茶几。红珊瑚似的茶和雪白玉般的苹果，仿佛一副对仗联幅，再次为环境和情绪添彩。我介绍了烟台苹果的品质和特点，说："苹果是健康食品，吃着苹果喝着茶，气得大夫满街爬。"朱军一边听着，一边品尝着，对烟台苹果啧啧赞赏。

品茶吃果谈天说地，不觉天色已晚，我们一直没有看到范曾先生的影子。原来范曾先生中午略感不适。直到晚上九点范曾先生才邀我们去他的住所会见。范曾先生依旧那么精神矍铄，从沙发上站起来，热情地招呼我们坐下。我谈到了他的作品《庄子显灵记》，那是一部源于庄子思想，闪耀着庄子灵魂的史诗，倡导返璞归真，社会和谐，以人为本。他很高兴，说："最近又出了一本新作是《趋近自然》。"说着取了一本签上了自己的名字赠与我。扉页上写着"金志海先生雅藏"，落款"范曾己丑年"，上有"冷眼观红尘"，下有"江东范曾"的钤印。我很高兴。范曾先生也兴致未消，情绪高涨，拿出了他那相伴自己多年的烟袋锅，捏上烟，燃上火，端在胸前，气宇轩昂，一派大家风范。这是范曾先生常见的姿态，有俗语道：腹中有诗气自华。范曾先生的那些美奂绝伦的画中人物形象，无不流露出范曾的内在气质与傲骨。那烟袋锅像一副艺术道具，已成为范曾先生的一部分，不仅是生活的象征，也是艺术的象征，大有诸葛亮的鹅毛扇之意味，不可或缺。范曾先生对这把烟袋锅爱不释手，就像对待中国的传统文化和东方的传统艺术一样，情有独钟。他不愿意丢掉中国的"传统"，紧紧把着那把代表过去的棕褐色烟袋锅，仿佛在向世人宣布要敝帚自珍，发扬光大。他一边抽着烟袋锅，一边与我交谈，并告诉我说："林语堂的书可读，梁实秋的书可读，周作人的书可读……"当然我也愿意读他们的书，并准确谈到了这几个人的特点和文风，他越发高兴，然后抽一口烟，再轻轻地吐出淡淡的烟云，像范曾先生笔下泼出的轻墨。

范曾先生的时间是宝贵的，我很珍惜拜见他的时间，但并不贪婪。告辞时我提意要与范曾先生合影，老人家欣然同意，并穿上一件中国传统的半身大褂，黑色上边有暗色图案，领是竖立着的，再一次表明了范曾先生对民族的热爱。他在讲到自己的画派时，也直截了当地谈自己的画就属于东方的艺术。范曾先生倡导艺术的多元化，个性化发展，反对艺术东西之融合的理论。

他说："人类族群的文化乃是一种根深蒂固的存在，它们拒绝这种强加之物，当一体化的谬说怪论喧闹一阵之后，人类会对它弃之如敝屣，人们喜欢祖父的祖父的祖父传下来的文化，还将传给自己的孙子的孙子的孙子。"我也同意范曾先生的观点，如果把中山服和西服同时穿在一个人的身上，必然不成体统，贻笑大方。

东西文化的差异是很大的，这与一个民族审美的差异和思维方式的不同有关，这是由历史形成的。在东方，佛家讲"空"，道家讲"无"，这"空"与"无"范曾先生把它视为"意"与"境"，这确是动人心旌的哲学境界，这就是与西方文化的"鸿沟"。这无空之境界不仅是人们的一种意念，也成为一种内在的功力，也会引导人们的行为品质的。不仅如此，而且亦适于其他领域，使之融于宇宙，使之趋于自然。宇宙者空之魄，自然者道之魂也。

二、 拜 读 范 曾

捧回范曾先生的近期著作《趋近自然》，总想一口气读完，拜见与拜读都是对范曾先生的心灵和思想的接近。

人类社会和大自然近乎一样，在中国有"天人合一"的说法，大自然中万物峥嵘，正如康德所言："犹如森林里的树木，正是由于每一株都力求攫取别的树木的空气和阳光，于是就迫使得彼此双方都要超越对方去寻求，并获得美丽挺直的姿态"。但它们又各具姿态，各具品质，各具体质，各具魂魄，相竞相睦，营造了一个多姿多彩、意境深远的世界。

《趋近自然》中有一篇文章是在法国演讲，当他演讲到最后时说："汶川地震的劫难，我的亲人们正在受难，我仅代表我个人和艺术界朋友们，向全世界各国政府和人民对我国最诚挚的援助，致以最崇高的敬意，并表达我由衷的感激之情"。当我读到这里的时候，我不禁更加对范曾先生的思想，无论是艺术的、哲学的、还是道德的，产生了钦佩之情。他在法国演讲一周之后，回到祖国为灾区人民捐资一千万元人民币。这又使我想起范曾先生向自己的笔索要四百万人民币，为南开大学建造了一座东方艺术大楼的佳话。

这也使我对范曾先生的人格更加肃然起敬起来了。

范曾先生崇拜自然，敬畏自然，他说："为天对人类恩惠有加，给了我们空气、水和土地，使我们人类有灵、有智的族群得以生殖繁衍。"所以他的许多文章字里行间皆体现着这一主题。《天地大美》中主人翁李仁臣对"大江流日夜"、"长河落日圆"、"雁门关上的长风"、"鹳雀楼头的层云"、"西藏的林海"那种情愫，忍孤独之冷，闻夜半狼嚎，只为拍到天地之大美，有忘我之境界。李仁臣是众多热爱自然者的代表。他们追求着美丽的大自然，热爱着美丽的大自然，所以跋涉在"险以远，则至者少"的地方，也正合了范曾先生对自然的心意和崇敬。

范曾先生与诸位科学家如陈省身、杨振宁、丘成桐等的对话，无不赞美着自然，探索着自然。科学家的研究是对大自然理性的揭示，而艺术家的追求则是对大自然灵性的描绘，不仅是对大自然形态美的描摹。科学和艺术都是对大自然的本质的美的探索，虽角度不同，却意念相当，彼此互补，相互促进，相得益彰。丘成桐言"数学家可以像文学家那样，天马行空，凭喜好而创作"，"数学有一个好处你可以描述大自然，去直接描述它，可以先在心里面想"。科学与艺术都应该是自然的，科学是自然的五脏和六腑，艺术是自然的魂魄和精神，但二者有时都穿上了外衣，或许还乔装打扮，浓妆淡抹了一番。因此，无论是捕捉其内心和灵性，或是感知其外表和形态，都需要充分的想象，都需要文学的和科学的修养，都需要理性和感性二者的融合，如果缺少任何一方都是不完美的，也是无法揭示大自然的美的。这其实也是科学和人文的融合。范曾先生主张返璞归真，他说："返璞归真并非是要回归到古典时代，而是回归到自己心中的理想的古典时代。"那一定就是回归自然，追求一种科学与人文相和谐、相融合，相互制约、又相互促进人类社会，再也看不到由科学带来的杀伤和死亡，由科学带来的环境的污染，由科学带来的生活中所有负面的、消极的影响。只有科学和人文相融相知，才会发现大自然和谐之美，否则一定是片面的，且是站不住脚的，需要不断地向二者融合迈进。但这科学绝不是科学主义，这人文也绝不是人文主义，一上升到主义就有了形而上的意识，并形成了两种格格不入的东西，主义必定是一种崇尚，一种独尊，决不可能进入和谐的殿堂。科学的东西如果没有人文的东西一定是僵硬的，是死理的，而人文的东西假若没有科学理性一定是迷信的、狂妄的。

范曾先生倡导的那种理想的古典时代，其实是现在社会环境中的一种理想、一种思想、一种境界、一种哲学化了的自然。当然也是真实的，但往往真实的东西最难以实现，因为真实的东西是最崇高的。这需要人们去共同努力，但往往人们的理想和现实像是两条平行线，很难相交，人们只是在不断地追求，使之接近一点，再接近一些，需要几代、几十代人的努力。

范曾先生大智大勇，尊重大自然，而又道法自然。这也是范曾先生返璞归真的意识所在。他所倡导或追求的那种古典在他的画和书法当中都是闪现着灵光的。他画的《唐人诗意图》，打眼一看首先是色彩的和谐、淡雅，次之是环境的和谐，天人合一。范曾先生笔下的人物，童者天真，老者如仙。就是树木也是和善的，如有人性一般，慈眉善目，人物身边的鹿和仙鹤趋前不惊，如老友相伴，远处山色朦胧，水流成瀑，近处路边兰竹萦绕。松、竹、兰息息相闻，山色湖光息息相通，人、鹤、鹿和谐相处。整幅画卷祥和自然，瑞气充盈，信睦交和，栩栩如生，颇有诗境。再看范曾先生的《弈秋课徒图》，同样营造了一种人与自然和谐相处的图景，虽然是对弈，但和颜悦色，心中有天地，胸中有五岳、星汉，旁边有仙鹤紫云，充分展示着竞技的最高境界和最终极的目的。《老子出关》一轴，老子躬身于牛背，松眉鹤须，满腹经纶，一副谦和君子之相。更有一副游天地之间，普度众生，唯我自然之相。旁边的童子，如踏歌之行，气质不凡，神情十足，自信有力，清纯善良，充分展示着回归自然中人的力量。人是回归自然的决定性因素，主题十分鲜明突出。整幅画卷如一树的玉兰花开，素雅怡人，飘着中华民族文化的清香。司马迁《史记》记载，老子姓李，名耳，字聃，因而人称老聃，曾做过周王室管理藏书的史官，后来隐居不仕，骑青牛西出函谷关后"莫知其所终"。后相传老子是骑青牛驾祥云飘来，"紫气东来"由此得来。在关中为天水人尹喜写下著名的《道德经》后而升仙，整幅画图已寓于了仙气，又如一朵白云飘来，舒卷着自由向天边划去。老子心中拥有宇宙，身外就是宇宙，于是身心内外都是宇宙，自己也便融入了宇宙之中，成为宇宙的一分子。回归自然，与自然同在，这就是最大的造化。《老子出关》这幅卷轴中只有童子、老子和牛，自然简单，却诠释着复杂的哲学道理，扬宇宙之大气，推艺术之峰巅。

　　字里行间，留白重彩，无处不有无空之意境，蕴含着中华民族的浓郁的历史文化色彩，流露着古典的东方艺术性格，充满着一种博大，一种大美，一种自信。

二零零九年二月

访庄乾梅

北京的春天刚入孟时，各种花儿竞相开放，树木也未叶先花。最艳的是那白玉兰，烂漫的连草坪上都是花瓣。就是那些高大的白杨树的花儿，像毛衣虫一样，也荡满了枝桠，有绿色的，有褐色的。而那些杨柳虽然开的是花儿，这花儿则是叶的颜色，满枝条都荡漾着淡绿色。尤其是那些梅花们，也像雪花一样缀满枝头，把京城装扮成了一幅水彩画卷。

乘车去了北京的良乡，去见花鸟画家庄乾梅。路走了一个多小时，才到了庄乾梅女士的家里。一进门便是一个不很大的厅，厅里摆着一张大桌子，上面铺有毡子，显然是写字画画的案几，还摆有一个茶几和几个简单的沙发。庄乾梅女士中等的个头，很朴实，热情地把我们请进屋子，端上一杯茶水，送上画集让我们欣赏。她画的花鸟很好，称之名家自然是相称的。工笔之作则天衣无缝，清晰与模糊艺术的结合则为庄乾梅女士的哲学之理术，那纯艺术之杰作不曾有半点的尘埃。这与庄乾梅女士的情性有关：她落落大方，温文尔雅，更透着一种沉稳的气质。每幅画面都沉静得只有美，那就是画家的性情。

她的写意花鸟则充满了灵动之感，花草则有生机，鸟虫则有神气。颜色淡而相宜，栩栩如生，用笔练达而无滑移之笔。通篇布局意境充盈、幽远，留白与主体恰如其分，富有创意。这也体现了庄乾梅女士对生活和艺术两者的感悟。以现实为基础、以艺术为灵魂而去创作富有个性的真正的艺术，这就是画家的激情。

我看了庄乾梅女士的绘画艺术，不禁感叹：乾坤寒未消，梅花动春枝。

尤其看了她写的墨梅犹觉神采，并写下了《咏墨》诗一首：

吾爱淡淡一墨色，

一艳写出五彩泽。

花鸟虫鱼纸上著，

生动鲜活有风格。

当我们离开她家的时候，她把早已为我准备好的一幅作品"绿牡丹"送给我。这幅作品我一进门便看见挂在画案对面的墙上，郁郁葱葱地开满了那一张大纸。我自然乘兴而去又满意而归。庄乾梅女士不仅画画大方，而且现实生活中也是慷慨之人。看到与我同行的朋友也便从案几上取出一幅石榴花鸟作品送之，并送我们出门口，与我们道别。

回来后，我读了庄乾梅的《写生感悟》及杨悦浦先生为其写的序评，方知庄乾梅女士师从郭怡综先生，得朱颖人、卢坤峰、马其宽等诸先生的指点言传。尤其是读了《写生感悟》，才真正地了解了画家的才情、品德、学养艺术。

此后我们的来往也多了。她的家乡是临沂，家乡的人请她回家乡办画展，并建一个庄乾梅艺术馆。她便邀请了一些书画家写幅作品一并参展，由于我爱好书法艺术，也让我写了一幅字。我便写了《咏梅》诗一首送去。诗这样写道：

乾坤花卉何其多？

梅花为王着寒铁。

香淡冷浓难阻隔，

洁好之气胜白雪。

诗的每一句的头一个字分别是：乾、梅、香、洁。她看到后高兴地说："诗好"。其实，这表达的不仅仅是梅花的品格，更是庄乾梅女士的人格、品质及艺术造诣。

庄乾梅女士的艺术道路正如北京孟春的白杨树和杨柳树，荡漾着生机，她的作品也正如北京孟春时节的玉兰花，香艳正浓。

文怀沙先生

一个明媚的春天，杨柳之风吹面不寒，冰雪融化了，河水带着碧绿的笑颜。公路两边参天的白杨树已吐出芳芽，树皮白中透绿，枝桠上荡着褐色或青色的柔软的毛衣虫，或许那就是杨树的花儿。虽然没有华美的浓艳，但却有着朴素的美的容姿。它是冬天删繁就简后的第一枝简约的繁荣。

一向茫茫的天空使杨树更加顶天立地。北京的历史像天空一样，使得文化这棵白杨树也在天地之间巍然屹立。

在这样一个季节里，一个上午去拜访一位国学大师——文怀沙先生。

文怀沙，一九一零年生于北京，祖籍湖南，斋名燕堂，号燕叟，笔名王耳，司空无忌。著名国学大师、红学家、书画家、金石家、中医学家、吟咏大师、新中国楚辞研究第一人。为世界汉诗协会终身会长、上海大学文学院名誉院长、西北大学"唐文化国际研究中心"名誉主席、中国诗书画研究院名誉院长、黾学院名誉院长。好一串显赫的头衔。二十世纪五十年代，其曾在中央人民广播电台主讲《中国古典文学讲座》，主编了新中国成立第一套《中国古典文学研究丛刊》，以及国家重点图书《隋唐文明》、《秦汉文明》、《商周文明》、《魏晋南北朝文明》暨二百卷《四部文明》。

文怀沙诗文书法双绝，有"当代屈原"之称。其一九四七年出版的《鲁迅旧诗新诠》是鲁迅研究学术史第一部鲁迅旧诗诠释，在鲁迅诗歌研究史上是开山之作；一九五二年出版的作品《屈原〈九歌〉今译》是新中国出版的第一套楚辞研究专著，被毛泽东主席评价为"骚作开新面"；作品《中华根与本》、《毛泽东诗词吟赏》更是填补了我国文化史上的一个空白；二零零零年推出的"正清和"三字真言，被文学界誉为最短的经典之作。

先生的宿舍与书房分居两处。当我们来到先生的宿舍时，正好先生迈出门槛，非常热情地与我们握手，并与我们一起前往书房。我们边走边交谈。文怀沙先生已有一百零一岁，满头白发，蓄有长长的已经全白的胡须，戴着一副墨镜，拄着一支拐杖，由一位中年女子扶着，但步履健朗，思维敏捷，语音清洪。先生颇有泰斗之风，又不乏学者之气。先生很高兴地谈到乡梓之事，并问我乡梓何处。我说：山东昌邑。他颇为之惊讶，伸出手来握着我的手说："老乡！"我也为之诧异，先生的祖籍是湖南，生于北京，我一向明白，这"老乡"一词从何谈起？我有些纳闷和迟疑。他接着说：他的妻子是日本华侨，乡梓昌邑，三个月之前去世，很是怀念。于是我才恍然大悟。

等到了书房，一股文化书香之气迎面扑来。一进门是一个厅，一张长条桌子横在厅的东边，上面铺着一块毡毯，用于绘画和写字。一头摆满了各种杂物，只有一头空着，可铺纸泼墨。厅内还有一套布艺沙发，北边是三人沙发，西边是一个窗户，窗前两个单人沙发，中间一个茶几。靠近长条桌子的一边是一个单人沙发，沙发构成一个小天地，中间是一个长条茶几。南面墙上挂满了照片和作品。其中一幅照片便是文怀沙妻子生前的照片，还有胡耀邦的一幅半身相片。厅的中间，南边一个走廊中开有几个房间，在走廊两边放着文怀沙先生的一幅巨大的油画画像，和文怀沙先生亲笔写的两幅字，以木框装裱之，上联内容为："地老天荒不忘一部中华史"，下联内容为："山呼海啸齐唱千秋正气歌"。

文先生进门后便坐在西窗的两个单人沙发的北面一个，我自然坐在南面一个，与文老谈话。文先生很高兴地说："据说你的字写得不错，拿来我学一学。"先生虚怀若谷，更让我如履薄冰。我拿出了两幅自己写的书法，让文怀沙先生给予批阅。一幅行草，内容是："文怀沙先生乃我师也。金志海拜之。"一幅大草，内容是李白的一首诗："朝辞白帝彩云间，千里江陵一日还。两岸猿声啼不住，轻舟已过万重山。"先是铺在地上，文老观后说："你写得很好，但我要鸡蛋里挑骨头了。"我说："请文老多指正。"文老说："你的字写得太快，是吗？"我说："是。""这就是不足，"文老说，"如果你再慢一点行笔就更好了。过去许多人用毛笔写信，后边都落款这么几个字'匆匆，无暇不草'，尤其是一些名家的手札，流传下来的你也可以看到。这几个字是什么意思呢？就是很匆忙，没有很多时间，所以不能草书。

就这个意思。说明草书写得较慢。"说完，拿过一幅字，指着其中一个字说："如果慢之，则有意味。"我很感动，先生不吝赐教，我颇有感悟。在我与文怀沙交谈之时，门口已聚集来访者多人，为了不耽误先生的约会，我起身告辞，并与老人合影，就站在文先生写的那两幅行隶条幅书法的旁边。

走时，文怀沙先生走到画案前，扯过一张纸说：为你写几个字。于是泼墨写下了"秋实圣泽"四个大字。我如获至宝，喜不自禁与文怀沙先生握别而去。

玫瑰的浪漫

　　这一天的颜色都是玫瑰色的，不仅是朝阳初升的时刻，也不仅是夕阳落山的时候，而是整个白天和黑夜都充满着浪漫的玫瑰色。

　　一条古街道略有弯曲，通向了一个同样很有传统色彩的广场。广场的周围也充满着玫瑰色。广场上的人并不多，只有一排约五到六个人。互相牵着手，仿佛在盼望着什么。

　　一位帅气的小伙子兴高采烈地从古街道上走来，来到了广场上。小伙子身穿一套青色的西服，衬衣是一个方格化的，虽然没有系领带，但衣领却很"枝生"。当他走进广场时，径直走向了那一排人。排在其中的一个人是一位女孩，身穿玫瑰色的连衣裙，微笑着。当小伙走近她时，几乎同时，二人伸出手来，手拉着手，向古街的方向走去。所有的人都很高兴拉着手跟着走，小伙子把另一只手也搭在女孩的手上，抚爱着，心满意足地微笑着点点头，义无反顾地走向那条古街道。

　　年轻的伉俪就用这样的一种方式向世人宣布了二人的爱情。

　　在古街道的深处，一处较宽的地方有一处房子。便是二人居住的新房。

　　在这里有几个人站在那里闲话，也都投来了祝福的目光。其中，一位年轻人冲过来向两位新人道贺："方明和晓露恭喜你们俩啊！"并递上一束玫瑰花。二位年轻人一边与之寒暄，一边相互拥护着走进了楼梯。但热闹并没有结束，来祝贺道喜的人络绎不绝。

　　在这条古街上，两边建造着一些古色古香、青砖黛瓦的房屋，各具特色、错落相依，有的精致小巧，有的简约大方。门廊有的前进，有的后退，但都肩背相连，完美舒适，体现着古文化的风水文明。从古街到广场，就像观看一幅长轴，徐徐展开，引人入胜。这里是方明和晓露常常来散步的地方。

　　在那条古街道上也建有许多的小胡同。那些小胡同无不令人驻足欣赏。就是那些只是石头墙的胡同，也透着一种传统人文的味道。路上的石板无规则地平铺着，向前伸延，光亮得像面镜子，仿佛不小心会被滑倒似的。石径两边的墙也是石头的，也毫无规则可言，但人们却饶有兴趣。而那些院子也大都是用石板铺就的，偶在墙角或墙边露出土来，栽着几棵树，种着几株花，摆着几块奇石，但并未感到荒凉，反而一种私密，一种安静，一种诗境，袭人而来。在这里方明和晓露常常高谈阔论。

这里居住的人们无不自豪，有的已打造成客栈，住一个晚上要花上几块大洋。那些广场的周边也是古老的房屋，广场是当地人举行重大活动的地方。

这里是一个古村落。住着许多名人，什么大银行家、什么大文学家、什么进士、什么探花，还有状元郎的父母。不过也有些小商铺。是一处闲逛的好地方。买上一个烧饼或一串梨膏，一边吃一边漫步，都可以旁若无人。就是年轻人在这里的过分亲昵的动作也无人理睬，你可以尽情地我行我素。所以，也是方明和晓露常在这里的原因。他们俩常常挽着手，窃窃私语，仿佛探讨着什么理想和现实的问题，谈论着信念和前途。

这个村子也和这对青年人一样忙碌了一天，玫瑰色的黄昏成了他们的救赎。黄昏的炊烟在这玫瑰色的黄昏里倒有些神圣、神秘的色彩，渐渐地夕阳把光线收走了，夜幕降临。每家每户的窗户也亮了起来，灯的光也带着浓厚的玫瑰色，使整个古村落嵌上了一种玫瑰般的色彩。沉静的古村落，沉静的人们，沉静的时刻又一次到来。

顺着那条古街，可回到二位新人的住处。灯光从窗口透出，一种浸浸着的玫瑰色辉映着周边夜色中的灰色的建筑物。那么美丽，那么柔和，那么和谐。就在这样一种祥和的氛围中，人们逐渐进入了梦乡。夜幕也完全淹没了这座古村落。

古街上那几个打着瞌睡的眼睛的灯，付出玫瑰色的柔和的光，借此还能看到这个村落大概的轮廓。

第二天玫瑰色同样洒落在这个古村落里。但在青年人的住处，又是那些人在三三两两的议论着什么。说那对青年人外出旅游去了，也有人说到外地工作去了，也有人说在城里有房子去城里了。

但不论怎么说，那两个青年人并没有给他们答案。

第三天、第四天、第五天、第……并没有再见到那两位年轻人。

那是一对充满革命理想、有反封建思想、传奇文明的年轻人。他们没有大操大办，他们没有繁文缛节，他们也没有高头的大马，也没有豪华的轿车，也没有灯红酒绿。

后来，传说，他们参加了革命，是一对革命的伴侣。那种玫瑰的浪漫变成了红色的传说。

明莫宁君

明莫宁君去了一个大超市。一进门便有许多人向他投来目光，也有的人上前与他寒暄打招呼，他都仿佛似曾相识，但又叫不上名字，也便装作很熟悉的样子与之寒暄。

这一趟超市一溜，买了几个西红柿，买了几棵大葱而已，此时已是晚秋，不免有些秋凉，但他却总觉得身上有些汗浸浸的。

明莫宁君回到家中便与家人交谈说："今天上午去超市买菜，碰到许多不认识的熟人。"引起家人的哈哈大笑：不认识的熟人？

明莫宁君又说："今天我带着钱去买菜，我又不是去偷，为什么总感觉不自在、出汗。"家人也说："你思想在作怪，认为买菜不是自己应该做的事情。"

一语道破，明莫宁君心悦诚服，认为自己是个"官"，出入超市自觉"不雅"。

"官"这个词是古代封建社会的称谓，在现代社会里已不应该使用，但是现实中却大有市场。有许多的人把自己的职位看作是"官"。一旦看作是"官"那么其言行就会发生变化。许多事情的处理不到位，都是官本位的思想做的怪。

社会应该改变一些观念。抛弃官本位，抛弃大男子汉主义。先不说官本位，只提一下男子汉主义吧，男人在酒店里喝酒吃饭，灯红酒绿，仿佛很正常，很有派。而女人们买菜做饭仿佛也很正常，如果女人们喝酒、抽烟仿佛就不大成体统。

明莫宁君感觉不自在就是官本位主义和大男子汉主义的体现。

但是明莫宁君在超市里看到那么多新鲜的蔬菜和瓜果，五颜六色，也有些开心。看到那么多新鲜的肉类，也看到那么多做熟了的、飘着香味的熟食，当然也有那么多琳琅满目的商品，也有些愉悦。明莫宁君这才发现抛开官本位主义和大男子汉主义，去逛一逛商店也是一种很快乐的休息方式。许多女士都喜欢逛商店，逛商店是厨房里忙碌疲惫的克星。

后来明莫宁君明白了：在自己的世界里，自己就是一切，而在大千世界里，只不过是一粒尘埃而已。但是人一定要有自知之明，不可夜郎自大，把自己看得太重。其实，不管你在哪里并没有什么人或多少人关注。但结果自己却认为自己目标很大，所有的人在注视着我们，自己觉得像明星一样，其实不然，不要认为自己太耀眼。

有一次，明莫宁君在一个高楼上接待客人，吃完了饭后，一起上电梯下楼。大家都上来了，只剩下一个人，一看这拥挤的人很多，担心自己上去会超重，于是便说："我上去后会超重，你们先走吧。"这时，其中一个人说："上来吧，不要把自己看得太重。"这样一说那个人不好意思了，也就挤上了电梯，电梯门关上，顺利运行，于是大家都笑了。明莫宁君说："不要把自己看得太重。"

这是一个具体的问题，有些调侃的味道，但却富有哲学道理。从此明莫宁君成为逛商店的常客，再也没有出过汗。

鲁迅

鲁迅是一位武艺高强的英雄。

当鲁迅目标放大之时，就成为了众矢之的。许多的明枪暗箭一起向他射来，虽然不曾被射中，但是防御已使其精疲力尽。所以鲁迅发出感叹：一个人改变不了社会。不仅如此，要说一句真话也要受到惩罚。中华民族的痼疾不是一般的手术刀可以切除的，必须拿起大刀长矛方可以除之。所以他把希望寄托给了革命党人。

辛亥革命的到来，确使得鲁迅先生为之兴奋。但是辛亥革命的不彻底性，也使他对刀枪失去了信心，故鲁迅又把希望寄托于中国政体的改变。于是具有反传统精神的鲁迅先生，毅然提出了中国体制全盘西化的思想。就在东学西渐的过程中，鲁迅先生也是一个积极的推动者，就像推动新文学运动一样。

鲁迅是一位冲锋陷阵的战士。

鲁迅的画像：冷对的横眉，冲冠的怒发，微微向上翘起的胡须，带着棱角的消瘦的面庞。一看就知道这人是个硬骨头。再加上他手里握着的那支如锐利武器的笔，确可使那些旧习旧事旧社会的卫士们闻风丧胆。

在鲁迅诞生以前的数十年间，中国的大势正处在一个空前的巨变时期。以一八四零年中英鸦片战争为起点，最初的"欧罗巴"之旗开始飘扬于中国的万里长城之上，随着帝国主义的炮舰商品而来的资本主义，捣毁了中国原有的封建经济结构，使之转化为半封建半殖民地的社会。当时的满清政府在这种外来压力下，最初表示拒绝、反抗，但不久即屈服、投降，甚至靠外国资本主义，支持其无耻的统治。这样中国人民在旧的统治和新的民族敌人的双重压迫之下，逐渐坠入苦难的深渊。而自一八六四年太平天国革命运动失败以后，这个痛苦的程度就更加严重了。鲁迅就出生在这样的时代，其时，上去鸦片战争四十一年，距太平天国革命失败十七年。

　　鲁迅诞生时，他的祖父正在北京做官。长孙诞生的喜讯传来，恰有一个姓张的人来访，此人就是张之洞。所以他便给这个新生儿取名为"张"，学名为"樟寿"，字"豫山"。后来家中觉得"豫山"和"雨伞"的读音相近，便改为"豫才"。鲁迅还不满一岁，父亲怕他养不大，便领他到附近的塔子桥旁的长庆寺去，拜了一个和尚为师。和尚给他取了一个法号叫长庚，以避妖魔鬼怪的耳目。于是鲁迅便完成了名字的系统，从中国玄学的角度，这一名字体系吉祥如意，苍天护佑。这样鲁迅就被完好地保护了起来。这也许是后来鲁迅不被暗杀的护身符。但是，鲁迅一向是有反抗精神的，一切的名字统统不要，自己起了一个名字叫鲁迅。

　　鲁迅从小就读着《鉴略》"粤自盘古，生于太荒，首出御世，肇开混茫"，然而一个字都读不懂，枯燥无味。而《山海经》则是鲁迅最为渴慕而又心爱的书籍。在那里面有许多的人面兽，九头的蛇，三脚的鸟，长着翅膀的人。这仿佛可以满足鲁迅孩童时的爱美的天性。但是，那些规矩的私塾一样的令人乏味儿，所以鲁迅十一岁时，便常与母亲一起去安桥村外祖母家里。在那里他第一次接近秀丽的乡村风物，并结识了双喜、阿发、栓生及闰土等同龄的少年。鲁迅在安桥村得到了快乐，也知道了许多的新鲜事，如海边的美丽的贝壳，生着脚的似青蛙一样的鱼，以及闰土告诉他的一些有趣的，有危险的，有恐惧的故事，使得鲁迅见识远远地超出了"只看见院子里高墙上的四角的天空"。所以鲁迅曾写《从百草园到三味书屋》，那长满了杂草的荒芜的院子变成了鲁迅的乐园。但是最终又被那严厉的私塾夺去了自由。这私塾，鲁迅美其名曰：三味书屋。

　　所以，百草园便在鲁迅的笔下生出花来。再入三味书屋后的一年，到鲁迅十三岁的时候，他家里发生了一个巨大的变故。这一变故使鲁迅的家花去了几乎所有的家当。鲁迅和弟弟就寄居在大舅家里。这很伤了鲁迅幼小的心灵。于是他不顾家境的艰难，依然回到自己的家里，却不料，回家之后他父亲又患重病。

　　贫穷的磨难，世态的炎凉，中医的欺骗，使得鲁迅对一切古旧的传统的东西都发生了反感甚至怀疑。他最初萌发了对未来的憧憬，决心要突破围绕着他的这个腐朽而没落的环境，踢开那些士大夫们的生活轨迹，而走向另一条新的世界。于是鲁迅到了南京学习洋务了，这便好像被封建社会放逐了出来，时为光绪二十四年，也就是一八九八年三月。到了南京方才发现"海内缤纷，争言西学"。虽然多数人都抱着"中学为体，西学为用"的思想，但毕竟也要学"西学"。就在光绪朝末，便是三四十岁的中年人，也要看《学算笔谈》和《化学鉴原》，还学习英文和日文，卷着舌头怪声怪气地朗诵着。之所以这样就是要给中国图富强。鲁迅就在这谈变法，谈西学的空气当中，进入了江南水师学堂。就在这肄业的时候，发生了历史上著名的维新变法，但是终于失败。于是一个政治阴谋展开了，西太后复政，德宗被囚禁，康梁逃走，六君子被杀。所谓的新政仅经历了一百天便夭折了。

鲁迅感到维新无望，未来并不光明，于是就决定到国外去了。一九零二年四月到了异国他乡的日本，入东京宏文学院补习日语。鲁迅感受到了故国的飘零，异邦的繁荣，于是便很自然地接受了民族主义思想，并积极参加反清爱国运动，在《自题小像》的诗中写下了"我以我血荐轩辕"的诗句，其实是鲁迅反帝反封建制度的誓言，发表于《浙江潮》杂志上。一九零四年转入仙台医学专科学校，期间鲁迅深感长期封建统治下的国民精神的麻木，于是他开始寻求改变的方法。他志愿学医，想通过科学入手，改变中国。日本学习期间，鲁迅修了细菌学。细菌的形状，全用电影来显示。课间便放一些时事的影片。那时正当日俄战争，放映的都是一些日本怎样战胜俄国的片子。其中有一个片子上出现了一个中国人，因为给俄国人作侦探，被日本人绑去斩首，而周边有许多的中国人围着观赏。鲁迅写了一句话"一样是强壮的体格，而显出麻木的神情"。"从那一回后，我便觉得医学并非一件要紧事，凡是愚弱的国民，即使体格如何的健全，如何苗壮，也只能做毫无意义的示众的材料和看客"，"我们的第一要著，是在改变他们的精神，而善于改变他们精神的，我那时认为当然要推广文艺，于是想提倡文艺运动"。这便使鲁迅动摇了学医的志愿，决计要从事文艺。因为手术刀只能解决病体的痛苦，而不能解决精神上的麻木。于是一九零六年到了东京开始文学活动，从此便以文艺不断地对国民劣根性加以研究，解剖，攻击，肃清。

鲁迅是一位文学艺术的巨匠。

鲁迅从事文艺以后，特别地强调个性解放。希望人们从封建意识的麻醉里觉醒，从愚昧，迷信，麻木，自私的状态中醒悟过来。因此这个时候的鲁迅，在思想文化运动上的实践便是用文艺来争取个性的解放。但当时的中国是"群生辍响，荣华收光"，他又不得不"别求心声于兴邦"，于是便介绍了西方的一些诗人，政治家，艺术家的名言、思想、论断，想用他们的声音，来号召人们打破麻痹，但是最后还是深深地感到中国的萧条和零落。鲁迅曾经一度沉浸在外国文学的研究中，尤其偏重于斯拉夫系统和被压迫民族的文学。他用心寻求的是俄国的果戈里、安特列夫，还有波兰的显克微夫，捷克的纳卢陀，芬兰的丕佛林多，荷兰的望霭覃等人的作品。他们的风格各异，有的阴冷，有的郁悒，有的轻妙，有的幽默，有的阴暗，都曾给鲁迅有很大的影响。鲁迅把一些自认为可影响中国的作品介绍到国内，同时在国外撰写了大量针砭时弊的文章。

一九零九年鲁迅由日本回国，成为一代文学大家。

现实使得鲁迅不想再说下去了。因为旧的力量依旧如此强大，而青少年却又如此的幼稚和鲁莽，鲁迅不仅有点不知所措，而且更加感到革命的希望的渺茫。中华民国临时政府成立于一九一二年一月一日，鲁迅应教育总长蔡元培的邀请回国来南京任教育部部员，民国三年，袁世凯成为皇帝总统，鲁迅对革命的向往和希望完全的破灭。这时的鲁迅开始研究佛经，但不过他本是信仰科学的人，为什么开始研究佛经？许寿裳在《亡友鲁迅印象记》中写了这样一段话：佛教与孔教一样，都已经死亡，永不会复活了。所以别人看佛经是消极地看，而鲁迅却不然，始终能积极地去读。对佛经的积极正说明对前景的失望和对现实的消极。面对反动军阀大肆屠杀革命党人和进步人士，鲁迅这样写道："这半年我又看见了许多血和许多泪，然而我只有杂感而已。泪揩干了，血消了，屠伯们逍遥复逍遥，用钢刀的，用软刀的。而我只有'杂感'而已，连'杂感'也被'放进应该去的地方'时，我于是只有'而已'而已。"

　　一九一八年五月鲁迅首次以鲁迅的名义，发表中国现代文学史上第一篇白话小说《狂人日记》，痛斥和揭露了现实社会在仁义道德的掩盖下"吃人"的本质，体现了鲁迅对社会的不满、愤怒、焦虑。同时鲁迅也想唤醒民众的觉醒，发出了"救救孩子"的呐喊，孩子是未来，也就是充满了对未来的忧虑。《狂人日记》是彻底反对封建制度的第一声春雷。一九一八年至一九二二年，鲁迅写了许多的文章，正值五四运动的高潮时期，大都是为新文化运动助阵振威的文章，并编成一本集子叫《呐喊》。这时的鲁迅虽然对社会失去了信心，但是运动又唤回了鲁迅对未来的一些希望和热情。五四运动后，新文化运动阵营开始分化，这一时期鲁迅写了许多对旧社会的声讨的文章，还编成了又一本集子《彷徨》。

　　鲁迅一九二零年八月被聘为北京大学、北京高等师范学校文科讲师。一九二七年年初到广州中山大学任文学系主任兼教务主任。一九二七年八月到厦门大学任教授。同年十月抵达上海，从此定居上海专事写作。期间，鲁迅愤慨、叹息、无奈，写下了《而已集》。

　　一九三零年中国左翼作家联盟成立，他是发起人之一，也是主要领导人。一九三五年，鲁迅居住在上海闸北四川路帝国主义越界筑路区域即"半租界"，收集了一九三四年所作的杂文，命名为《且介亭杂文》。"且介"是取了"租界"两个字的各一半而成，喻意是中国主权只剩下了一半，以此表达强烈的民族自尊心和对侵略者的憎恨。

　　但是，一个人并改变不了社会，鲁迅的努力起了很大的作用，唤醒了愚昧的众生，影响了几代人。中国文坛曾经出现许多的硬骨头。

　　鲁迅没有看到曙光，于一九三六年因积劳而成疾，患肺癌去世。一代文坛巨星陨落。

┃ 记忆 ┃

在我的记忆中，时间已飘过了近五十年，老家那几间老屋和那座院落中的物什，像烙印一样清晰地刻在记忆的石头上。

一

老屋的院落，是一个方方正正的院子，约有五亩地的大小。在院子的东北角上密集的建有几间房屋，其中有五间为正房，也可称之为北屋。在北屋的前面靠东建有两间偏房，一间用于放置一些杂物，小时候家人都称之为东屋，另一间为"栏"，这是当地的称谓，可养猪、养羊、养牛等。剩余的地方有树，还有小菜畦。树木中除了靠院子南边的一行白杨树外，还有两棵树我印象较深，一棵是杏树，就在北屋的正前面，另一棵是榆树，在北屋的西山头。这两棵树每年到了季节都会送给我的童年一些礼物，红杏子和黄榆钱最直接或最现实的礼物，必然会让你尽享其美。但是你要吃到这些美味，所需要的过程带给你的快乐是最大的礼物。

小的时候每年都是一种愉悦的期盼，给人一种希望，虽然生活是贫穷的。长大了以后，又是一种美丽的回忆，给人一种回归的感觉，使你像风筝一样在高高的天空中摇摆徘徊。但是那种回忆就像线一样牵着你，不时地望着家乡。当你回落的时候，有一个归宿，即使有时仅是一个心灵的栖息地，这种归宿也是起点，是人生走向天堂的起点，其实那就是我心目中的天堂。

天堂是多样化的，老屋的一切决定着天堂的完美程度。无论那个童年的老屋简陋也好、豪华也好，那就是你现实中的概念化的天堂。

在上小学之前，天堂被生硬地分为两部分。父母亲和祖母分而居之。北屋的西面两间房屋归了父母亲，我及弟弟妹妹也跟着塞了进去。西面的这两间屋子没有门只有窗子，分家的当天一扇窗子就被打开了，成为门。但是一铺炕还没有来得及搬走，因此，第一个晚上是从炕上迈进去的。祖母总是父母的母亲，还是从北屋拿出了两间房子给了父母亲，尽管起初要从窗子进入，但毕竟没有从窗子赶出去。从此，祖母一人独守着那三间北屋和两间东屋，我们一家人五口便塞到一铺炕上，别无他有。屋子里仅有的两铺炕又被拆掉了一铺，虽苦而安。从此家中院子中一切的花卉都败落了。屋前的牡丹、芍药也移走了。院子中又砌起了一道墙。那棵杏树就被隔在奶奶的那边，那棵榆树被隔在父母这边。就在那棵榆树旁边开了一扇大门。第一个春天来时，家境并没有让我们去欣赏榆钱，但忽然一天，从大门中走进，榆钱铺了个满地，这时才从谋生的忙碌中瞬间回过神来，意识到这棵榆树仍然在送给我们一种快乐的意识和一种乐观的态度。

人和树是一样的，都会有春天的。所以冬天到来的时候并不可怕，因为冬天无论多寒冷，春天都会依旧到来。这是一个最普通的自然现象，但却蕴含着一个最深刻的人生哲理。

二

那棵杏树在春天时是满树的雪白，到了夏天则"红杏出墙"，隔墙可以看到，举手也可以得到。老院子中的那道隔离墙，并没有成为一道屏障，仅仅只是改变了一种奶奶与我们之间交流的方式。有什么特殊的菜肴都是从这道墙头上传递来往的。这道墙未挡住我们的声音，未挡住我们物品的交换，更没有挡住我们的脚步。我们兄弟姊妹常常是奶奶的宾客，并且一日不厌其烦地去做客，后来不像客人倒像是主人了。

有时为了找点东西用，我们也到东屋里去"撒么撒么"。有一天，我去那里找一个竹竿，以做风筝，突然发现一个秘密，很是惊喜。在这间东屋里有一盘磨，我也曾经推过，后来不用了，但磨仍然放在那里，上边堆满了杂物，就在这杂物堆中，家里的鸡经常在里面下蛋。今天去时，意外看到一窝小狸猫，我还用手爱怜地摸了摸，冲出东屋向北屋里喊着："奶奶，奶奶，这里有一窝狸猫，太可爱了！"奶奶赶过来看了看，说那不是猫，是狸，这狸当地叫"铁狸子"，是一种吃家禽的动物。我不相信，反问："那为什么不吃我们家的鸡呢？与鸡同处，那肯定是猫。"但我很害怕铁狸子，所以虽不相信，但心里已产生了惧怕，不敢趋前。时隔一夜，那一窝铁狸子便无影无踪了。奶奶说："只要被人发现，它们就会转移的。并且它们通人性，绝不吃东家的家禽，只要你不伤害它们，都会友好相处的。"

当地村里也有许多人专打铁狸子和黄鼠狼，铁狸子也就与这些人为敌，经常"拉"他们的鸡。还会使他们的家人，往往都是妇女，经常说一些胡话。有时笑，有时哭，疯癫无常。并代替铁狸子和黄鼠狼说话："是你们打死了我的姐妹兄弟"等类似的话语。当地把这种现象叫"士气低"。士气低时，铁狸子会附体，支配人的言行。

大概是从我发现那一窝铁狸子以后，我就再没有到那间东屋里面去。每次到奶奶屋里也不曾向那间屋子里望一眼，总是快快通过东屋的门前。后来举家搬到村的北面，一条小河的边上，老屋被拆掉了，那盘磨的磨盘被铺在了新屋的西厢房子的地面上，那两棵树自然也被砍掉了。奶奶又回到我们大家庭中，家人再次团圆。旧屋被迁，新屋建了起来。那座具有传统文化色彩的老屋的拆掉，像是砸烂了一个旧社会，解除了一个封建家庭；新屋子建起来，像建立了一个新的世界，生活进入了一个现代化的时代。硬邦邦的灰色水泥地、机械式的红红的屋瓦顶、冷冰冰的宽阔的大院门，不曾有半点的私密和温馨。我还是喜欢老屋的那种格调和形式，老屋和那座院子及院子当中的一切。那就是我的天堂，是我乡思的起点，又是我乡思的终点。

三

苦难挡不住岁月，幸福也留不住时光。但时光与岁月却在淘洗着那些往事，一切都会在光阴中洗去，一切又会在岁月中重生。

由于家里的贫困，父母亲又要没黑没白地忙碌，于是我就被寄养在外婆家了。一住就是好几年，惯看着窗前的那棵松树六年的长青，惯看着门左前方的那棵海棠树六年的果熟蒂落。八岁那年，我该上学了，但在外婆家里，没有自己的户口，不能上学。看着自己的小伙伴一个个都背起书包上学去了，自己也着急，但没有办法，一切都由大人们主宰着，一时自己感到离群索居。几次跟伙伴们一起去学校，他们进了教室，我却无望地在校园中徘徊。翌年，我被迫离开了外婆家，回老家上学去了，那是我的出生地，是天堂的起点。

学校是在几排幸存的被划分为地主的人家的房子里，房子很高，是用砖垒成的，主人们都已在外工作多年了，父辈们都已去世，房子收公而成了学校。后又搬到村子的西头，几乎靠在了潍河大堤上。从家到学校，还真有一点路程，要穿过几条街道。大约有两条路线形成了一个四边形，殊途同归，时程相当。但在每一条路上都有令我为难之处，不好选择哪一条路是最好的。

南边的一条路，每次走到那里，都会令我毛骨悚然，每次到那里必定有一只如人一样高大的黄狗，狂吠着向你龇牙咧嘴。有好多人被咬伤。有时，突然前爪趴到你的肩上，直立起来，许多孩子被吓掉了魂。但我比较幸运，看到它那副嘴脸，我就躲得远远的，但我不愿意每次让我的心都悬起来，让心跳的速度加快，那种感觉总是很尴尬。

而北面的那条路，没有狗，但有一种灵魂在飘荡。起初也并不是这样的，我多从这条路上走，因为另一条路有一只黄狗。北面这条路总给我一种感觉没有阳光，阴森森的。其中有一户人家在路的南面，房子紧靠路边，路北面是几棵大槐树，使得这条路便有了那种阴森的感觉。就在房子的东头上，有一个门楼子，门楼下总有一个老太太坐着马扎子，花白的头发，面黄肌瘦，神情呆滞，上身极度的罗锅着。不管你什么时间从她门前走过，她总是低着头把脸斜到一边看你。这副神情，不曾有过一丝的变化。后来这位老人去世了，门前一下子少了一件东西，而门楼上则挑着几串白色的纸钱。当时也没有风，纸钱也垂着，毫无动态。这一幅画面就永远地定格在我的脑海里。一次从这里走过，门是开着的，看到院子里生出了杂草和蜘蛛网来，仿佛这家里长期没了人住。其实这老人有两个儿子，人丁还算兴旺。但每一次我走到这里，都看不到人的出入，只看到房顶上的炊烟在慢慢腾腾地、无精打采地升漫着。走在这里总也是毛骨悚然的，害怕再次突然见到那位老人静坐在那里，所以总是不敢扭头去看，总是手里捏着一把汗，急速地走过。

因此，每次放学自己总是莫衷一是，为走哪条路犹豫不决，尤其是晚上。其实哪条路都不是如愿的选择，但没有第三道路可走，又不能从空中飞过去，更不能穿地而行，也没有小伙伴同行，也就只好做出选择。选择是没有形象和表现的，只是心理的活动，所以老师都认为每一个学生都是快活的，都是男子汉，其实胆怯却埋在每一个男子汉的心底。当然胆怯和勇气是共存的，即使是在那些真正的英雄身上。只是英雄永远地把胆怯埋在心底。所以，有些事情，只有自己知道。

虽然心里有胆怯，但每次都表现出勇气，就这样每天的往来，不是这一条路就是那一条路，日复一日，胆量在大，年龄在长，人生再延伸。每次走过了那个点，总会松一口气，每次都是如此，无一例外。其实这也与人生之路一样，当遇到困难的时候，克服了就会有顺利的到来，世上没有过不去的火焰山，也没有过不了的关、过不去的坎，自古就有"祸不单行今日行，福无双至今日至"。还有一位唐朝的诗人李白曾写过这样一首诗，名字叫《行路难》："行路难！行路难！多歧路，今安在？长风破浪会有时，直挂云帆济沧海。"歧路总会过去，悬帆必有正风。

四

古人曾云："近怕鬼，远怕水。"长期住在村子里，哪家死了人，不管是"寿终正寝"或是"悬梁自尽"，只要你见过此人，或知道此人曾在那里走向上天之路，你走在那里一定会感到恐惧。

自己上初中之时，村子里的每一条路上，或岔路口上都有魂灵的游荡了。那天晚上听奶奶讲，村西头的一位大姑娘，看到早年死去的一位老人，一病卧床，后来借用一百家门上的钥匙用于煮水喝，这才解了围。重病初愈，身体虚弱，鬼魅常附体，这就使晚上行路总是精神紧张。尽管读书时，书里写着："人死如灯灭，死而成灰土"，但仍然不能挥去我的害怕。

初中，是村子里自办的。教室就盖在村子西边那片坟地里，我清楚地知道，因为盖房子，我们的劳动课就是"托积"，房子就是用我们托的积在那片坟地里建起来的。在这样的环境中学习仿佛周边都是鬼，有时走路也害怕脚下踢出一块颅骨来。人们说电光可以辟邪，那时人们都普遍穷，没有几支手电，每一位同学几乎都挑着一盏小油灯，昏暗的小油灯送给我们的是一点光明，而这点光明又被黑暗吞噬着，所以昏暗也常在晚上伴着我们学习。

在这片房子未盖之前，是借用了林业中的几间房子，房子在果林之中，空气很好，但离村子太远，晚上孩子们不方便，故就搬到这里，平了坟，在坟地上盖起了学校。

那个年代正好是"破四旧、立四新"的时代，打倒一切牛鬼蛇神，提倡无神论。我也经常思考此问题：鬼，就是人们死后灵魂的存在，人活着的时候，体魄和灵魂共同塑造了一个活人，这些活人当与人们友好相处，无可怕之处。而当人死后，体魄不存在了，只剩下了灵魂，一股力量只剩下一半，整体尚不可怕，一半又何怕之有？当然这一半是否存在是有争议的，唯物主义者无，唯心主义者有，其实唯物者唯心，唯心者唯物，物心难分，真实与虚无都离不开物和心，只要有心、有物，就产生心理和物理，我称这种紧张是物理与心理的结合，无法分离，没有心理，便没有物理，没有物理，也难以产生心理。

初中就在这昏暗的灯光里，在那些影子里结束了。初中时期是凑合的时期，不仅是在教室，包括教师也是现凑的，不过他们都很努力，他们在一边学一边教。中国的教育逐步走出了怪圈。我们这些穷人家的孩子，赶上了国家的好政策，恢复了考试制度。自己村子里办的戴帽初中培养出了第一批毕业生，也成为最后一批毕业生。在参加高中的考试中，班里五十多个学生有五人考入了高中，红榜被赫然贴在了村西头一个油坊的西山上，西山对着村西头一个多道路口，引来了村里许多人驻足浏览，我的名字也很幸运地写在了榜上。初中最流行的一首歌是《红梅赞》，我就是唱着这首歌去高中读书的。

从此，就沿着潍河骑着大金鹿自行车往返于县城和村子。高中阶段学习紧张，但很愉快，没有让人分心的事情。文革时期，那些紧张的岁月暂被搁置起来了，爷爷和父亲被挨打批斗的那些场景也被新的形式所掩饰。但这些过去的不平却成为了我刻苦学习的动力，有规律的学习生活使自己身心得以发展。在学校里学习是紧张的，但班主任老师还是为我们不时地调整紧张的空气，利用自习的时间教我们唱歌。那首歌名字叫《我的祖国》，是电影《上甘岭》的插曲，那支曲子很舒缓、很快乐、很悠闲，紧张的校园里有了歌声。行路、吃饭、甚至学习的时候都在哼哼着。这种休闲的音符，飞落在每一个角落，时刻化解着我们紧张的学习情绪。尤其是晚自习下课后，从教室走向宿舍的时候，歌声便打破了宁静的夜空，预示着一天紧张的学习生活的结束。紧接下来便是自由的休息时间。但这种自由往往是在梦里，一觉醒来，又投入了新的一天。

五

村子里的人事我没记住多少，而那些鬼事却难以忘记。不过有些是虚无缥缈的传说，而有一些则是自己亲身经历。有一个真鬼，经常在街上溜达，双手背在后面总是那么一个姿势，不像幽灵，也不像鬼魂，而是一个时代的怪物。每当晚上，他那双藏在背后的手则拿了出来挥舞，搅得全村子的人们害怕，所以许多被害的人们都拿起扫帚到街上去扫大街，用这种方式改造自己，而避之在晚上被这个怪物牵出来拳打脚踢。故即使大街非常干净，甚至没有杂物，也在反复地扫，那是一种机械的示意。但也有个别的并不能免去灭顶之灾，晚上照样会被揪出来打倒。总之，一切由那个怪物在操纵着。一到白天他又把两手藏在背后，在街上溜达着，仿佛一种阴险的污浊气在游荡。人们不知道晚上是否自己会被揪，只有到了晚上，没有揪出的人才放下心，而被揪出的人又会遭遇他那种凶恶。所以一种不安、无助、不测总是那样伴随着人们，人们也总是在忐忑不安中生活。

大字报满天飞，政治烟幕时常降临，有时几个字、几句话都会被大惊小怪地认为是反动。曾有一句话写在墙上："蚂蚁杀血两大盆"，被一个村子里有学问的知识分子发现，立刻脱下自己的衣服盖上，并报了案。村子里能说会写的分子们都为之紧张。而即使知识贫乏、相对愚昧的老农民，也都有了一根政治神经。一时传遍大街小巷，全村议论纷纷。在这种乌烟瘴气的掩护下，那怪物的两只手不再藏在背后，不仅在晚上抢挥，也在白天挥舞着。原本这个怪物尚有一点人性，而现在则人性殆尽，一个人类异化的怪物的特征愈显得明显。使得许多人不得不违心地随着这个怪物一同蹁跹。分不清妖怪还是好人，基本上是黑白颠倒了。于是，就说也不敢乱说了，再不敢乱动了，因为不知道你面对的到底是人还是妖。于是人们默默地走路，相见时面面相觑，过后又会长长地吁上一口气。

"愿君知我心，何畏遮天云。太阳终归出，一样照人行。"照妖镜的出现使许多的妖怪现出了原形，使许多蒙受不白之冤的人昭雪，于是世界再次热闹起来，有了笑声，有了欢呼声，有了起舞的脚步，人类再次还给自然一个真的面貌，使人们又回到了同样一个平台上，公平正义在回归，不再因为一句话而被断章取义，不再因为手上的老茧而被送入大学，一切都在逐步地恢复秩序了。

离开了那个地方，来到了一个远方，鬼的问题在我的心理上就全然离去了。大学里有了电灯，晚上教室也亮若白昼，城市里的马路上也有路灯，照亮了我的前途。

六

许多人都说的一句话就是"与狼共舞"，随时都有可能被伤害，或被狼吃掉。在那个年代，在我们村子里没有狼，只有鬼魅，人们都在与鬼魅打交道，鬼魅比狼更甚。狼吃掉的是肉体，鬼魅吞噬的是灵魂。

在与鬼魅打交道的过程中，人们也都提高了本领，逐步适应并习惯，也会在紧张中寻求生存、寻求快乐，逐步形成了自己的生活方式和生产方式。孩子们也在这种环境中得到了历练。

在那个年代，我们也有一个小小的世外桃源，也可以远离村庄，常常来到这里忘我地游戏。这个地方就在村子的西头，那条波浪宽阔的潍河的河水、河岸、河中的滩涂，河的两边的荆树条，河汀的红柳，细细的河滩。一些河汀上也长满了芦草。我们在割草的同时，就在这里嬉闹。这里就是我们的乐园，一边是一大片的杨树林，一边是在河的东岸，河流冲刷的岸边，裸露着杨树根，河中央的沙丘上长满了红柳。白色的河滩，红色的柳条和绿色的树叶，及爬蔓在沙滩上的芦芽都静静地陈列在那一片天地之间，静静流动的水偶有涟漪的出现，回应着我们的笑声，荡漾着孩子们的快乐，岸的两边是大堤，堤外是一个小村子，没有几户人家，都掩映在高大的柿子树下。来这里我们往往是在下午，日落西山的时候，我们就成了这个时候这个世界里的主人。一会在岸上，一会在河汀上，一会又潜入水中，世界上没有人知道有几个幸福的孩子在这里玩耍。这里的孩子也已忘记了这里以外的世界。然而太阳收了影子，孩子们也会意识到夜幕开始降临，急急收兵回府。沿着河边走，有时会有意外收获，捡到几条小鱼或小小的乌龟。鱼是被鱼鹰扑啄后，浮上岸来的。回家把小乌龟放到瓮中养着，小鱼就成了美餐。岸边一些洞穴中，还有许多小动物在那里面。刺猬常在这些洞穴里休息，也常常被我们揪出来，贴上泥巴，被烤着吃了，命运很惨。那个时候生态环境差，人都没有尊重和保障，何况动物呢。那个年代什么动物都能吃，有时人还吃人呢。

七

自然中的乐园有时是暂时的，因季节而变更。但我们总能寻找到自己的乐趣，这可能就是随遇而安。我记得有许多事情让我们忘我地忙碌着。当时社会发明了一种链子枪。它的制造过程是用铁条弯成枪身。然后用自行车链子穿在枪身上作为枪膛，在枪膛最前面的一扣链子上用辐条螺帽做成枪口，用火柴头或爆竹中的火药做火药。用一块松紧带拉动撞针，就会发出枪声。那时几位小伙伴们在一起，躲在一间破房子里，手忙脚乱地制作这种链子枪，颇有乐趣，有时锤子不长眼睛，经常砸在手上，手上经常结出紫色的艳油，无情时会把手指砸破，流出血来。大人们见到就喊："你们在鼓捣什么？"我们也总是没有回应，根本顾不上大人们在说什么。我们也总是希望链子枪一气呵成，做不成不吃饭不睡觉，废寝忘食。那种童趣的执着，很令人赞赏。只有大人火了的时候，我们也许会暂时放下，草草吃点饭又开始制造，但大部分时间把大人惹怒后，冲进"制造车间"，给统统地没收或毁掉，这样这顿饭就泡汤了，大人生气，我们则在一边赌气。真不容易，寻求快乐也有代价。

但一旦枪被制造出来的时候就很高兴了，装上"火药"扳动枪机，枪声响了的那一瞬间，一种收获成功的快乐也会使你的童性表现出来，踌躇满志。但这种枪是有一定杀伤力的，对操作者自身也存在危害，尤其是爆竹中的火药是爆炸式的，一旦打不出去，枪膛爆炸那就会伤及自己。这个盲点在苍天的保护下永远成了盲点，那颗定时炸弹始终没有爆炸。链子枪带走了我们童年的时光。遗憾的是我没有把它保留下来，现在的孩子早也不玩它了。但链子枪培养了我们的动手水平和能力，链子枪也培养了我们的气质，使我们这些稚气未消的孩子带有一种雄赳赳气昂昂的军人精神。

大人们看到孩子们都在玩枪，常常担心世界和平或常常担心会有战争。其实与孩子们当时看的电影是有关系的，羡慕那些战场上的英雄，看到那些战争的英雄在影片中，一只木头的假驳壳枪就可以缴获一支新武器，俘虏一个荷枪实弹的勇猛军人，就仿效他们。当有人用枪顶在你的脑壳上，在这千钧一发之际，怎么办？一定有人就范，一定有人不会束手就擒，你可以移动脑袋，采取行动看看枪是否是真家伙。即使是真的，也要反抗，否则实现他们的目的后，同样会吃枪子儿，在慌慌张张的乐曲声中送命。除非持枪者和被俘对象有相当的素质和道德水平，但往往两者并不相互了解，甚至有一些持枪人是蒙面的，掩饰本来面目，不太好在瞬间判断对方的素质和道德。

‖ 狗的故事 ‖

农村的狗，是用来看家的。城里的狗是用来解闷的。用途不同也就决定了狗的品种的不同。

一

农村的狗一般都高大凶猛，人们见了会毛骨悚然，当你一迈进门口，那狗会蹭地冲出来狂吠。这时的闯入者，会屏住气，停下脚，不敢作为，或迅速退回，或在主人的掩护下前行。

小的时候在农村里呆的时间长，对农村的狗是熟悉的，尤其是自己村子里的狗就更"如数家珍"了，哪个家里有狗，哪条街上有几条狗，哪条狗厉害，哪条狗高大，哪条狗胖，那条狗瘦，哪条狗是黑色的，哪条狗是黄色的，也都了如指掌，一清二楚。

其实我并不喜欢狗，曾阻碍过我的路，使我不愉快。但是狗仔是很可爱的，有些狗生了小崽子，都会送给人家。我曾经要过一个小狗崽子，起初是可爱的，是温顺的，但逐步长大后，就现出了它的本性。但这只狗长得比较瘦小，没有长得那么高大，没有达到我的理想。但人们说要让狗长大必须把狗的尾巴尖切掉，而且要在狗没有长大的期间内实施，所以在狗长到几个月的时间，我为了让狗长得高大些、肥胖些，曾实施了这一措施。把狗喂饱了，提前准备好了剪刀，当狗就位后，"咔嚓"一剪刀就把狗的尾巴尖剪了下来。狗嗷嗷地叫着，在院子里发狂地转圈，欲想用嘴去咬自己的尾巴，可是并没有做到，但它也没有放弃，不断地转，转，直到把自己转晕了，一头栽倒，卧在地上呻吟。我冒了一次险，狗也遭了一次罪，但是狗也没有长成高大的狗，依然那样瘦小。后来这条狗突然死了，被埋在一棵树下，但被人挖了出来，把皮剥了下来。因为那已是几十年前的事了，人们的生活还是比较贫穷，狗皮是可以用的，用于做皮袄或皮褥子取暖。狗死了我感到一点悲伤，被人挖走后，更加悲伤了。在很长时间里，自己都为那条狗的不幸处于悲伤状态，也在自责自己曾经把它的尾巴给剪了一个尖儿。有几个夜里就听到了狗在远处吠叫，当听到它的叫声时就感到很奇怪。于是自己就想到这条狗一定是被冤死的，所以它在为自己伸冤。

我也在回忆它的死，可能是被邻居那个骗子害死的。那个骗子总是穿得很文明，乡下的人都把他看成是城里人，看作是村子里的外交者。他也因此而挺腰别肚，在村子里"吹"自己能为乡亲做什么事情。所以就得了一个外号"大吹"，那个年代村子里条件好的，都想买一台黑白电视机或自行车或缝纫机，所以他就大肆承包承揽。一开始，有的人从他那里买到了自己想要的三大件之一，拿到家里后，给邻居们看，偏宣那位"大吹"多么有能耐，因此那个骗子就更得意了，几乎全村约三分之一的人交了钱。但是这一下子，人们的钱就如"泥牛入海"。经常去追问，答复是：缺货。长此以往，动静大了，也惊动了上级。经过调查以后，才知道，他把钱都用去放了高利贷，想用高利贷的钱去买人们想要的东西，从中自己坐享渔利，但没有想到，山外青山楼外楼，更有高手在前头。小骗子被大骗子骗了，大聪明被小聪明误了。

后来，这个骗子被逮捕了去，村子里那些人的钱也打了水漂，追不回来了。但被逮捕了后，很快又被释放。俗话说"人不留天留"，释放后还若无其事地走在村子里的大街小巷，后被人把跟腱砍断，头也就从此低下去了，再也没有抬起来。到底也不知道是谁干的。但村子里的人都叫好，说："这是报应。"

"大吹"之前，那条狗，经常听到"大吹"家有人去找买稀缺电器，每次听到就会"旺旺"地叫，骗子认为张扬了他的"好事"，所以就加害了它。

狗一般是管自家的事儿，但管人家的事情也不为过，善良的、正义的狗，是为正义者看家的。被害死的狗，一定是知道那位骗子的，把那位骗子早就看透了。但是人们并没有狗那么有见地。故狗就希望人们不要再去那位骗子那里去送钱，去上当了。所以人们一到骗子的家里，那条狗就会不停地叫嚷。

狗通人性，但人不懂狗语，所以狗之意，并未被人们理解。那位骗子，也许也不是真的懂得狗的意思，却做贼心虚，因故加害于狗。使它永远地失去叫声，以便自己在默默中行骗，让人们神不知鬼不觉。

这样一来，狗死得其所，但人们有谁知道狗之死呢？人们知道杀狗之人的罪恶，替天行道，也就足够了。狗，人们已经为你报了仇。

二

城里的狗一般都长得比较精美，小巧玲珑。一般是主人的宠物。但也有的如高头大马，也有时见人狂吠。然人们并不骇然，仍会我行我素。

城里人的生活条件好，许多妇人和孩子，出门都抱着或牵着一条狗。狗的品种多种多样，像布艺做的一样，十分可爱。但有时也令人可憎，你在小区里散步时，会突然一条狗冲出来，向你吠叫，有时太突然会使你吓一跳。紧接着便是狗的主人在后面喊："不要叫，打死你。"嘴里喊着打死你，行为上却爱怜地把狗抱走。并不向被吓了一跳的人道歉，和狗一起扬长而去。

有时在商店里买东西，也会有狗冲上前来吠叫，主人照例会喊那条狗，但有时狗也不听，继续地向着你吠叫。你一抬脚，它便吓得向后缩，但一边缩退，一边吠叫，当你把脚放下去，它又会冲上来吠叫，你把脚抬得高一点，它会迅速撤到主人的身边，但仍在吠叫。这狗确实是能进能退，它知道自己不堪一击。如果真的一脚踢过去，它一定会像皮球一样，滚出老远去，若不一命鸣呼，也会半死不活。它那点勇气除了本性，大概是直接来自于其主人的。

狗是很忠诚的，但有时对主人势力的判断并不那么准确，有时给主人带来许多麻烦。由于狗与人的打架，狗与狗的打架，而引发了人与人的争吵或纠纷。民间就传着几条狗的故事。狗咬了人后，一切医疗费都由狗的主人去负责，有时治疗或预防不及时，造成了人命，那么主人可能会倾家荡产。有时狗咬了人后，咬到了硬茬子上，不仅狗会被打死，而且主人还要前去赔罪、赔钱。如果狗的主人和被狗咬伤的人都不理智，会打得人仰马翻。世世代代成为了仇家，不共戴天。

　　狗，有时主人也会养烦了。不愿意再去养狗，长期养着的狗不想养了，但感情上很难舍，或多次将狗关在门外，或扔在郊外，或送给别人，但狗都会跑回来。等到下班回家时，看到那条熟悉的狗又在门口等候，如果心里烦的话，看到它会更烦恼的。有时也只好把狗的眼睛掩住或把狗装进一个口袋里，拐弯抹角地去一个地方，找狗并不熟悉的人带去，放在那里，让狗找不回来。从此主人就开始挂念着这条狗，出门时，看到狗都会怜悯或看到狗都会心跳，是否是自己舍弃的那条狗。那条狗沦落到哪里去了？沦落成什么样子了？是否有一天还会回来？矛盾的心理使主人不得安宁。

　　但往往是担心的事总会发生，一天在户外散步，回头一看，一条狗跟在自己的后面，但它肮脏的外表，落寞的样子主人已认不出来了。但狗对主人仍是那样的忠诚。再次回到家里，计划着再次实施舍弃方案，也许还没有来得及，突然有一天狗生出了一窝小狗崽，使主人更是头疼，益发感到束手无策，益发感到烦心。

　　这边把狗引开，那边把小狗崽搬走，但狗不见了狗崽子会不停地叫，不停地转，使主人很无奈，只好把狗崽子如实搬回。

　　还是先实施狗的丢弃计划。再次把狗蒙上眼睛或装入袋子里，让亲戚朋友带走，带去比原来更远更难找的农村去。这下子可没有机会跑回来了，也没有机会再次与主人邂逅相遇了。主人算是松了一口气。回过头来再处置这一窝的狗崽子。这倒不很难，方案很简单，用一个筐子一起装上，放到附近垃圾箱的旁边，就可以万事大吉了。主人是万事大吉了，他人却就遭了殃，小狗们叫着爬着在小区里四处叫，成了没有人管的小野崽子，不幸啊！人人见了都在埋怨："这是谁干的？""缺德"、"伤天理"、"这么狠心"。

　　主人也同样会自责，时时感到自己的耳朵在发热。"耳朵发热，良心丢了"，但仍放不下心经常到丢下狗崽子的垃圾箱那里看看，丢下一些狗食，当哪一天一切都不见了，才仿佛一切都丢下了。

　　事情看起来是这样的，但真正要做到如释重负，能够彻底地放下，那还真的是需要一点时间的。

芬芳的孤寂与清高

张爱玲是中国现代作家，她的许多文章都给人们留下了深刻的印象。关于张爱玲的历史，以及她的传记已有许多。但是，每次读张爱玲的文章或是传记时，都有写一点关于张爱玲先生可怜、可敬的一生的想法或冲动。只要写点，那都是可以聊以慰藉的。

读张爱玲的作品可以知道她是一个很有个性的人，略带一点任性。可以粗略地这样给张爱玲的性格定个性。性格的形成有其成长环境的原因，并且是一个很重要的原因。除基因之遗传外，外部的环境影响和生活经历都会是性格形成的重要因素。

张爱玲生活在一个不平凡的家庭，家出名门。祖母李菊耦是慈禧心腹李鸿章的长女，祖父张佩纶是清末名臣。所以家境是很好的。但那个时候的家与国是相连的，国家内忧外患，家也是不得安宁的。外国大量的鸦片进入中国，首先得到这些鸦片的，就是那些贵族们，其中包括了像张爱玲这样的家庭，属于近水楼台，有渠道，有金钱，有条件。

张爱玲上世纪二十年代出生在上海公共租界西区的麦根路三一三号的一栋建于清末的西式豪宅中，一九九五年病逝于加州韦斯特伍德市罗彻斯特大道的公寓。

这个时期是我国处于动荡，中西文化文明冲突的时期，尤其是上世纪张爱玲从出生到她上世纪四十四年与胡兰成交往这段时期，正值社会动乱，处于中外矛盾，中外文化，中国传统与现代文明的斗争的漩涡之中。一个受家庭影响，一个是受社会的影响，再加上两者叠加的影响效应，形成了张爱玲的个性。

她的父亲，用现在话说是"花花公子"。父母结婚后，其父亲张廷重却并不守规矩，经常去逛窑子，与妓女在一起，回家以后又吞云吐雾，无所事事，不劳而逸，凭着自己家族的遗产，肆意骄奢淫逸。父亲的不负责任的行为，使儿时的张爱玲从心理上受到了不良影响，而且父母之间经常吵闹，使张爱玲内心受到了许多的伤害。后来其母亲去了英国旅居，长时间不在家，张爱玲也就失去了许多的母爱和母亲的教育。母亲走后，父亲便把纳为妾的妓女领到了家中，成为张爱玲的继母，时张爱玲年方四岁，从其继母那里得到一些温暖和关怀。但毕竟是一种残缺的、受到创伤的爱。所以张爱玲也就更多地跑到她的姑姑那里去寻找一些母爱，寻回一些温馨，她的姑姑便成为了张爱玲真正意义上的亲人。眼不见为净，家里父亲与继母的无聊与无为，烟雾缭绕的空气，污浊的精神环境，也就留给了她的弟弟。自此就已经表现出了张爱玲的坚强，同时也渗透着张爱玲的反抗，并带有一点自私的行为和对亲人的冷漠。她的弟弟便成了那个家庭中的小尘埃，被不和谐的扫帚荡来荡去，成为一个可怜虫。

张爱玲的母亲，是一位现代的女性，有着强烈的自由意识和独立精神。与其父亲那种浑身蔓延着封建意识的大男子主义是格格不入的，家庭中不幸福，她就一走了之。张爱玲才刚四岁的时候，母亲便为了自由独立的生存，为了看不到那个封建思想已腐化了而又不可救药的然而又不腐烂的僵尸，而毅然跨过了太平洋，去了最具现代意识的英国。在上海时，她的母亲住在英租界，但英租界中也有着封建的影子，仿佛永远也抛不掉甩不去，使她长期不能平静，使她永远在一个烦恼忧伤的暗夜中生活。

长空一击千万里，扫却尘埃一身轻。

虽有亲情牵挂在，远去不见少烦心。

太平洋的澄明，太平洋上空的清净，洗却她全身的被封建意识熏染了的污点和浊粒，来到另一个世界，脱下了被大烟熏呛的中式旗袍，换上了带有咖啡味道的短裙与衣衫相合的自由衣裳，一去就是四年。当她回来时张爱玲已经八岁，已脱去了一些孩时的稚气，并没有把母亲当做母亲，而仅仅是一位亲人而已。亲人是相互帮助的，但没有责任。母亲是有着养育责任的，相濡以沫。在别人看来，张爱玲的母亲是完全可以把张爱玲一起带上跨过太平洋的。这样或许会洗却一些她那心灵上家庭支离破碎的伤痕。但无奈的张爱玲除了少许时间跟母亲生活在一起，大部分时间在天津，这一段时间大约是六年光阴。张爱玲与母亲相处两年，离别四年，时间像洗涤剂一样洗却了对母亲的思念，洗却了一切美好的向往，适应着这个家庭的枷锁和精神的桎梏，随遇而安的过着平静的生活。后来由于世俗的动荡，又不得不迁回到上海。

继母孙用蕃后来也染上了烟瘾，与其父亲共同在烟土面前精神和肉体全部沦陷。这时的张爱玲已到了上海圣玛利亚女校，一九三一年秋入校，并住在学校里面。她的父亲张廷重与孙用蕃则迁居到了张爱玲出生的那个地方重新起灶了。张爱玲的母亲黄逸梵与其姑姑在外面买了一个房子住在一起，后张爱玲在学校时，黄逸梵再次与张爱玲告别，如鸿鹄一般离去。姑姑便成了张爱玲唯一的精神寄托。

在上海圣玛利亚学校学习时，受到那么多挫折的张爱玲却找到了一些自尊和成就感，发表了一些文章。但没有多久张廷重的妾妻也受不了张廷重的生活，从这家中离去了。后母亲受父亲的邀请从英国又回到中国，父亲说痛改前非，重新做人，开始新的生活，故张爱玲的母亲带着希望，望家庭裂痕重新弥合。当母亲又带着那颗揉碎的心来到上海时，张爱玲和父亲也来到上海。离别时张爱玲的嚎啕大哭声仍然在张爱玲和母亲的耳边回荡，就是这种回荡声才使得作为一个母亲在漫长的离群索居中煎熬。尤其离开了她的家、她的女儿、她的亲人和故土很难想象作为一个母亲那种理不清思绪的清净的国外生活是如何度过的。但是当带着希望和伤痛回来时，竟没有想到，张廷重已不能履行自己的诺言，坠入云雾而不能自拔，使张爱玲的母亲大为失望，家庭的裂痕也已完全地进一步破裂，成为了不可重圆的碎片。张廷重和黄逸梵真正地离了婚，张爱玲的家庭不是残缺不全，而是完全的没有形状。在上海，父母亲的离异，父亲的再娶，使张爱玲陷入痛苦之中。

张廷重再次在女儿的坚决反对下再娶重婚，这使张爱玲不得不以请求方式避家庭之不幸。

到了上海以后，虽然过去是苦的，是累的，是令人忧伤的，但是未来也并非是幸福快乐的。那些令人不愉快的事情仍然在这个家庭中漫延。只是令人欣喜的是张爱玲此时已住进了学校的公寓，偶尔也到其母亲和姑姑的公寓中去小住，所以公寓便成了张爱玲"最好的避难所和娱乐场"，如果不是为了学费，张爱玲也不会回到那个充满阴影的家中。

张爱玲在二十四岁时，就遇到了她强烈爱着的胡兰成。那是她新生活的开始，也是新的烦恼，新的不幸的开始。爱情使她燃起了新的生活的希望，像是一朵水莲经过了冬天以后又从那潭泥水中拔出梗，长出了骨朵，开出了鲜花。那么淡雅，那么清廉，然而秋来了，冬也来了，又使那朵鲜艳的花朵枯萎。

胡兰成先是见异思迁，以才自傲，并经常寻花问柳，放荡不羁。张爱玲曾多次进行争取和挽救，但都无济于事。张爱玲到这时候遇到两位男人，一个是父亲，给了她生命，并没有给与她很好的养育和教育。一个是丈夫胡兰成，让张爱玲从尘埃里发出芽开出了花，但并未给予其应有的营养。真是葫芦案遇上了葫芦官，吃饭也噎人，喝水也噎人，鱼刺成梗可塞喉，汤水无梗也成梗。一切的不幸都让张爱玲遇上了。太平洋战争爆发以后，日本人的侵入，也使中国的军队出现了派别，出现了一些人靠日本人吃饭，靠日本人撑腰，借势扩大自己势力，出现了"汉奸"。胡兰成被他们利用，成为他们的喉舌，名正言顺地成为了"汉奸"。因此，张爱玲也成了汉奸的老婆，也成了汉奸，受到了连累。但张爱玲并未有半句怨言，自认了"嫁鸡随鸡，嫁狗随狗"，封建意识在她身上还是留有烙印。但就是胡兰成被列为"汉奸"被抓捕时，张爱玲仍然想劝归，但未能成功。从此张爱玲先生便独自离开了这个"生我养我"又给了"我"无限痛苦和忧伤的故土。谁也未告诉过，谁也不知道，带着一颗破碎的心，带着眼角的泪痕离开了。风儿吹乱了她的短发，风儿撩起了她的衣裳，但没有什么去安抚那颗冰冷的心。

先是跨过台湾海峡，来到了这个台湾岛，后又跨过了太平洋去了美国。她并不希望见到任何人，不想再有什么样的伤害，台湾还是离得太近，会有许多人通过许多线索打听到张爱玲的消息，会以各种理由和事由去打扰她。

真是孤鸿独去不曾鸣，偏有影子投来让人知。于是毅然决然地走得再远一些，再远一些，如果杳无音信是最好的。于是，便隐于美国的市井之中，成了黑暗中的活动者，把那些光环全部都收入了魔瓶，扔进了太平洋。但张爱玲酷爱着文学，只是为了文学而文学，故也就只与香港的一对夫妇宋淇、邝文美联系，在香港和台湾出版其文学方面的书籍。

张爱玲不是没有快乐，虽然缺少快乐。但张爱玲文学上的成功使她弥补了一切的不幸。在上海那些日子，她发表了许多的小说。一夜之间使其成名的是第一部小说《半生缘》。在发表小说之前，也是受其父亲的影响，喜欢看戏，如中国传统文化中的京剧、黄梅戏等，并且写了许多的剧评，发表在上海的有关刊物上。这就是她写作的序幕，开了一个好头，给了她信心，在写剧评之前是上中学上大学时多次在学校刊物上发表小文章，小小说及散文。这是张爱玲开始写作与文学为伴的前奏，给了张爱玲以喜爱和兴趣。这一切都使张爱玲在苦涩的生活中寻到了甜头，也使她的父亲为之动心，资助其上大学，也使胡兰成说到文章则想见其人，见到文章就爱上其人。苦难塑造了张爱玲的个性，也使其小说塑造了一些像张爱玲一样的具有个性的主人公。读到各种张爱玲的小说，从主人公的身上可以折射出张爱玲本人的性格，所以张爱玲的小说文章来自现实，也充分反映了那个时期社会的时弊和社会的世俗。所以一时让上海乃至全国的读者手捧张爱玲的小说以饱读，也使张爱玲在文学界引起了热议和轰动，成为了文坛的新星，为其成为著名作家奠定了坚实的基础。

张爱玲的成长与成功可以用这样一句话表述——"宝剑锋从磨砺出，梅花香自苦寒来"。张爱玲就是一朵梅花、就是一朵玉兰花、就是一盆香菊、就是一丛翠菊、就是一棵青松，无论环境是怎样的恶劣，是寒风，或是暴雪，她都会含笑枝头，凌寒独自开放在山中、墙角以及那些荒无人烟的原野。越是无人知，越在寂寞中，她就越孤傲，她开得越灿烂，越生动。

张爱玲到了美国之后，多次移居，以避人耳目。其在美国接触的人不多，除了为了生存接触的几个人外，没有接触过什么人物。张爱玲身无分文之时，为了生计，只得去了新罕布夏州彼得堡的麦克道威尔文艺营。在此她结识了六十五岁的左翼剧作家赖雅。两人谈论文学，后相处相爱，成了驱逐寂寞的伴侣。但最后两人分手，赖雅离开了文学营，到了纽约州北部的耶多文艺营，此时张爱玲发现自己已怀孕，便写信给赖雅。赖雅便回到文学营接上张爱玲到了耶多定居，但赖雅身体不好，生活又拮据，只好把孩子打掉。"有心栽花花不发，无心插柳柳成荫"，使张爱玲再次受到了身心双重的打击，照顾赖雅成为了她的责任和义务，担起了家庭的生活和生存的重任。一边写作，一边为赖雅治病，命运就是这样，该尽义务的没有尽，萍水相逢的却成了至亲，但带来的尽是付出和奔波，不曾有什么样子的快乐。这又使张爱玲最后一次领略了家庭带来的愁苦，从此张爱玲便真正抛弃了家庭，她把家庭写进了小说中，成为是非之地，她自己真正成了天涯苦旅之人。她在美期间，有一位记者跟踪多月后，约见张爱玲先生，到了她的住处，白天也用窗帘紧紧密密地遮挡着那套房子的客厅，柔暗的房间里张爱玲穿着黑色的富有个性的衣裳，热情地接见了他，从此再也没有会过客。

有一个人为了见到张爱玲，或得到她的一些信息，就在张爱玲的住所相邻处租住了两个多月。有一次张爱玲出门送垃圾发现了此事，第二天便再次移居，此后，便消失在茫茫人海，再也没有出现在人们的视野中。只是当其死在公寓中七天后被发现时，她是穿上了礼服，躺在寓所的一个客厅里，人们才又一次也是最后一次见到她。

一位文坛之星陨落了，但其光芒却从未消失。正如陆游诗云："零落成泥碾作尘，只有香如故"。

一个人改变不了社会？

"一个人改变不了社会"。这话是对还是错呢？我认为不会错，但也不完全对。但这个问题我不想把它拿到哲学当中去说明和讨论，那就会进入派别不休的论说。就这个问题"一个人改变不了社会"，就有一个哲学观点不支持这个问题，那就是"英雄创造了历史"，这个观点就是说一个人可以改变社会，那么"一个人改变不了社会"是不对的。也有一个哲学观点说"群众是创造历史的主要力量"，仿佛这句话从逻辑上更无懈可击。"群众"的"群"也好，"众"也好，都不是一个人，强调"主要力量"也不是说"绝对力量"，从这观点看"一个人改变不了社会"是对的。

这就把我置于了矛盾之中。

但不妨先来研究一下"改变"这个词本身，从这里出发可能更便捷一些。所谓"改变"就是使事物变得和原来不一样。什么导致了"改变"呢？是力或能量。当给原来的事物一个足够大的力，就可以促成事物的改变。物质的改变需要物质的力，精神的改变需要精神的力。物品位置的改变需要足够大的力量来移动，信念的改变需要足够强大的其他信念来取代。同样，社会的改变也需要一个强大到能改变整个社会的力，这样看来，一个人是否能够拥有如此大的力量，便成了回答"一个人能否改变社会"这个论题的关键所在。

我曾读过一篇文章说领导与群众的关系，领导重要呢？还是群众重要？领导和群众共同画一个苹果，先由领导把苹果的线条勾勒出来，然后再由群众涂上颜色，如果群众涂上红色，苹果就是可口的甘甜的苹果；如果涂上绿色，就是酸涩的苹果，看过会津生酸水。但不管怎样，红的也好，绿的也好，都是苹果，这也是自然之理。如果领导把线条勾勒成一个牛角式的辣椒，就永远失去了一个苹果的概念，无论群众涂什么颜色，也都是不能使其成为一个苹果，即使是酸涩的也无从得之。这说明领导是决定事物本质的。也可以说这不支持"一个人改变不了社会"的观点，也就是说一个人可以改变社会。

但是，我又看了一部电视连续剧《北方有佳人》，大受启发，情节片段都是佳品。看到一个人面对武器是多么的无力，多么的无能，但最令人难忘，发人深省的一句话就是巧凤的师傅也是巧凤的丈夫向苍天发出的悲叹，师傅和巧凤是一对梨园伴侣、生活夫妻，当日本侵华时，占领了济南府，由于巧凤的美貌和说唱技艺引起了日本人的关注，然后强行拉进了日本大营，说是为日本官唱戏，但几天不见人面。师傅多次去要人，都被枪杆子挡了回来。当巧凤被放出来的那一天，师傅很早就去了日本宪兵队迎接，但见到的是一位被日本人践踏而不省人事的人。这时师傅呼天曰："天哪，五千年的泱泱大国啊！"便再也无语，只能默默地把自己受伤的女人拉回家忍声吞气。师傅这一句话深深刺痛了中华民族的心。当时师傅是多么的无奈，当时社会情景一个普通人是难以改变的。

与著名的电影演员高放谈起了这段电视剧情节，都恨日本人，更恨汉奸。她说她刚拍完一部电影，饰演一位母亲，当她儿子被日本人抓去时，看到那些惨无人道的刑具时，则两腿发软，决计要为日本人做事。母亲得知后，到狱中劝说"宁为玉碎，不为瓦全"。儿子说，"我要活着"，她母亲便掏出了一块大烟土，递给儿子，让他吃下去。儿子说："为什么？您是我的母亲，怎么能让儿子死呢？"母亲说："我不希望看到儿子成为汉奸。"母亲说完毅然吞下了大烟土。一个母亲为了儿子的觉醒，用自己的生命教育自己的儿子，母亲是觉醒了，但是觉醒了又怎样呢？连自己的儿子尚且都影响不了，何况影响和改变一个社会呢？

如果按我的希望，"一个人改变不了社会"的说法至少是不确切的。一个普通人改变不了社会，但是一个领袖是可以改变社会的。诚然，单单凭借一己之力谁都难以改变整个社会的。但如果当一个人顺应社会潮流而动，他用自己的智慧、威信、号召力，能够发动起足够大的力量，他就完全有可能改变社会。翻遍古今中外的历史，所有成功改变社会的人，无一不是顺应了历史社会的潮流，又有着大勇气大智慧的，就算是希特勒，也是利用了当时历史条件下，德国民众对《凡尔赛和约》的仇恨和经济危机爆发的机会，将民族主义演变为民族复仇主义，才改变了当时的德国社会，甚至一度改变了世界的形势。可以说，由一个人来推动社会的改变时是历史潮流的必然，推动社会改变的那一个人是历史选择的偶然。

　　有许多人逆来顺受，有许多人放弃了社会，修身于深山寺庙之中，晨钟暮鼓，坐而悟道，行而过活，弃七情，夺六欲，四大皆空，只扫门前雪，不问天下事，不管红尘滚滚千丈之深，只是燃香敲木鱼；有许多人则厌世自缢，一走了之，魄落黄泉，魂入天堂，不与世人度苦难、迈坎坷，连空气也不再共享、不共戴天了。只有那些有社会责任感的人是想改变社会，我想有社会责任感的人能占社会人之几成？这才是社会洪流的主要力量。谁是社会振臂一呼的英雄，谁就成为这些有责任感的人们的领袖，每一振臂，必应者云集：曹操是，列宁是，毛泽东是，叶利钦是，胡志明是……。由于他们在当时的主张是为大众的，是为民族的，是为国家的，是正确的，是顺应潮流的。所以应者云集，并随其抛头颅洒热血。如果是为集团利益为少数人利益决不会应者云集。像在一个家庭中，父与子是最可珍惜的关系——血缘关系，敬其父其子悦，敬其子其父悦。但当其父一定要置其子于死地，那儿子是否还称其为父，还随其父走呢？但是只要父亲是一个好父亲，上孝老人，下抚子女，当父亲有难之时，做儿女的一定会尽心尽孝，尽其所能，儿女们为其死也为之不过，过犹不及。一个民族一个国家亦是如此。

　　只有那些英雄率群人形成一个团队，有自己的行动纲领，为民族而奋斗，才可以赢得天下，改变社会。所以每一个民族或国家出现了危难之时，必引起每一个人的深思，"国家兴亡，匹夫有责"。但更重要的则是一个国家一个民族的觉醒，那就是一个政党、一个民族、一个国家的行动纲领的进一步完善和体制的进一步完善，是行动的不是理论的，实践的不是空洞的。只有这样才不会重蹈历史覆辙，才会使广大群众看到希望，才会使这个国家民族有凝聚力量，只有在民族利益和个人利益相统一的时候，才会万众一心，只有在一个政党为民族利益，为大众谋利益，不会为少数人谋利益的时候，才会万众一心。中国共产党就是这样一个政党。她改变了旧中国。

叶问

叶问，人人皆知，是咏春拳的宗师，武艺过人，拳道盖世，他不仅是一代咏春拳的宗师，更是一代济世善人，可谓是中国人的脊梁。

所以，叶问这个历史人物被世人所传颂，叶问也被写成书，拍成了影视作品。

有时打开电视的时候，经常会看到叶问的身影。屏幕的一角上有叶问二字，我便非常地兴奋。直看得我热血沸腾，看得我满身是劲，看得我扬眉吐气。看到那些气势汹汹，心狠手辣，阴谋诡计的家伙，都为叶问捏一把汗。但叶问总是从容不迫，沉着应战，几个回合，有惊无险，总是会取得最后的胜利，击败了对方。擂台下的观众们都欢呼雀跃。电视机前的我也跟着拍起掌来。"是，太出气了，太过瘾了，叶问是英雄，叶问太棒了，叶问太争气了，叶问太厉害了"。用什么辞藻都不为过，我只是找不到一个词来形容叶问的英雄气概。

当他面对金刚腿时，从容不迫。金刚腿邀请叶问对垒，想与咏春拳一试高低，看一看到底西方拳术与中国拳道谁能战胜谁。金刚腿自认为自己是世界上不可战胜的，用闹钟定时三分钟，在三分钟之内打不死叶问便放过他。金刚腿一看很强壮，面部表情十分凶恶，一般人不战就会被震住，甚至不战而败。但叶问没有输给他，虽然叶问较之身体较弱，但信念、自信却不逊于外夷。几个回合下来，金刚腿兴头有损，叶问则仿佛刚刚热身。金刚腿总想一拳打下去，置叶问于死地，每出一拳一脚都有凶残之气，十分的恶毒。叶问的一招一式则都有包容之意，十分的缓和。正交手的时候，闹钟突然响起，叶问放下手，从容迈步走出擂房。

当他面对日本军人的凶残时，也很从容。日本人开武馆，草菅人命，许多习武的中国人被杀戮。叶问以一对十把他们全都打倒在地。但日本军官三浦一直想出风头，公开挑战叶问，设公开擂台，结果也被叶问打败。叶问之气概不是对一个武术之人，而对的是侵略者的刀和枪，但他并不顾自己的安危。

武术总是有其独特之处，那不仅是武术，在武术之外的因素往往少为人知。比如说信念、包容、哲学、武与儒的融合。道者，有道理，有道义，有道德之意，可以说这里有气有力，刚柔相济，柔中带刚，刚中带柔，此是中国武道的特点，也在叶问身上，在咏春拳之中体现得尤为淋漓。

面对同胞恶棍欺人霸市，自以为势力不可侵犯者，叶问也是见义勇为，但都是以教训为主，从不失手。每当可以取对方的首级之时，叶问便扔下武器扬长而去。

叶问保护了一方平安，保护了一方百姓，为正义，为公平，为民生，总是以平息为要，以不杀生而能解决问题之心去身江湖，此叶问之大学问。

张天志自称咏春之宗派，自制一幅横匾，上面写有四个大字"咏春正宗"。挂牌子那天向全城的咏春拳师们挑战，人们都希望叶问出场，以打消张天志的威风。但叶问没有出场，许多业内人士大失所望，认为叶问也惧怕张天志，大家也便悻悻地离场。此举，作为张天志挑擂成功。于是张天志踌躇满志地把"咏春正宗"的牌匾悬挂于厅堂，并在牌匾之下供奉咏春拳的列祖列宗的牌位。张天志的拳术，似乎成了咏春拳的正宗，张天志也变成了正宗的传承人。张天志每天上香揖拜，总想着成名立身，出手凶狠，不顾一切，不可一世。

其实当时的叶问身处艰难。妻子张永成得病，奄奄一息。为陪伴妻子，为使妻子病情好转，便把时光用在了陪伴妻子上，为妻子看病、抓药、煎汤、护理。张永成感觉自己的时间不多了，希望在世上的时间多和叶问在一起。叶问这段时间把陪伴妻子当成第一任务。

张永成也知道，叶问为了自己的病情，没有参加张天志的挑擂。张永成问叶问："如果我不病，你是否受邀挑战？"叶问说："会去的。"张永成微笑着说："这才是叶问，我的丈夫。"于是张永成便背着叶问写信给张天志，替叶问约张天志对垒。到了那一天，妻子张永成拖着病身子陪着叶问，来到张天志武馆。那天下着雨，妻子收了伞，在馆外厅堂坐等。叶问进到武馆大厅见张天志正在"咏春正宗"匾额下的宗祖牌位前拜揖。回过头来看见叶问已站在对面。开始交手，先是用棍棒，后是用双刀，惊心动魄，你死我活。张天志招招逼人，心狠手辣，棍棒之声、刀枪叮当之音，使张永成一次次心痛，不断地为叶问祈祷。叶问最后将手掌指向张天志肋下，使其立即僵在那里，直不起身来。叶问放下衣袖，携着妻子远去，并留下一句话告诫张天志："请关心一下身边的人吧，不要成天拜那些已不在世的所谓拳宗。"这时张天志幡然大悟，以棍棒打断匾额，匾额轰然塌落。从此张志天开启了自己的新的人生，尊叶问为咏春正宗。

张天志打下匾额，其实不是被叶问打败，更因为是叶问手下留情。若叶问趁机而深入，完全可以除掉张天志。但这就是叶问，真英雄。所以叶问的一生虽然风云变幻，险恶多端，然都化险为夷，安然无恙。

拳道者，不可将人一刀或一枪或一掌或一脚便置于死地。如果有这种心理或不善之念者，总不能胜。若要置对方于死地，亦不宜心切，可以且守且攻，且打且退，乘机制服，并致其于死地。

一九六零年，叶问的妻子去世，叶问开始收徒弟，开启咏春武馆，收自己的儿子为徒，以平世事。

在此之前，有时不能饱饥。我想那些酒肉可臭的朱门之徒，都被有时连饭都没得吃的叶问打败，可见叶问功夫之笃。叶问之力在于其功夫之内又在于其功夫之外，无可言明。

贪婪的猎人

从前，有两个猎人，当然以狩猎为生。一个叫独眼龙，一个叫瘸子狗。但两人对狩猎的动物，各有偏好，所以从不冲突。瘸子狗是专门打那些食草动物的，很珍惜那些食肉的动物，如老虎、狮子、豹子等。而另一位猎人独眼龙，则与第一位猎人相反。两人都在同一领域内谋生，相处很融洽、友好。从他们猎取的重点来看，仿佛是他们素有约定一样，其实不然。

有一天，独眼龙又来到离村子不远的一座山里打猎，突然一只老虎出现，举起枪射过去，打中了那只老虎。而另一位猎人瘸子狗则正好在附近，看到一只虎应声倒下，便快步冲上去，悄悄地把受伤的老虎救走了。独眼龙怎么也没有找到那只应声倒下的老虎，就觉得神了，老虎跑到哪里去了呢？

那位珍惜老虎的猎人瘸子狗，把老虎送到了一个离猎区很远的动物园中，还请来兽医，为受伤的老虎治伤，每天悉心养护，最后老虎完全恢复了健康。

老虎便对瘸子狗说："谢谢你，是你救了我，给了我第二次生命。"

瘸子狗说："我很高兴你能活过来，你就留在动物园里吧。"

老虎说："我要出去，到深山里去，那里是我的家，那里有我的亲人，在那里我才大有作为，将来可以更好地报答你的救命之恩。"

瘸子狗说："你要是报答我的话，那你就留在这里，我会找适当的时间放你归山。如果我现在放你走，这里的人不会放过我，我已经跟公园订了一年的协约。"

老虎听后说："啊，原来如此。那好，不能因为你救了我，而害了你。"

不到一年的时间，瘸子狗又来了。

老虎说："如果现在你放了我，他们还会害你吗？"

猎人说："再留一些日子吧，还不到一年，时间太短。"

老虎说："那好吧，我耐心的等一年到来。"

终于一年到来了，老虎心花怒放，等待归山。瘸子狗又来了。

老虎说："一年过去了，该放我走了吧？"

瘸子狗说："再等些日子吧，我好多挣点钱。"

于是，老虎仿佛明白了什么，犹豫片刻，突然咳嗽了一声，吐出来一粒宝珠，送给猎人瘸子狗。瘸子狗感到很神奇，被眼前的一幕惊呆了，半天才醒过来，手舞足蹈的样子仿佛欣喜若狂。

老虎说："你救了我的命，这粒宝珠送给你，以谢救命之恩。"

瘸子狗高兴地说："你不要着急，我会放你归山的，请你耐心地等待。"

老虎说："那好吧，我再耐心等待。"

时间一天一天地过去了，老虎归山还没有一点希望。一天瘸子狗又来了。

老虎又问："该送我回家了吧？"

猎人说："我救了你，你要报答我，你在这里再呆一段时间。"

老虎说："我上次已给了你一粒宝珠，已够你花费一辈子的了，已报答了你了。并且你自己也利用我挣了公园一些钱。"

瘸子狗说："救了你一条命，就给了我一粒宝珠，生命和宝珠哪个重？"

老虎无奈，为了早一点归山又一阵咳嗽，吐出了一粒宝珠送与猎人，猎人收了后，就走了，也没有送老虎归山的意思。老虎忍耐着叹息着，真是虎落平川遭狗欺啊！

第二天，老虎正在做着梦，梦见自己已回归深山，正在和自己的亲人相聚游戏。突然，猎人又来了，老虎从美梦中惊醒又来到了残酷无望的现实中，但是仍然抱着希望。

瘸子狗说："你肚子里那么多珠子，再送我一粒吧，我遇到困难了。"

老虎说："那好，你得送我归山，不能用绝望当做希望来欺骗我。"

瘸子狗说："我怎么会骗你呢？不要着急，找合适的时间嘛。"

老虎说："猎人，如果你不放我归山，等哪一天你离开了这里，谁知我啊。到那时我就会永远呆在这里了。"

癞子狗说："我走了还有新的主人，我会跟他讲述你的经历，让他放你归山的，请放心。"

老虎归山的愿望是不会放弃的，它依然指望猎人癞子狗发了慈善之心，不希望得罪他，更不希望恩将仇报。于是，就又吐出一粒宝珠给了癞子狗。

贪婪的猎人癞子狗走了。老虎终于病倒了。它每吐一粒珠子，都需要大量的血精来补养。不能回归深山，还不如死去的好。老虎在笼子里呆得时间长了，对身体摧残得很重，再加上吐出宝珠，渐渐地瘦弱起来。癞子狗保护老虎的恩德，却被这几粒宝珠全部填平了。但癞子狗的欲壑是难填的，而老虎认为已经互不相欠了，应该两讫了。

这一天癞子狗又来了，老虎已经没有了宝珠，癞子狗仍然开口要，老虎已经无能为力了。癞子狗已变得贪得无厌，如果老虎没有了宝珠，就要老虎的皮。那是老虎一生唯一的一身衣服，怎么舍得呢？那是一条命啊。老虎终于失望了，对癞子狗彻底失去了信心，紧接着便是向无情的贪婪的癞子狗发了怒，把身上的力气都使了出来，怒吼着冲向了癞子狗。

癞子狗大嚷着："我是你的救命恩人，你的救命恩人呢。"

癞子狗一边嚷着，一边躲到一个角落里，吓得面无血色。老虎也息了怒，定了定神，若有所思。用力咳嗽着，吐出了一粒宝珠。这时恐惧中的癞子狗又眼睛一亮，大喊宝珠。然而，老虎并没有理睬这条"癞皮狗"，只见老虎用气一吹，宝珠变成了一道光芒，像一盏灯一样，开山劈水，让出一条通道，瘦弱的老虎跟在后面，径直走进了森林。后来人们才知道，那一天是老虎来到世上整整二百年，老虎已成了虎仙。

事后的一天，两位猎人又去打猎。专打老虎的猎人独眼龙看见一只老虎进入视野，于是像往常一样，举枪打去，却正好打中那位贪婪的癞子狗。癞子狗应声倒了下去。当那位打虎的猎人独眼龙跑过去一看，原来是自己的那位老相识。独眼龙这回可是酿了大祸。癞子狗的三亲六故向马蜂一样一哄而上，打闹独眼龙。

村子里的人也议论纷纷，说："癞子狗和独眼龙打死了许多动物，枪杀了许多生命，罪有应得。所以，一个瘸子，一个瞎子。他们是伤了天理了。都是缺德缺的。瘸子狗贪婪无度，祸及生命。独眼龙狩猎一生，但家贫如洗。这次可行了，卖锅砸铁也赔不过来，只好倾家荡产了。"

一波未平，一波又起。两家的纠纷还没有解决，瘸子狗的家人还在悲伤之中，又有一伙人去抢瘸子狗留下来的宝珠，把瘸子狗的家人全杀掉了。一连串的事情发生，使周围的人们有了动物意识。这是血的代价和血的教训。

从此，这一带的人们再不打猎了，但是人们却过着平安顺利的日子。当地那些穷人们还经常受到一位仙人的资助。

▎失 去 的 时 光 ▎

　　童年的时光虽然已经消失了几十年，但仿佛就在眼前。尤其是那么几位童年时的伙伴，都年过半辈，发中生白。坐在一起时回忆那些童年的往事，更是感觉光阴如箭。忽然谈起外婆邻居家中的事情还有一起玩耍的小伙伴。他们的名字叫"会来"、"二宾"、"长耕"、"桔子"等。这些名字已许多年没有听到了，当然人就更没有见过面，想必他们的容颜和面貌早已不是童年时的样子了，即使见了面也认不出是谁来，更叫不上名字，即使有人告诉你他就是童年的伙伴"会来"，你也许会愣上半天，极力地去寻找或搜索才会想起。"啊，想起来了，是的是的。"

　　但是那些伙伴当中，或许有一到二个有联系，并且这一到二个伙伴又经常在那些伙伴们中间或经常与那些伙伴们见面。当一坐下来回忆这些人、这些事的时候，如放电影，令人感到非常的快乐，虽未见面，但也如见故人。

　　童年中的一位伙伴，恰好与我坐在了一起，喝一杯茶，吃几个干果，聊起那一段一段的往事，也说起那位叫"会来"的伙伴。他没有考上大学，初中毕业后，即回到农村了。他是我姥姥家的一个邻居家中的孩子。他家的院子分为两个院子。北面的院子是住处，有北屋，有西屋，有东屋，还有南屋。院子被屋围住，在农家也属大院。家中有一棵大榆树，靠在东屋一边，很高很粗，我也是常常爬上去，去摘榆钱和榆孩。榆孩是长在叶子上，像身上长的猴子一样，内部或许会有一个小虫，有时也会落在地上，我们也经常去寻觅点什么。还有一棵树，那时候不知道是什么树，现在只想象那个样子，满树长满了像扁豆一样的果子，我们称之为"瓜大板子"。落在地上时，果皮干成褐色，我们就把它捡起来扒开，里面是一些味道甜甜的粘肉，每到秋天我都会尝到这种美味。"会来"家的南院是一块菜地，周边是墙，有些地方也残缺不全，可谓残垣断壁。四周堆满了乱石乱砖，种着一些树，最多的是香椿树，那是春来时的第一美味。中间就是一片菜地，种着日常吃的东西。

这里也是我和"会来"经常光顾的。把砖头瓦块搬开，会有许多的小虫跑开去。像蟋蟀这些可爱的小虫，我们会把它抓住，放在一个小笼子里去，或放在一个容器中，学着斗蟋蟀的游戏，但它们都是各居一方呆在那里缩着头，不肯与对方战斗。这里是虫儿的乐园，也是我们的乐园。只要在这里没有人干涉我们，只要是不到吃饭的时间，也不会有人喊我们的名字，自由总是陪伴着我们的。现在"会来"仍然住着那套房子，在家里承包了几亩庄地，种姜，收入很可观，日子过得不错。听到这些消息也心中生花，像一件尘封的工艺品被从角落里搬了出来，摆在了面前，一边擦拭一边欣赏。

姥姥家的西邻也有一个伙伴，叫"考"。我也是经常去的，但是每次去都很乏味，没有什么好玩的。但沿着墙根栽满了木槿花，偶尔可摘下一朵，大嚼其美。更多的是叫上伙伴"考"到西面的湾边去玩耍。湾里常有几只大白鹅，岸边有几棵大柳树，只要我们一到，就拿起石子来，投到水中去，击起一些涟漪，把鹅赶到水边或赶到水中央。沿着湾一边延伸去就是那无边无际的田野。在姥姥家和西邻的大门口之间有一口井，全村一半以上的人们从这里打水喝，井水很深，井口很大，井口四边的石板被人们踩得光亮，看上去走在上面会滑倒似的，但人们来来往往的走得都很稳，用井绳挂上水桶，打满水提上来，用扁担挑起水桶来，很是自如。

姥姥家门口有一棵大树，是国槐，姥姥和我夏天常在树荫下乘凉，并观看那些打水人，常常和他们搭讪，说上几句话。其中经常看到的一个人叫"二宝"，是一个一根筋的人，哪一句说不好就火了，甚至会举起拳头打人。据说小的时候还是一个正常人，只是得病后打了青霉素，因药物过敏才导致的。他比我们要大许多，见了他我们小伙伴们都小心翼翼的，怕哪一句话或哪一个行为，甚至眼神激怒了他。他就是姥姥家的南邻，与姥姥家隔着一条街，是一个大户人家，青砖黛瓦，过档大门，院子很大，墙也很高，一开始有老人住，后老人去世，孩子们搬走了，大门就几乎没有打开过。我们很好奇，曾越墙到院子里看过，里面栽满了马兰花，马兰花开的花是紫色的，一行行，一片片，开花当时是很美的。我们也偷采过，甚至连根拔起，用它的叶子当成小笛子，可以吹出声音来。现在想起那幢房子，感到很神秘、很高大，是我童年见到的最好的大宅院。这座大宅院的西边隔一条南北街，则是一幢用土石子建起来的房子，很破的样子。里面住着一位老头和一位妇女，墙是土的，门是栈栏，也不像个样子。坐在槐树下，当看到从那个土房子里走出一个拄着拐杖、带着文明帽子的绅士，那就是那位老头。他的姑娘长得像老头一样高大，常穿一件花衬衣，白底红花，头发常常乱成一堆草，一看就是一位家庭妇女，在外干活，在家照顾老人，名字叫"讲"。因为只要她一出门，人们就喊她的名字问寒问暖，听了后，老人们常常咂牙发出"啧啧"的声音。从中我们也能知道她家的日子过得不很阔绰，过得很紧。当绅士老头生病了，左邻右舍的老人们会抓上几个鸡蛋去慰问。她家的门口是在东北角上，正对着十字路口和那口井。那个十字路口常常夏天是湿的，冬天就是冰的，有时小伙伴还会在上面滑冰。现在想起来，她家的大门应改一下方向，向北或向东皆可以，不要面向十字路口和那口井。因为出门会碰到从四个路口过来的人们，对着从井里提上的水洒湿了的路，或泥泞或冰冻。从风水上说，如果改了大门，她家的生活也许会好转。这户人家我没有进去过，不过透过栈栏的门可以看到全部的院子。自然也没有什么好奇心去探究什么看不见的东西。她家里也有一个小伙伴，是那位老头的孙子，那位妇女的侄子，名字叫"早"。他的下落已经完全失去了线索。

沿着十字路口向前走到南端，路东有一户大户，家里有一儿一女，女儿名字叫"谱"，与我的年龄相仿。从路上进家门，必须上几个台阶，是用石头砌成的，在台阶上建了一个门楼，高高的过档，两扇门是黑色的，带着二只狮头的把手，推门进去后，北屋、东屋、南屋形成了一个三合院，西面一堵墙上嵌着那一个大门楼。现在那一女孩也不知花落谁家。但这次那位已长成五十岁的小伙伴说起了她，已是两个孩子的妈妈了，生活得很好，门当户对。所以找的婆家也是一个大户人家。

沿着这条南北路向南一直穿过去，就到了村子里的南边的一条东西路。姥姥的村子里共有两条东西路。姥姥家门口有一条东西路，再就是南面这一条东西路。北面那条东西路那是我最熟悉的，路两边的人家都知道，现在也能想象出路两边那些房子，院子，门楼的模样，包括家里有什么人都一清二楚。路南边深入的小胡同和住的人家，家里有什么树都知道得很真切。这条路上有一个打麦场，还有一饲养室，骡马牛羊都在这里养着，有时骡马惊厥会挣断缰绳，从大街上一路跑过去，铁蹄咚咚，很是吓人，但那场景虽说是吓人但也很潇洒，很壮观，很威武。等它跑得差不多了累了，人们才敢向前一点一点地靠近并迅速抓住缰绳，引它就范。南边这条东西路是非常的陌生，非常神秘的对于我来说，常从这里走过，但跟那边的孩子从来没有什么交往，不但没有什么交往，而且经常和那里的小孩子们打架，互不服气，故常走过但都是匆匆而过。因为南边的东西路的东头是一个很大的湾，里面种满了藕，到了开花的季节，花开得很好看。到了藕长成了以后，我们就扎猛子到水里去挖藕棒子，有时还可以摸到蛤蜊、鱼等那些东西，岸边长满了杂草和灌木丛。里面也有许多小伙伴们的乐趣，常常使我们花去很多时间，而不知疲倦，回到家里经常被大人们拷问和训斥。但即使是这样，我们把整个湾，包括流入的河道都走了个遍。在这里得到一些伤害也得到一些果实。这个湾是姥姥村子里最低洼的地方，流入湾的水渠，围绕村子的西边、北边、南边，几乎绕村子一圈，只有东边没有水渠，是一个铺盖沙子的公路，偶有汽车从上面跑过。我也常去那里看车辆通行，感觉跑过的车和坐在上面的客都挺神气的，不免有些羡慕。

在这两条东西路中间偏西南有一座小学，一个大门，四周是墙，几幢楼，玻璃窗，绿窗框，靠墙是一些大的梧桐树，春天梧桐花开，有时落满地，我也常去那里玩。但当自己的小伙伴都上学了，我因户口不在姥姥村子里，未能按时上学。小伙伴们走进教室，把寂寞留在校园内，从此我也就不去那里玩了。

一年以后，自己回到了父母身边，离开了姥姥的家乡，离开了那些童年的小伙伴。但经常会想起他们，想起一起经历的事。

话低俗

我曾去拜访过张炜先生，是在张炜先生的家里。张炜先生的家布置得很朴素，但有一点很不平凡，那就是一柜柜的书籍，浩瀚。那都是张炜先生思想的体现，或者说是张炜先生思想的宝库。

张炜先生，龙口人。我读过他的许多文章，都有着朴素的哲学思想和纯文学的风格。

先生总是按照自己的节奏，按照繁荣社会，改变人们的落后，提升人们的素质去创作着，奉献着。以美的文字泽人，以美的语言感染人。先生从不屑于那些所谓的捷径，去谋取名利，去招人耳目，从不以低俗的东西迎合那些低俗的人，从不沽名钓誉。他曾说："人要尽快出名，有两条捷径可以走。第一，写一些黄赌毒的低俗的东西。第二，以反规律，不合常理地去涂改一个行业，令人无法理解。"这两点都会使你迅速成名。但许多人是不屑一顾的。

历史从不乏投机者，为名利不惜一切代价。但是张炜先生从不羡慕他们，不仅如此，而且是有一些忧伤的。那些作品危害着大众，危害着社会。

我问他，那些东西为什么会有市场？因为我们的社会上，还有许多的人是低俗的。

低俗，是在一些人身上打上烙印的。他的行径，他的言谈，都会让人打眼一看就知道是低俗的。低俗的人在我们的社会里还是有相当的一部分，且数字还是很惊人的。

但是还有一些低俗的人，打眼一看并不低俗。而是有一定素质的，但是其实严格地区分，也是要划到低俗的人群当中的。这些人掩饰了自己的低俗。人们常说："慎独"，看其在没有眼睛注视的地方，他的言行是怎样的，便会一目了然。即使不是独处，如果与之相处久日，低俗也会像狐狸的尾巴，常常藏不住。

还有一些人，虽然不是低俗的人，但偶尔他们需要迎合低俗。在一个低俗的社会里，"举世皆浊，唯我独清"是多么的不容易，是需要忍耐多少的孤独和寂寞。这一切都使低俗的东西大有市场。

社会在努力，努力去摆脱低俗，去追求文明，这种文明有物质的也有精神的。但往往提升是艰难的，而下滑是迅速的。提升一尺可费九牛二虎之力，需费掉许多时日，甚至于需几代人的努力，但向下掉时，则不费吹灰之力，不费分秒之时。恰恰那些低俗的东西就是使我们的民族下滑的重力。

那些低俗的作品，畅销了像毒品一样毒害着那一群人，社会文明遭到亵渎，而制造者的钱包却鼓起来了，富有了，也便享受着以低俗换来的所谓的文明的生活。

社会需要杰出者，而不是名利者，但由于低俗，许多人都追逐名利，崇拜名人，而杰出者则被社会所遗忘，使得社会又变本加厉地去追逐名利，都不愿意做一位被社会遗忘的杰出者，因为有时会被社会所鄙夷。

英雄一词是有语境的。有些人在追求"个人英雄主义"。以风光、出名、形象为追求的目标，结果自己是风光了一把，自己出了一口气，因此自己有了名，有了声，有了形象，然而背后失去的都是大众的利益、民族的形象。社会应该提倡做"民族英雄"，要有"民族英雄主义"的气概，以大众利益为重，当其言行实现了大众利益之时，那就是"民族英雄"，否则就是"个人英雄主义"。"个人英雄主义"中，所谓的"英雄"与狗熊无异。

我们的历史上有许多民族英雄，为了大众的利益或国家利益而奋斗。置自己于度外。在当今社会，那些"个人英雄主义者"却以低俗的东西博得名利，使我们本来低俗的社会何其低俗。任其低俗下去，那就是万丈深渊。曾几何时，低俗在社会上蔚然成风，在公共场所，在宴会上，在饭桌上，许多自认为是高手的人大讲黄色的低俗的掉渣的段子，不堪入耳。使得那副嘴脸丑陋得已不堪入目，而他自己却觉着很高明，像一个明星一样。不过他也确实有名：黄段子大嘴。而他却认为很荣耀，并恬不知耻地说："这便是生活"。哈哈，生活。生活是分为公众生活和私生活的。把私生活搬到公众场合，那就是低俗的。私生活的秘密被保护那是文明，私生活暴露于公众那便是无耻。请看看那些大家他们是如何措辞人们的生活的。

人为什么穿衣服？有人说是防寒，那么夏天呢？其实啊，人穿衣服就是一种文明。回到家里是可以脱掉衣服的，这是私生活。出了家门如果不穿衣服那不是傻瓜就是流氓。

人类历史上是有许多被我们认为低俗的东西，但在当时，人类都是很低俗的，无高尚可言，故人们都在那么一个混沌的时代环境里生活，习惯于那种低俗的环境。

有人说历史上我们有过黄色小说《金瓶梅》，现在也有许多人学着写了很多，许多人都知道的。但到了当代，文明开始抬头的时候，也有人写这么多低俗的东西就是很不合时宜的。且"云"的时代，其危害之大是可想而知。

历史上，奥林匹克比赛，人们都赤裸裸地光着屁股跑，现在还可以吗？

张炜先生说的第二个出名的捷径，反学术的东西，如毕加索的油画。毕加索一开始的油画，并没有市场，也没有人欣赏，但后来他一反常态乱画。人们看不懂了，这时才开始对毕加索的画感兴趣。文学也是一样，当你写的令人看不懂的时候，会有人以极高的评价去赞美之，捧为上品，也如那皇帝的新衣，看不到是愚蠢的，看到了的是智慧的。

许多的毒品，仍有市场，人们都知道毒品有害，为什么还需要？所以不得不用法律规定，禁止毒品。书籍也应该以法规范。社会有许多机构在扫黄打非，如果让那些不健康的书籍出版，岂不是"只许周官放火，不许百姓点灯"了吗？那不是"丢了西瓜捡芝麻"了吗？

朋友（我的朋友）

人的一生有许多的朋友，朋友又形形色色。用形形色色来形容朋友似乎不太礼貌，然而，就是如此，因为人有形形色色。

朋友就是情投意合，才可以称之为朋友，这是很狭义的。我这里说的朋友是一个广义的概念，但也不是那么广，应该说介于狭义和广义之间，更靠近狭义一些。

朋友不一定是志同道合的，但是可以互相帮助、互相理解。当你需要他时，他会挺身而出。当你需要而他虽然帮不上你，你也不会埋怨，但他会为你着急上火。

有许多朋友情趣不同，但不能苛求。如果你有什么爱好，就要求朋友有什么特长，那也不行。但在你人生中会有许多朋友的情趣与你相同，可论道，可论书，可品茶，可赏画，可诉衷肠，可同游，可谈志向，可谈学问等等。

我有一位朋友，长的中等个头，胖胖的，头发茂盛，披在头上把两眼的眉毛都盖在里面，但并没有遮住那一种柔和、善良的气质。他经常的一个动作就是把几乎连眼睛都盖住的头发用手向一边理一理。这时就会露出那浓浓的眉毛，英俊之气方显。他毕业于一所名牌大学的历史系，专门研究历史古旧，这也成为他人生的一大爱好。他的名字叫林治永。

在他的办公室里，边边角角上都放满了古玩古器。这些古物被他所用，仿佛复活了似的，都带着文化和历史的生机。他所用之物基本上是古代的，我每次去，他就用从市场上买来的古物花纹陶瓷茶壶，泡决明子给我喝。他说，这是他母亲用铁锅炒熟的，长期饮用可以明目、舒筋活血，并说有机会送我一些，要长期饮用。

后来，忽的一日，他就给我送来了一竹筒子的、炒得香喷喷的决明子。竹筒是民国时期的一个茶具，上面是用漆做的画，画是彩色的，仿佛是一间闺房，一位女子坐在椅子上，一边是一些书籍，一边是一束鲜花，插在一个瓷的花瓶中，上面有用大写数字写着四位数的电话号码和一个商铺的地址。我看了很高兴，忙把决明子倒在一个茶筒中，把古竹筒空了出来，让他带走，以便收藏起来。他说："不值钱，只是确实是古物，也不是很古，是民国时期的，就送给你了。"我说："不能夺人之美，这是你喜欢的，我不能要。"朋友说："这东西你就留着，很便宜，但是真的，只是花去了我的时间。这需要去碰、去磨，是要时间的，只要有时间，就会遇上。我玩的不是古玩，而是文化。那些大款们玩的也不是古玩，而是价值。他们玩的东西都价值连城，但真正古的、真的、货真价实的东西不多。"一番话，我更加欣赏他了。我说："你说的很对，一语中的，把社会古玩市场的弊病一语道破，现在的古玩市场有许多赝品，仿真造真水平很高，很难辨之。"他说："东西不大，也不贵，有时又有残迹，那没有什么关系，只要你喜欢都可以摆起来欣赏，虽不完美，但从'真'的意义上说，那是最完美的。"

其实这位朋友平日里很平淡的交往，我还是第一次了解他的古玩的观念。有一天，我正坐在车上，忽然接到一个电话说："老兄，我自己培养的水仙花就要开了，我送您一棵。"我听后大为惊喜。惊得是一位老板竟有如此的雅兴，有如此的闲暇，有如此……。喜的是，水仙花已好多年没有摆上自己的案头了，她那一股浓香也好久没有洋溢在自己的客室里了。于是就答应朋友给我送来，增加我一点的雅气。

那天，他是冒着大雪到我办公的地方，到了办公室，从一只小的塑料袋子里，很小心地拿出了一棵水仙花，花儿已长出了花蕾，怕折了花颈。然后又把一个水仙盆拿出来，我一看就知道是一个老盆。他说："这是晚清的东西，不值几个钱，有几处破损。"我接过来看，盆是一个长方形的，角沿处向内弯曲，盆体是绿色的亮釉，底部和内部都是白色的粗瓷。虽不那么精致，但一看就是一件雅品，有一点艺术的神气。我与他说："就把水仙放到我的笔洗池中，你把盆子拿回去吧。"他又说："小品，无价值，没有几个钱，但可当文化把玩，且水仙是根据盆的形状而培育，这水仙的形，不能不用这个盆，这才有意思。"

于是，水仙放在盆里，倒上清清的水，那水仙的根，就如玉丝般地盘绕在盆中，水仙的绿与盆的釉碧便融合得完美无缺了。忽地使室内馨香起来。我坐而赏之，才发现一棵水仙长出了十株苗来，弯曲地排在一条线上，像翡翠一样摆在桌上，真是十全十美。每一个株上都秀出了一束花穗，但都含而未放。第二天清晨起来，有一朵花儿率先开放，以示姿容，以扬香气。绿绿的茎上擎着一朵花，花瓣是六瓣，围成了一个像碗一样的形状，像一个玉碗，中间的花蕊是黄色的，像玉碗中的美肴，色香味皆令人为之醉然。一朵、两朵、三朵……九朵逐渐开放，像一碗一碗的美味端在了眼前。虽不说眼花缭乱，但要数清楚几朵花也要费掉一些时间。又过了几天，水仙叶子长长了，花儿也烂漫地开着了。花神飞扬，交经相错，乱中有致。这时的花朵，白色花瓣已完全舒展开来，像是一个玉制六角碟子，中间的黄蕊的裙则像一只金色的碗了。花蕊中三束花粉盛在碗中，碗又在玉盘里，好讲究的啊。诱人的香气时向人袭来，观之、嗅之宜人怡神。不知道花儿再开几天又会是什么样子？她现在亭亭玉立，昂首挺胸的样子，让我想起"傲气十足"四个字。这也难怪，毕竟她们很完美。她们值得恃美傲物。一盆清水，生着一棵白根，白根上长出许多白色的毛须，这就是汲水的毛细根。白根上生出许多绿叶，绿叶中一枝绿梗，梗上分出一束花茎，绿色花茎上又生出白色的花瓣，白色的花瓣又生出黄色的花蕊。白、绿、黄三种颜色，奇怪的都生长在白水中，绿的如翠，白的如玉，黄的如金，美轮美奂。我希望她们永远地开放着，不想看到她们的衰败。

水仙下面的那只盆仍然是那么一副神情，带着几处破损，也仿佛成为它的优点，承载着这一盆每天变化着的水仙花。一盆水仙花从金钱上讲并不贵重，但我非常的喜欢，我给朋友打电话说明自己喜欢、表示谢意时，他说："礼轻情意重。"是的，他送给我一种心情。

治永的几件生活情趣也大大地启发了我。享受生活的过程比享受生活的结果更重要。现在人们都有钱了，很多人从市场上买来许多半成品的食品，略加工则食，买回饺子馅和皮儿，一包就下锅了。自己擀皮儿、自己剁馅的快乐就没有了。如果从市场上买了肉和菜，把肉剁好，把菜摘好、洗好、切好，变成馅，把面用水和在一起擀成皮儿，那才是生活的全过程。但这种生活的前端情趣许多人已经享受不到了。许多的东西拿来便食，买来便用，把生活的许多细节都过滤掉了，使生活纯得已没有了五谷杂粮，只剩下了纯而又纯的蛋白质。"饭来张口，衣来伸手"那不是生活，"自力更生，丰衣足食"那才是生活。

治永也有自己的事业，而且事业做得很大，但他仍然生活在生活中，有平常人的心，有富贵人的雅，除了忙碌自己的事业，还有兴趣从网络购买水仙的种子，亲自研究培养方法，并等到了一定时期，就把水仙根拿出来，在适当的位置上割成口子，好造型生出株来，并研究决明子对人体的裨益。这的确是一种生活的情趣，这些情趣都成为他的朋友，给了他健康快乐的生活。

好的朋友就是一种好的心情。而那些好的玩物，如水仙、水仙盆、决明子、竹简等也都是像朋友一样使你快乐着。看到它们，就看到了朋友，看到它们，就想起了朋友。所以这些自己喜欢的什物就成了永远的朋友，只要你喜欢，它们永远不会离开你，它们绝不会不翼而飞、不胫而走的。想来一个人的一生的确会有形形色色的朋友，他们或它们，总会给人物质和精神的有益的帮助。

张青松

今天，这座繁华的大城市的一个角落，新建起的一座职业学校里，迎来了第一批大学毕业生，来这里任教。

几个小伙子，身后背着包裹来到学校的教务处报到。

学校刚刚建起来，校园里还没有树。周边的山身被挖开的黄土，依然那么新鲜，还没有长出草来。操场也是用黄土压成的，还没有塑胶跑道。一切看上去都那么的荒凉。学校的前面是一个水库，从山上流出来的水，带着泥土都流入了这个水库中。水库的岸边上自然地长着杂草，还没有人工的痕迹。上学校的路也都是土，一旦下雨或下雪时，很泥泞，脚上沾着的黄泥巴也会撒一路，一直会被带到办公楼的楼梯上。就这样一个地方。

一些有志的热血青年们在这里抚慰着职业学校的孩子们荒芜的心。

有志青年中，有一位物理老师，名字叫张青松。同时一起来的还有物理老师吴明，化学老师李轩，英语老师兰云，数学老师王杰军等。他们的年龄大都在二十三四岁。这样一些有理想的热血青年，把爱心献给了孩子们。

张青松，个子不高，瘦瘦的，不愿意多言多语，不苟言笑，但也很识玩，一般人与他开玩笑总是一笑了之，即使有些言语过急过重，也从不恼怒，对人对事大部分时间是笑嘻嘻的。从来也不与人争论，争吵，争辩，更不与人争利、争名，总是默默无闻地工作。刚报到的那天，教务处一看这位小伙子，很稳重，是个教师的料子，于是就给了他一个班主任的角色。这一下子使本无言语的张青松，一下子更没了言语。对他来说一切还没有完全准备好的时候，自己还有点孩子气的时候，自己也刚刚从学校里走出来，完全没有社会经验的时候，便成了那么一些孩子的班主任。从那一刻起，他便有了一种强烈的责任感。

报到的第二天便迎来了新生，班主任则是第一忙碌者。因为前无老生，没有帮手，不仅教师是新的，学校也是新的，一切都并不那么完善和成熟，所以就显得更加忙乱。

新生被分了班，为排出座位，得在室外排队。学生们第一次排队没有秩序，都围在了张青松的周边，张青松像一下子掉进井里。同学们的个子大多都比张老师的个子高。这时，张青松就把教室里的桌子搬到操场上，站在桌子上讲话，让同学们排队，并选出了班长和班干部，然后进入教室。总算把这群孩子收入了瓶中，开始了正常的教学活动。

那群孩子是有个性的，他们来到职业学校也与其个性有关，也有一些不良的习惯和习性。所以张青松把所有的精力都放在了这群孩子身上。上自习时在教室的讲台上备课、批作业，其他老师上课时，他在走廊里看着，看其课堂秩序是否好，是否有不听话的学生，洞察着教室里发生的一切。

一次上课时，有一位学生不听课，给其他学生递纸条。等下了课后，上课老师走了，他把同学们留下来开班会，点了那位同学的名。结果这个同学的名字点不得，一点便暴跳如雷，像老虎的屁股摸不得一样。张青松并没有准备，这突如其来的非常事件，使他一下子懵了。但他很快反应了过来，也以怒抗怒。那位学生说："你不给我面子，我也要不给你面子。今天，要不看你是老师，我非揍你一顿不可。"张青松心一下子凉了，自己把精力放在了他们身上，换来的都是"恨"。但张老师反应也很快，说："今天，我不做老师，更不做你的老师，我们到操场上去试一试？"事情真的发生了，到了操场上，几招过手，把学生给制服了。这样的事情也会像波澜一样，一波未平一波又起，按下葫芦浮起瓢。

一次又有一位女生名字叫吴玉竹，长得挺好看的，教室里还在上课，外面就有三位社会青年给她送午饭，下课后，女生一个个饭盒打开看，挑选出自己喜欢的拿来吃，不喜欢的退货。扰得班风很坏，管理难度也大了。于是张青松老师便找她到办公室里谈话。结果一提起此事，那位女生便瞪大了眼睛，紧盯着张老师，满眼的怒火，满脸的仇恨，逼得张青松老师头皮都发麻。但他还是硬着头皮说："学生就是要好好学习，不要结交那些社会上的不良青年，要对自己负责，对家长负责。"但孩子并没有听进去，眼睛的怒光显得更凶，像是一座雕像一样，亭亭玉立地站在那里，目光生硬地怒视着张青松。这时，张青松把桌子上橱柜的门打开后，又恨恨地用力"砰"地关上，那"砰"的一声仿佛使她从怒气中醒来，转头冲出了办公室。张青松无奈只好跟了出去，推上自己上下班用的自行车，跟在她后面，直到跟到了她家，见了家长一面，把事情的原委说了一番，又骑上自行车回到了学校自己的宿舍。张青松又气又恼，又无奈，"恨铁不成钢"啊。他一头躺在床上，又一骨碌爬了起来。从床头柜里拿出了一纸袋的桃酥，吃了一片，然后打开放在床头柜上的老白干喝了一口。就这样咬一口桃酥，喝一口酒。这顿饭就这样了，因为学校食堂已开过了饭，学校周边也比较荒凉，没有什么可以消费的地方，再加上刚刚参加工作，也没有钱出去吃饭，出去吃一顿饭，回来可能要饿几顿饭，或就得借债。

第二天一早又起了床，早早来到教室，直到上课，看一看谁又迟到了，谁又没来。

就这样一晃几年过去了，但张青松爱心不减，风雨无阻，像种着一块责任田一样，不断地除草、浇水、施肥、驱虫，无微不至地耕耘。那时的大学生们年龄相对大，许多的同事为张青松找对象着急。然而他自己并不着急，看了许多的女孩都因各种原因不合适而告吹。这一切并没有改变他的工作风格和生活风格，无论去哪里都是一辆大金鹿自行车，猫着腰用力地蹬着前行。一遇到不快，从不诉说，总是一口桃酥，一口酒。桃酥甜，白干辣，一口桃酥填肚腹，一口白酒解忧愁。

张青松最大的乐趣是为学生们服务，教书育人，其他事情在他眼里都不是什么事情。就算有时因学生的事情，有些学生家长不理解，找上门来，他也不那么在意，一口白酒便把那些郁闷之事扫除得一干二净，就像是肚子饿了一样，咬一口桃酥，肚子自然也就不叫了。

与张青松同时来的新教师吴明等也都住在顶楼的五楼上，他的日子过得有滋有味。媳妇也娶上了，家境也比较好。自己又在城市的闹市区搞了一个小电器修理部，业余时间就去那里修坏了的电器，平时有个人看着，收人们送来的需要维修的电器，每月不少挣，两口子日子过得不错。一天过节，他把张青松叫到自己家里，其实就在张青松宿舍的隔壁，和张青松住的同样是一间屋子，大小一样，但是吴明家里有一个老婆，就有一个家样了。

吴明说："张老师，您看您都三十多岁了，还没有成家，您得放在心上，不要一天到晚围着教室转，要不你业余时间到我小店里去帮我一起维修家用电器挣一点钱，好娶媳妇啊。"张青松默不作声，很憨厚地笑了笑。同时被请的还有化学老师李轩，英语老师兰云，数学老师王杰军等，七嘴八舌地说得张青松如坐针毡。李轩说："老张，您死心眼，工作要做好，自己的事情也要做好，两手抓两手抓呀。"英语老师兰云说："算了算了，青松会处理好的，大家不要瞎操心了，来喝一杯。"张青松没等大家喝，自己早一杯下肚，一切又像没有什么事情一样。张青松真是一棵松，无论风吹雪飘，总是一身的翠绿。

有一天下午，张青松上完课，来到办公室。教研组的组长走了过来说："青松，明天中午，给你介绍一位对象，我替你做主了，安排在中午一起吃饭，聊一聊看。"青松一听说："不行啊，我明天要去一个企业，带学生们去实习一天，中午赶不回来。"组长说："那我再和她约个时间，不行放在后天中午和晚上。"张青松同意了。但到了那天中午，青松去得很晚，迟到了，因为有一个学生生病，在课堂上晕倒了，张青松把生病的学生送到医院，直到学生安然无恙，才从医院赶到了约会地点。因不守时，对方不满，没有成功。青松自己也觉得对方应予谅解，如果因此事不满，青松也不会同意与对方结合，总之未成。

回到办公室，全办公室的老师都批评了张青松，说他应该把自己的事情放在心上，自己不重视，别人如何重视也没用。你一言我一语，说了大半天，但张青松就是一言不发。他知道大家都是为了他好。

大学毕业已经十年了，同时来的毕业生，都结了婚，从教学楼的宿舍中搬了出去。来到晚上就剩下了他一位老毕业生，单身汉，还住在单身宿舍里，但他并没有感到寂寞，无论外面是星星还是月亮，星星多还是星星少，月亮圆还是月亮亏，是刮风还是下雨下雪，他都在教研室里看书、备课、批作业。同事们逐渐都把自行车换上了摩托车或小轿车，他仍然骑着那辆自行车，用他的速度前进。他出去办事时，总是在自行车上挂着一个提包或背上背着一个背包，像一只蜗牛一样走在大街上，上坡，下坡，上坡，下坡，无论是什么样的车从他旁边走过，他都从没有羡慕过，从来都是无动于衷，从来都是我行我素。

后来许多人都给他介绍过对象，都因这些而告吹。但他的内心是富有的，他的事业是成功的。他教出了许多的学生，可以说桃李满天下。当他骑着那辆自行车走在街上时，总会从路边传来喊声："张老师您好！"他也直起腰来微笑着说："好！"在他的单身宿舍中挂满了各种奖状、证书等奖品，"五一"奖章、优秀教师、劳动模范、先进个人、教学能手、优秀班主任等。

那么一年的元旦，大约是张青松执教的第十二年，突然一张明信片飞到了张青松的办公桌上。上面写着："新年到来之际，祝张老师在新的一年里快乐，您的学生吴玉竹。"张青松看了后很高兴。吴玉竹是张青松送的第一届毕业生，也是他自己刚参加工作接的第一届学生，年龄相差相对的小一些，所以毕业后也经常跟这些学生聚会。

有一次聚会期间，吴玉竹单独敬了张青松老师一个酒，她的眼神让张青松永远难忘。那眼神中不是当初的怒火而是含着默默的深情。当时把张青松吓坏了。突然，他第一次把吴玉竹叫到办公室训话的那一幕掠过了脑海。但后来吴玉竹变成了一个好学生。毕业后又与张青松常联系，所以张青松对她印象并不坏。待后来张青松收到吴玉竹的明信片时，才仿佛联想到了什么。难道她喜欢上我了吗？虽然是一闪念，但那一瞬间却让他感到很温暖。但他还是放下了，因为这个女子，个子比自己高，长得也很美，家住在城里，也比自己家里富裕。"门不当户不对的，唉！别胡思乱想了。"自己自言自语道。

这一天晚上他做了一个梦，梦见天上一片彩虹，正在惊讶之时，从彩虹中降下一个美丽的仙女，坐到自己的自行车后座上。张青松兴奋，骑在自行车上愈感神奇。仿佛像一匹骏马一样，飞奔在彩虹之中，大有天马行空之感。张青松忽然一低头，颇感眩晕，一头从马背上掉了下来。"咻"的一声从梦中醒来，心有余悸。

第二天一上班，刚刚坐在办公室，就接到一个电话，是传达室打来的："喂，你好，是谁啊？"对面传来的声音是传达室老刘的声音："啊，传达室有一位女孩，她说是你的妹妹，让你出来接她。"张青松心里疑惑，我只有一位弟弟，哪里还有妹妹呢？迟疑之间，迈着步伐走出了办公室，来到传达室，一看目瞪口呆，心里砰砰直跳。这位所谓的妹妹就是吴玉竹。见面后，吴玉竹说："今天晚上，我爸爸妈妈请您到家里吃饭。"张青松受宠若惊，连连说："不……不！好……好！我……我！"这几个字几乎是心从口里跳出来的。

到了晚上，张青松骑着他那辆大金鹿自行车按时来到了吴玉竹的家。吃饭时，吴玉竹的父亲说："玉竹从你当了她的老师，就变了一个人。毕业后，许多人给她介绍对象都不看，我很纳闷，结果许多年过去了。有一天我问她，为什么不看对象，她说只要张老师一天不结婚，我就不嫁。"青松一听脸一下子红了。吴玉竹母亲给张青松捡了一盘子的菜，张青松几乎没有动。那一天晚上青松老师失眠了，一夜未眠。从此，吴玉竹便经常坐着张青松的自行车出入商店、电影院。时间过得很快，不觉一年多过去了。

艳阳高照，彩虹横空。在一个收获的季节里，张青松和吴玉竹结婚了。结婚这天，他接任的第一个班，也就是吴玉竹那个班，所有的同学都来了，喜酒喝了不少。

太阳落山了，月亮挂在天边，像蒙着面纱一样，看着那一对新婚夫妇入眠了。这一年，张青松三十七岁。吴玉竹二十九岁。

松竹常青。

后来，两人生了一个女孩，起名叫张吴梅。

山海

春·夏·秋·冬·人物·山海·海外·散文

咏泰山

泰山，是山之大极，被称之为五岳独尊。泰山者不险不峻，唯其雄浑博大得诸子百家之赞美。不论风雨如晦，阳光明媚，都泰然自若。多次登临泰山，每有感悟不敢动墨。泰山之深奥，胜似一部哲学，因而未曾轻举妄动。今又登上玉皇峰，不禁挥笔。

沿着山谷的一条石阶攀上，起初是跃似小鹿，一步三个台阶向上迈进，而后是稳如恐龙，一步仅迈一个台阶，还气喘吁吁。

石阶的一边是山峰，石立如壁，书刻满目。等到龙门以上，峰下巨石，纹脉清晰，分布的白色石筋像瀑布直下又像清泉石上流。石阶的另一边，是山石散布的山谷，有潺潺流水声，山石之间有弯曲不直的老槐树，树下生满了二月鹃和叶似胡萝卜一般的野草，开着紫色和白色的花朵。闲心之处，静观自得。但等到了十八盘的时候，已无心顾盼，只管脚下拾级而上。慢十八，紧十八，不紧不慢又十八。跃龙门，升仙坊，从中天门直冲南天门。途中本想驻足稍憩，但远处飘来方便面的香气，使我颇感烦厌，不想则被这红尘一味驱去，继续攀上，一口气也未停留。当到达南天门时，已精疲力尽，但回首山路，还是情不自禁举起双手大喊："唯可炊，逼狼吐米。"人生境界如在眼前，颇为之感慨：登上南天门，足下无愁云。峰达玉皇顶，我为仙中君。

从天街牌坊直指玉皇峰，人文景观更加迷人，文人墨客、政治名家纷纷题笔石崖，"山高望远"是乔石所题，这四个字无论如何排序都深得其意。还有许多摩崖石刻，形劲意远，令人仰观。当然自然景观更是美不胜收，仰观俯察，天地壮观。李白曾写过一首诗，名字叫《庐山谣寄庐侍御虚舟》，其中几句："登高壮观天地间，大江茫茫去不还。黄云万里动风色，白波九道流雪山。"中的"登高壮观"被刻在玉皇顶的一块巨石之上，颇为贴切。

沿着天街有一种高山海棠，昂首天外，一直爬漫到了玉皇顶，绿色之中

　　夹杂着红色的花蕾，花蕾中又点缀着斑斑的白花。据说，结果的时候则是满枝像南国的红豆一般的海棠果实，像现在的花蕾一样缀满枝头。在这雄伟的山峰中，居然有如此的娇艳，也确乎值得赞美。因为山峰上有松树似乎并不稀罕，仿佛青松就应该长在高山顶上，有一种不凋寒的品质。但这海棠的美丽亦在山风寒峭中呈现出一种凛然的精神。这也表明了泰山的仁爱。故人们称泰山为泰山神，并在山麓修有岱宗庙以供奉山神。

　　泰山，石之魂魄，山之神灵。登泰山领略山高水长，如读宇宙之纶经，可获灵气。"会当凌绝顶"，我不禁吟咏：只知石阶若嶂屏，不见飞龙与翔凤。置身玉皇惑霄凌，回眸黛峰如苍鹏。我也效仿古人取一个名字，就叫《咏泰山》吧。

二零零四年五月

玉龙山脉

　　来到云南的丽江，无论你在何处，远远的就能看见苍茫雄秀的玉龙山脉。玉龙山位于丽江坝北，距丽江县城十五公里处，山北麓直抵金沙江，最高峰海拔五千五百九十六米。玉龙山有十三峰，连绵五十公里，常年积雪，高入云端，像毛泽东在《念奴娇·昆仑》中说的"飞起玉龙三百万，搅得周天寒彻"，这玉龙山就是因为白雪皑皑的十三峰而得名。

　　为领略玉龙山的雪峰，我们驱车前往，走在山麓或山腰深感大山之深，之险。真有"苍山如海"之感。从山麓到牦牛坪索道大约走了一个小时，盘折回叠，从一个山峰到另一个山峰，最后到牦牛坪索道站。一路上我们看到许多高原居民在山路的旁边盖有几间小房子，偶看到几缕袅袅炊烟。我很纳闷在这云深山高人不知的地方他们如何生活？

　　当我们坐上索道经过千亩松壑，穿过万里云海，来到了海拔三千六百米的牦牛坪，顿时我被惊呆了，原来我以为坐索道来到雪峰下，一定是脚踏积雪，寒气逼人，但坦展在我们面前的则是绿意盎然的辽阔的草坪，碧绿的池水和低食的牦牛。啊，这就是牦牛坪。用木头打起来的栈道弯弯曲曲地绕牦牛坪的凸面一周，十分壮丽。沿栈道的两边有许多的白族牧民在卖各种药材，如冬虫夏草，玉龙雪莲，烤牦牛串，青稞食饼，酥油奶茶等，十分热闹，可谓香火很旺。我这才找到了深山中居民们如何生活的答案。在海拔这么高的地方，在白皑皑的雪峰的旁边有这么一片青草地，真是令人叹为观止。

　　在这片草坪上还有一个寺庙。大自然把草坪移到高山平原，人类把寺庙建在了雪山上，这都是奇迹。在登上玉龙山之前，谁也无法想象其壮观，真是"无限风光在险峰"啊！千刃山峰披着银装，乱云飞渡，咫尺的牦牛坪却青草离离，日近云低，苍穹笼罩着美的山，美的雪，美的草，美的水，仿佛走进了另一层天地，走进了天堂。

　　当我走下雪峰，心情未平时。向山下望时，看到我们上山之路，像一条舞女的飘带，在山峰间迂回漂浮，心情又一次激动起来。当走到山脚下时，三面环山，中间一片平地，山下是大片松涛，脚下是满地黄花，山峰如刃，白云纷飞，阳光从山的背面爬过山峰，直射云间，游人纷纷止步观望，拍照留念，心情又一次十分亢奋。心情的波涛一浪未平一波又起。这就是玉龙山脉。

二零零四年九月于云南

石林

云南，风景秀丽，气候宜人，是我向往已久的地方。你听：大理、丽江、瑞丽、中甸、西双版纳、香格里拉，这些具有诗情画意的名字；你听：石林、古城、洱海、牦牛坪、玉龙山，这些人文化了的名胜古迹，足以让你心驰神往。

石林是彩之云南的代表，是云南喀斯特地貌的典型，是天工对人类的恩赐。奇异的石头峥嵘多姿，可谓千岩竞秀，群峰夺艳。石头分布疏密不一，疏处可跑马，令你有柳暗花明之感，密处不扎针，令你有山重水复之觉。谷地洞天石府，峰巅跌宕起伏。石头无论高低巨小，皆有其形。或出草坪之上，突兀挺拔；或拔水湖之中，若蛟龙，似河马；或落岩石之顶，隽秀险峻。

当我走进石林世界地质公园时，首先看到的是一个小山丘，山石凸出，如群羊低食，中有一高石，像一个牧羊人盘腿而坐，整体如一幅丹青牧羊图；走深一些，又见一副不规则石门，门上有一石若老鹰初落，两翅扑展，俯视游人，又若一只被游人惊扰的正在歇脚的雄鹰，振翅欲飞；在公园中央，壁立的群峰上镌刻着"石林"二字，这就是我们在石林烟的包装盒上看到的景观，亲临其境，巍巍壮观。在此，游人如潮，拍照者争先恐后，以留倩影。立此一照，日后可与友人共赏石林景观，还可与他人炫耀到此一游，一举两得之利，使最佳位置不得闲暇，灯光频频闪烁，热闹非凡。

参观这天阴雨霏霏，我们是在雨林中观看石林。大家都举着一把雨伞，使本来拥挤的小路更加令人感到空间狭窄，但登高而望，那五彩的雨伞透迤而动，形成了石林中另一道具有动感的风景彩带；穿过密集区，几经曲折，来到石林峰巅，有一石象在迎接游人，微卷着鼻子低头望着人们，那么友好，那么谦逊。吸引许多游客与之留影。取其谐音"祥"，而且是石祥，石者永恒也，与其合影即将吉祥永留身边；走下峰巅，去向阿诗玛风景区，在中途有几块山石，像唐朝的玄奘，戴冠挽袖，若有所言，白龙驹立于一旁，栩栩如生；渐深，有一石峰如一舟之帆，乘风驱船，破浪前行；进入阿诗玛风景区，有一个人工湖，湖水清澈，岸边一高石峭立，如一位彝族姑娘，身材修长，倒影水中。阿诗玛风景区因此而得名。

我粗略地诵读了石林，石林如一幅画卷，更像一首诗。其美不仅来自石头的形状，也来自石头的布局，还来自树木花草的点缀。藤木匍匐在岩石峭壁上，根须一簇簇地裸露在岩石之旁，拉得很长很长，直伸延到可以汲取养分的地方。有些树木细细的高高的从地面直长向天空，与山石一起争高。这些绿色为石林增色甚多。石林之美是山、水、树、木、草及人文景观的和谐，这种和谐与统一是石林美的真正的灵魂。石林是云南人的财富，也是中华民族的天然艺术瑰宝。游石林可窥我国大好山河之一斑。

二零零四年九月

灵岩寺

在我上大学的时候，就听说济南附近，有许多的名胜古迹，如四门塔、大明湖、千佛山还有灵岩寺等。周末，同学们都骑自行车去那些名胜古迹郊游，其中就包括灵岩寺。然，我却不在其列。二十年以后，在三仙堂宾馆开会，我才与二十多年前失之交臂的灵岩寺会面。

灵岩寺，坐落在距济南四十五公里的长青县的万德镇。其所在的山为灵岩山，是泰山十二支脉之一，主峰为海拔六百六十八米的方山，又名玉符山。灵岩寺就坐落在满目苍翠的灵岩谷之中。

穿过灵岩寺大门的石牌坊，进入了一个山区，像一个世外桃源。一条小路蜿蜒在山的怀抱里，亭台楼阁漫布在山腰间。虽然春天早已到来，但寒气仍在，尤其是在山中，像诗中所云，"人间四月芳菲尽，山寺桃花始盛开"。山外已绿树成荫，而这座山里，松叶则刚刚泛青，万木则刚刚染绿，一切都刚刚开始淡妆浅黛。走到山路尽处，方感古朴肃穆，一块大岩石上写着"大灵岩寺"。

其实灵岩寺并不很大，但是地理位置很好，可以说是风水宝地。从三仙堂宾馆步行十分钟便可到达灵岩寺南大门。在上山的路上，我们穿过十里松风景区，"十里松"这个名字使我想起了汪伦和李白。汪伦为邀请李白到自己家乡一会，便巧借了偷换概念之妙。说家乡有"十里桃花街"和"万家酒店"，其实，"十里桃花街"是一条街的名字，"万家酒店"是一家万姓人开的酒店，也仅是一个名字而已。灵岩寺之"十里松"则绝不虚夸，值此时节，一片墨绿，朴素无华。

继续前行，远远的可以望见辟支塔和大雄宝殿的檐顶，及大雄宝殿北山顶峰上的那块玉符峰。玉符峰虽说像一方大印，却更像一块大蛋糕，整个山峰看上去倒很像一只虎，睡卧峰顶，静听山风。也许这大灵岩寺的"灵"字就由此而来。

进入寺中，庙宇分布山间，有高有矮，所以既可以鸟瞰又可以举目。从山顶望下，视线穿过繁密而清楚的树枝，才可以看到拥有高低不同建筑的寺院，像从天上看人间世事。从低处望上，古木笼罩，更觉洞天福地。

古之寺庙都坐落在自然风景秀丽，云深山重之处，远离喧嚣，人迹罕至的地方。人间红尘是否就是相对于这清静之地而言的呢？寺中古柏参天，绿竹青青，红墙灰瓦，掩映其间，寺周有院，院中有门，门上有楼，院深门窄，树高草长，莺啼虫鸣，宁静而幽深。

那些生活在寺庙里的人，都是修身养性达到一定境界的。他们才可久居。他们清心寡欲，与世无争，宁可朝钟暮鼓，落入寂寞之地，不愿日出而作，日落而归，坠入万丈红尘。他们不为名利，在这寺院里，精心修炼，力争为七级佛陀。那些日夜吆喝的摊贩，那些挑担的，那些为生活，为妻儿老小而奔忙，而劳作的人，不甘心放弃那些七情六欲，只得在熙攘的人群中忙碌，甘心为生活所累。而那些生活在寺院里的人，心里装着的是自我，面对山川木草，亭台楼宇。风吹日晒逐渐使他们淡化了人间七情，泯灭了人类六欲，整日里悟的是那些抽象的哲学问题，如"生我之前我是谁，我生之后谁是我"、"非旗动而风动也"、"非旗动亦非风动而心动也"。他们面对的树木，并不去奔忙，但依然冬凋春荣，不论一年四季如何变化，年复一年笑对春风。面对的小草，并不去奔忙，但依然一岁枯来一岁荣，在该开花的季节如期绽放，无忧无虑无烦恼。他们面对的那些建筑物什，都是对他们实行教育的道具。大雄宝殿的南无阿弥陀佛，广施恩惠，德法无边，教人如何成佛，如何成仙。他们面对的辟支塔，教育他们修炼愈好，升得越高，死后他的墓碑就更体面。你看那各种各样的墓碑，像艺术品一样，高低错落，成为很美的碑林。那就是他们一生的造化和所获。他们面对的惠崇塔，从这门进入后是酸甜苦辣的人间万象。从那门进入后，就是极乐世界。这些东西怎不使他们聚精凝神呢？地静、天静、人静、心静，人怎不长寿？

冬看松涛，听雪声；秋看红叶，观黄花；春看鹅黄，嗅草香；夏看山色，听蝉鸣。如此的享用，怎不为仙成道呢？陶渊明不是追求的就是这种世外桃源吗？不，他渴望的是一种逃避现实的独来独往的理想的自由的幻境。因为即使在这灵岩寺里，也有七级佛陀之分，亦不是渊明所要的桃源，故渊明欲往而不能，只好吟诗作赋聊以慰藉。

今人则比古人浮躁得多，再加上通讯和交通的便利，更助长了这种浮躁情绪。我看见在寺庙里工作和生活的人们，手里握着移动电话，把着方向盘，手指一按电话打出寺庙，传息于山外，方向盘一扭，轿车便奔驰于山路，摩托车穿行于林中，没有一点耐心，半点不安于现状，趋炎附势，做不到大风车那样不急于迎合四面八方的来风。这些又岂止是在寺庙里工作和生活的人们呢？古人有佛门静地与万丈红尘之平衡，有静思与动行之互补，今人狂躁之思与行，追求的都是一种急功近利。

穿过灵岩寺，沿石阶拾级而上，经过几个曲折，约半个小时则可到达玉玺峰下，只能仰观，无路可达，虽有几条回路，终未到达山顶。在此遥望灵岩寺，群山环抱，树木掩映，寺檐有隐有现，只有那辟支塔突兀其间，周围裸露的山峰造型奇特，像一座座的古城堡。我不禁叹息，古人之聪明，之高明，对人生的彻悟之深透。古人这种大无大有的精神已溢出灵岩寺，蔓延了整个玉玺山脉，那可是泰山山脉的支系啊。泰山之高耸博大，有赖于这些蕴藏着灵性的山脉。

二零零五年五月

九寨与黄龙

有一首歌，名字叫《青藏高原》。歌词唱到："我看见一座座山，一座座山川，一座座山川相连，呀啦嗦，那就是青藏高原。"也可以说那就是九寨黄龙。

沿着岷江逆流而上，在岷山的怀抱里乘车走一天，才能到达九寨沟和黄龙。整个九寨沟和黄龙风景区就藏在这连绵千里的山脉里。

九寨沟，是在岷山的几条山谷里，住着九个藏族的村寨，故而得名。其以高山流水，飞瀑静潭，湖光山色等旖旎的自然风光名闻世界。在这里有九寨三沟两滩四瀑布。九寨是荷叶寨、树正寨、则查洼寨、热喜寨、彭布寨、盘信寨、故洼寨、尖盘寨和盘亚寨；三沟是树正群海沟、则查洼沟、日则沟；两滩是珍珠滩和盆景滩；四瀑是珍珠瀑布、树正瀑布、诺日朗瀑布和熊猫海瀑布。

九寨沟把我们置于岷山的膝下，黄龙则把我们抛向海拔三千多米的峰巅。脚下是瑞云，仿佛上了天。在这里已听不到人间嘈杂的喧嚣，就连手机也没了信号。这使我们毫无干扰地欣赏黄龙的风采。黄龙这个地方，原为冰川的世界，后来演化为钙化溶石。看上去很松软，从山巅直到山脚，形成了一条黄色的钙化溶石带，上有自然形成的鱼鳞般的梯形水田，形状长长的很不规则，若一条长龙盘踞在山岭之上，故而称为黄龙。

九寨与黄龙之美，就来自于这被藏民称之为"诺日朗"的山峰。"诺日朗"是藏语，意为"雄伟壮观"。一座座像屏障似的光秃秃的带有龟裂的石岩，一座座像盆景般的长满矮株草木的石峰，一座座满是高大挺拔树木的峭岩……，它们都各具姿态，或险峻或隽秀或挺拔，无一雷同。俯仰观之，远山如黛，近山如翠，层峦叠嶂，苍茫如海。山顶上云雾缭乱，或平移或升腾或低垂，不断地变幻着，像在漫舞。山脚下丽水绕石，静似碧玉，动则轻歌，使雄伟的高山有了几分灵气，更加壮观迷人。

　　九寨与黄龙之美，就来自于这多姿多态的水。深者百余米，虽面积不大，但因其深而得名为海。如金铃海、五花海、犀牛海、老虎海、长海、草海等，看上去都是一些湖泊，平静如镜，但那碧蓝碧蓝的湖光，却有海的磅礴。浅者如席，清澈见底，但因其广，得名为滩。如珍珠滩，那是一片水的原野，水薄薄的手拉着手，排着长长的宽宽的队伍，齐步向前。还有盆景滩，在水田里生长着一棵棵正奇皆美的盆景般的植物，水也是浅浅的，大片大片的在树中向前流泻。

　　在这里，水有其性格，有其优美。沉静的时候，有一副碧绿的面孔；欢快的时候，会扬起白色的笑脸；勇敢的时候，她那伸长的躯体浑身全是筋骨，纵然从绝壁跳下山涧，宁为玉碎不为瓦全；温柔的时候，如一条洁白的哈达，她会一曲十八弯地静静地流淌；但当你扼住其自由的时候，她会积蓄力量，一怒千丈，飞奔着跃起，怒吼着迸发向前，百折不挠地向往自由的地方。

　　九寨与黄龙之美，就来自于这多样化的树木。这里有原始的茂密的大森林，是一个天然的植物园。林中也有许多的鲜花，最令人注目的是白色的鲜艳的野生玉兰花。给人印象最深的树是红杉树，叶子像一个个的毛刷，被捆扎着挂在枝条上，向下低垂着，像垂柳一样随风荡漾。因此，可称其为美丽的垂松。五月里，一簇簇的短短的松叶刚刚生出，带着淡淡的鹅黄色，远观像一张网似的清清楚楚地透着背景，给人一种淡雅的美。

　　九寨与黄龙之美，就来自于这万物的多彩。水是多彩的，草是多彩的，树是多彩的，山是多彩的，天空是多彩的，就连藏民的房屋也是多彩的。这上下左右、四面八方的色彩，绘制出一幅五彩缤纷的图画。这里是色彩的世界。这里是美丽的色彩的世界；这里是美丽的神秘的色彩的世界；这里是美丽的神秘的变幻莫测的色彩的世界。只有走近大自然的九寨和黄龙，才知道色彩的斑斓，才知道色彩世界的魅力所在。

　　九寨与黄龙之美，人们这样描述：水在树间流，树在水上生，车在雾里行，人在画中游。啊！这是怎样一幅图画。那简直是神话。没有看过的朋友断然不能相信。只有亲临其境才知道什么是自然，什么是造化，什么是鬼斧神工。

　　九寨沟的妩媚，黄龙的壮观，就藏在你看见的一座座山里，一座座山川上，呀啦嗦，那一座座相连的山川，就是九寨黄龙。

二零零六年五月三日

观沧海

下午三点，天上缓缓翻滚着的云，压得很低，黑黑的，厚厚的，使的白天变得如同傍晚似的昏暗。秋雨一阵阵的被风夹来，时慢时疾。车就穿行在天地之间这窄窄的缝隙中，沿着养马岛的边沿，顺海岸行至岛的北端，去看那美丽的雪浪花。

推开门，刚一走出车来，便被那带有寒气的海风吹了一个趔趄。我与客人都情不自禁地把衣襟向胸前裹了裹，沿石阶向大海边的礁石走去。礁石曳浪，周围泛起一堆堆的白雪，白色连成一大片如雪的玉带，从岸边直漂到五十米的海里。由于风刮得很狂，浪来得很大，撞击在礁石上，飞崩出美丽的雪浪花。浪花又被飓风送到了石阶和岸边，吹到了人们的脸上。

我们用力地踩在礁石上，以便自己牢牢地站稳，不被风儿吹动。风声，松声，大海的波涛声，从四面八方涌入你那小小的耳鼓，使你感受到大自然那强烈的气息，意识到人在这大自然中，是那么的渺小，仿佛会被大自然吞噬似的。

我们找了一块礁石坐下来，欣赏着大海汹涌的波涛。周围游人稀少，没有光，只是一片墨色和大自然原生态的演奏。波涛拍石，向空中抛出一簇簇巨大的雪浪花，姿态万千，一朵有一朵的美。这是大海的雄姿。其展现着大海宁为玉碎的个性。不像天空中的浮云，无论大海怎样的任性、狂暴和刚烈，它总是那么散漫、自在和悠闲。我抬头望一望天空中的浮云，仿佛在嘲笑大海的"狂躁"。就是浮云的这一行为，激怒了大海，突然一朵浪花像一头雄狮，怒吼着疾驰而来，逐渐站立起来，愤怒得撞击礁石，浪花像雄狮的利爪，仿佛要把云从空中撕下。然而浮云仍无拘无束地在空中舒卷。大海却一次次地怒吼，一次次拍岸而起。

大海啊！这就是你的性格。因为你是深沉的，所以你才会执着或固执。谁也搞不清，你到底有多深，你蕴含着多少能量，多少的生命，多少的爱。

你看不惯云的轻浮与软弱，你也看不惯岸石的无情与强硬。你是在教育它们或向它们示范。

大海啊！这就是你的性格。因为你是博大的，可容日月，可纳星辰。所以平静与汹涌都在你的怀中，你包含了乌云的身影，也映照出落霞与孤鹜的倩姿。你包含着人们不幸和欢乐的眼泪，宁愿自己的味道是苦而咸涩的。你总是对风和日丽那样的平静和温顺，而对狂风暴雨那样汹涌和澎湃。谁也不知你多大，只知一条巨鲸可以出入你的肚腹推翻一艘巨轮，只知道在你的怀抱里乘风破浪一直向着西方可以到达东方，你无边也无涯，谁说海到无边天作崖？

大海啊！这就是你的性格。因为你是真实的，故从不矫情做作，从不虚伪，不掩饰自己的真实情感。总是真实地展示着自己，该安详时安详，该桀骜时桀骜，该不驯时不驯。你追求现实的理想，从不追求那些虚无的东西。正因为你是真实的，才演绎出许多缥缈的故事和情境，"八仙过海"是也，"海市蜃楼"是也。这些子虚乌有的东西都在你真实的背景下显得令人神往。所以真实是最浪漫的，真实是最充满色彩的，是最具意义的。

大海啊！这就是你的性格。因为你是永恒的，你总是那样生生不息，总是那些"哗……哗"地一浪高过一浪。带着远古的气息，带着人类的血腥，带着生命的细胞，一次一次地溅向上帝，从不疲倦，永不懈怠。你从不因冬天之寒，而止息那滔滔之波，也不因夏日之暑，而推波助澜。这是你永恒的哲学信念。就是因为你的永恒，石头在你的面前，才不再有棱角，并向你展示出其美丽的化石般的心扉。就是因为你的永恒，乌云才会羞愧地灰飞烟灭。永恒是需要多么大的意志啊，永恒是执着的化身。

我爱大海，就是因为大海深沉、博大、真实、永恒。苏轼有一首诗，"乱石穿空，惊涛拍岸，卷起千堆雪"。这是多么的壮观啊。我大声地诵读着苏轼的这首诗，但大海的波涛声几乎掩盖了所有的声音，使得这首诗在大海的现实景观面前，是那么的苍白无力。

我和游人被海风吹得有点颤栗，于是起身钻进了车子。留恋地从玻璃窗向外观看大海的涛浪，虽然大海在涌动，但感到一种死一般的寂静，我不得不再次临风而立，以观沧海。天色已晚，夜幕遮住了游人，海天一色。这时更感到大海的浩瀚。滚滚的雪浪花，仍旁若无人的，一浪逐一浪地从远到近向岸边飞来。

二零零六年十月六日

山之歌

　　泰山、黄山、庐山、峨眉山等名山，盛名之下游人如织，使之有浮躁之痼，不如那些无名之山，人迹罕至，灵气未泯。所以我更喜欢那些不很知名的山系，像蒙山、塔山、昆仑山等。只有那些见其势，闻其息的人们才知道它们的胸怀。不像那些名山大川凭人们的传说而知其美，结果到此一游，不过平平，如此而已。所以人们才有了看景不如听景的叹息。任何事情，人满为患，人多自然天性减少。有一个名胜叫蝴蝶泉的地方，我曾看过一篇散文，蝴蝶如云，多于游人。树上、草上、人的肩上、头上等都有蝴蝶之吻。我向慕已久，今以饱满之情，前往观之，以饱眼福。但到那里一看，只有一方石碑立在旧地，未见一只蝴蝶，令我大失所望，悻悻而归。所以许多名山大川都掺入了许多人文主义的东西，使自然主义为之失色。所以，这些无名之山常常使人们有回归自然，返朴归真之感。

一、塔山

　　仁者乐山，智者乐水。我乐于山水，岂不就是仁智者乎。

　　烟台山多水多，有山必有水，山水相连相偎。在市中心就有一座比较高而壮观的塔山。早晚两头，塔山非常的宁静，几乎不见游人。只我一个人沿着台阶向上仰望，脚步声和呼吸声十分清晰。满目青山，树林葱茏，花香扑鼻。早上太阳未出，路两边露似珍珠，月亮挂在天边，宛如一弓。晚上明月照松间，清泉流石板。意境高远，天籁如歌。

　　塔山的海拔高度我还不太清楚，不过可以访问互联网以查寻。我家就住在塔山脚下。所以只要我愿意，无论是暴风雪的天气，还是阴雨连绵的天气，无论是冬天还是春天，都可以从山脚下一个一个的台阶慢慢地爬，一边看着山色，一边锻炼着身体。

　　山里最具韵味的还是那初春。在这个季节，你可以看到赤裸的山体，真正感觉到山的魂魄，听到大山的心脏的跳动和山脉的凸凹。

初春，塔山门可罗雀，游人不多。偶有像我一样的痴人，掩映在树丛的小径里，恰如其分。难得这么大的一座空山，只有寥寥几人，互不相见，尽情地享用这无限的山色和这份怡养心神的宁静。

这山里的一切都是静的又都是动的，路是曲折的，又是径直的，既是平坦的，又是壁峭的。山是空旷的，又是隐秘的，但路总是向上的。

山里有几座庙宇，都是中国四合院式的，青砖灰瓦。初春的一日下午，我经由此庙，从东侧门看去，看到的是一排屋檐，上面覆盖着一层白雪，檐边挂满冰棒，融化的水不齐步地滴着，发出清晰的声音，除此还有敲打"木鱼子"的清脆的声音，只是不见人面，只有一棵大的桃梅含苞待放，像少女抿着樱桃小嘴，笑对春寒，使得这座山更加幽静与可爱。

再除了几个小亭子外，就是满山坡的树木，初春在山里，你会听到风声像大海的潮声一样，哗哗地在耳边回响，风声如潮，与海同样的博大，山海有同样性格。

山下有几处灵水，明静如镜，常年不枯。一次，正值春回大地，万物复苏之时，我坐在湖边戏水，旁边有一位妇人在打捞鱼食。用一根长约十五米的绳子，系牢一个直径约八十公分用竹做边的丝网，一只手执绳，一只手用力抛出丝网，然后再用绳子拉回来，许多的鱼食就被网收集起来。见我把脚伸向冷水，便搭讪道："会冻坏骨头的。"我说："没事。"我问："你为何不买鱼食喂鱼，买鱼食喂鱼会很省事的。"她说："那样太贵，我每天捞鱼食，来回抛丝网约一个小时，整够四十条鱼食的，这样也锻炼身体。"她说她已经七十岁了，我惊愕。七十岁了还干这么重的体力活，还能吃得消，真不容易，并且此妇人看不出是七十岁的人，只有五十多岁。我说："你养鱼，鱼也养你啊！"她说："是啊，我退休早，每月工资只有五百多元钱，买鱼食太贵，捞鱼食一举两得，不像你们逢世之人，工资高。"我说："你这么大岁数，看上去很年轻，那是钱买不到的，健康比金钱重要。"说得老妇人开怀大笑，说："我这营生风雨无阻，值得！"

二、艾山

艾山在山东栖霞境内。山不很高,风景尚好。爬到山顶附近处,再向山顶高峰进发,山路险要,可以说杂草丛生,乱石横谷。我两次上爬后,都因不知是否有路而折回。

当第二次上时,听到有童声在喊,我马上搭讪,问是否能到达山顶?"能",你几岁了?"我12岁了"。一个童孩矮矮的,瘦瘦的,一看就是一个在风吹日晒雨打中锻炼出来的农村孩子,顽强泼辣。他说有上山路,于是走在前边给我带路。我说你爬过吗?他说爬过,每双休日必爬一次,因他爸爸在山上干活。我说:"那好吧,给我带路。"于是小孩子像一只小猿猴一样,爬得很快,攀援敏捷,速度惊人,有时双臂一撑两脚一抬,"嗖"地上了一个险要台阶,我很惊讶,无路攀援如履平地。我胆颤心惊处,他却非常心平气和,很自然。我被感染,孩童如此勇敢,我一个大人又有何惧,于是跟他一直爬到山顶。但是在峰上又有一峰,笔直的势如劈竹,我欲试再三,尚不敢攀援。因为可攀的一面是万丈深渊,令人望而生畏,而那个小孩则跃跃欲试,信心百倍。我为孩子担心,揽其不为,按原路而归。未登上顶峰,仿佛没有征服这座山,下山的时候略感失望。唉,许多自然的东西,人类是不能征服的,需遵循自然规律,量力而行,且不可学唐吉诃德。

下山时孩子也快,我说:"安全第一,速度第二。"他说:"生命第一,安全第二。没有生命,何言安全。"我佩服大山里的孩童,如此有勇气与陌生人辩理,说话还敢于讲哲理。我想也许大山就是哲学老师,大山就是一部哲学。孩子在大山的怀抱里生长,思想也就富有了哲理。

三、蒙山

沂蒙山区,是我早就知道的。不过只知道那里是革命老区,民风纯朴,经济相对落后。今驱车始济终日,看到高速公路两边的情景,方觉今天这里的人们生活改善很大,安居乐业,殷实富足。从车窗望去,突然路旁蒙山景区的广告牌印入眼帘,引起了我的兴趣,驱我前往。

山下大片的竹林，大片的板栗树及大片的绿杨，使我感到风光无限，空气清新，决计登高而望。蒙山是山东省内仅次于泰山的第二高峰，海拔一千一百五十六米，群峰峥嵘。我从南门北上，沿山峰西路，几处峰回路转，方到蒙山的最高处。山上一片落叶松，笔直笔直的直插云霄，树干周围一层层的很有规则的枝条形成了一个个的平面。四月春暖，嫩芽初上，绿色淡染，十分美丽。穿过树林，远观山岚，由淡及深，弥漫山谷间，十分壮观。峰峦叠嶂，势如劈竹，十分险绝。各种野菜平铺山路，烂漫可爱。无寺庙，无文藻，只有满目的纯洁的自然。

回来后坐一辆出租车下山，是从山脊的另一个面驶下，自然是另一番风光，另一番感受。那山谷间弥漫的山岚，像雾，像纱，像薄薄的暮霭。山脉隐约可见，虚无飘渺。

四、七星台

"苍山如海，残阳如血"。

今在七星台开会，才领略到毛泽东这句诗的浩瀚。

从济南的行村立交桥东一百米向南，沿山麓到宾馆，车在山腰间迂回前行大约走四十五分钟的路，才到达七星台宾馆。

该山连绵不断，群山相拥，苍苍茫茫的一望无垠。群山高度相当，皆兄弟姊妹峰。山脚伸得很长很长，山谷空旷。群山巍峨连绵千里，扬扬洒洒。我忽地想起林则徐的诗句："海到无边天作岸，山登绝顶我为峰"。在这苍茫的大山里人之渺小，如沧海一粟。登绝顶远眺有这山盼着那山高，到了那山还得把脚漂，不曾有为峰之感。苍山如海天也作不了崖，只有山外青山峰外峰，还有山峰在尽头。一山放出一山拦，拦山又被他山圈。这里所有建筑都在山顶和山腰，是建在山里的城，是建在山上的村庄。路在山脊上盘旋。在山尖上回转。我想到元朝是马背上的民族，成吉思汗和忽必烈是马背上的皇帝，而这里的人们是山脊上的宠儿，是山峰上生存的人。七星台名不虚传，站在峰巅可以摘星月。

二零零七年一月

寂寞的磁山

　　磁山是一座距离城区约二十多分钟路程的山。还不曾被开发，是一座野山，上山的路是人们用脚踩出来的。人们说山很美，植被也不错，我被打动。春天的时候，我曾经去过那里，到了那里一看，果然如此。满山的野草花，蝴蝶曼舞，蜜蜂奏着曲子，如一台春色的闹剧。今天是秋天的十月，略有凉意。无人陪同，我悄然而至，想独自尽情享受这自然生态的烂漫的秋韵。

　　在刚一入山的地方，有一块平地停着几辆轿车，一看就知道那便是自驾游的人们，是懂得生活、懂得汲取大自然的灵性的人们。其中一对夫妇带着小孩子，已从山上下来。主动跟我搭讪，你穿衣打扮不像是爬山，如果你非要爬，就请你走这条路，这是一条向西的路，比较平滑。向西北那条路，自然也可以殊途同归，也可以通往主峰，但荆棘丛生，乱石塞路，会把你的鞋子和裤子撕碎的。我也依了他们的建议。

　　入山不远处在河溪边就有一座三间平房，门窗是已没有了，但也仿佛给了我一种特殊的不可言语的感觉。房前有一棵无花果树，长得不高，但铺在地上占地很大，上面结满了无花果，已经裂开了红嘴唇。还有许多的野山楂树和野酸枣树，被修得高高的，细细的，直直的，上面结满了果实，虽然不大，但却很多。一看就知道房屋的主人曾在这里度过一段幸福、安逸、清静而美好的生活。

　　继续前进，野生植物们都自由地长着，已没有了人们修理过的痕迹。满山的树，满山的花草在秋日里已显得苍翠。上山的路完全被草所覆盖，有的地方，野草被踩成草坪，有的地方草淹没了路，草比人高。多色的杂草共生共荣，小黄花，小红色绣球，白色的野芦芽，还有一些叫不上名字的荆棘也结着小果子。蝴蝶仍然乱舞，蜜蜂则在你耳边"嗡嘟"。这些可爱的小精灵围绕在你身边，使你找回了天性。

　　杂草斜倚着、躺着、直立着的，红的绿的黄的黑的蓝的紫的都相互掺杂着，可谓杂乱无章，但可爱至极。这些可爱的小草，精神是令人可敬的，它们从山麓一直漫延到山顶，总是那么天真地微笑着没有忧愁，没有悲伤。可与荆棘为伍，可与杂草丛生，可与树林为伴，可与青松为友，可与岩石共寂寞。年复一年，花开花落，与默默无闻的峰岩一起期待，期待着春、夏、秋的来临，也期待着冬的早日过去。有期待，就有希望，一年四季的规律，让希望正与期待共生。

路在一条山溪旁边，山溪中水很少，偶有水流，只是满谷被水冲得光滑的石头，谷中长满了大树，河溪边许多野生的枣树长得高高的，树干曲曲疤疤地挺立着，上面结满了红红的果实，衬着丛生的杂草，显得自然而又充满休憩的气息，溪谷的尽头可见一片树林，小溪在这里则拐了一个弯，上游上了一段陡峭的山谷，我则进入了舒缓的树林。秋天的树林也显得明净，放眼望去好大的一片，树下是碧绿的青草和乱石块。由于树冠连接成荫，遮天蔽日形成了一重绿色的天。阳光从树叶间斑斑点点地落在草地上，显得很温馨。草地是在一座山丘上，像是划了一道绿色的弧线，阳光在上面跳着舞，又让人感到很浪漫。这洞天福地的环境，成为人们上下山的驿站，空阔、宁静。我不由得记下几句：

残垣断壁绿草乱，

白石自由滚其间。

晴好郊游俯身看，

如痴若醉似神仙。

穿过树林，爬上一个小山峰，俯视这片树林，婆娑在山谷中，犹如一片碧水般的平舒。对望到另一座山峰，石峰耸峙，心旷神怡。两峰之间，必有一谷，走向一个新的低谷，是为了攀上另一个高峰。向左转去再向右转去，则是荆棘与杂草丛生的山脊，但仍有许多烂漫的花朵点缀其间。山脊通向的地方是一座座凸出的山峰，让人们望而生叹。龟裂的山石上，点缀着小草和灌木，都带着淡淡的殷红的秋色。我攀岩爬上了一座山崮，在绝岩峭壁的夹缝中长着一棵木本植物，像一棵盆景似的，满树的红果子，让人惊喜万分，已忘身处碎骨之境。我想山里的红颜也许是第一次见到人吧，要不为什么羞得如此脸红？

站在山崮上才发现，南边的山峰连绵起伏，峭立如斧劈一般，巍巍壮观，又如一道屏障，分晓隔阴阳。风景如画，具有中国传统水墨的画风，在白云下大展意境。环顾四方，山峰如垒，心潮如浪。啊！大自然，你给了我生命、给了我生活、给了我愉悦、给了我梦想。我怎不热爱你，怎不为你歌唱，怎不为你深深地呼吸，怎不为你张开双臂飞翔。啊！大自然，你创造了人类，又创造了山河，创造了一个现实的天堂！

二零零七年九月

烟台山

　　烟台山像一只巨鳌，鳌头伸向大海，背负着厚重的历史和百年的沧桑，为烟台的人们祈福。所以，烟台这个地方冬无严寒，夏无酷暑，这里的人们过着文明而又富庶的生活。

　　因势而建的外国领事馆别墅群，独占鳌头，掩映在绿树丛中，荡漾着异域文化风情的色彩，镌刻着百年以来烟台乃至中国的历史沧桑。烟台山的美丽有其自然的风光，也有其历史人文的代价。但很少有人会在赏景和赞美之时，触景生情，想起过去殖民时期的苦难。

　　清咸丰六年，第二次鸦片战争爆发后，就有两个强盗觊觎烟台这个京津的重要门户。这两个强盗，一个叫法兰西，另一个叫英格兰。清咸丰十年，强盗法兰西公然占领了烟台，强盗英格兰接踵而至，并从烟台走进了北京，将世界级的艺术博物馆圆明园中的稀世珍宝抢劫一空，又点上了一把火，使堪称世界建筑艺术殿堂的圆明园付之一炬，毁于一旦。这就是震惊中外的"火烧圆明园"。随后美、德、日、俄、意、奥等十六个强盗蜂拥而至，竟把巢穴安在了烟台山上，居高临下，作威作福。于是乎盛气凌人地称自己是"琵琶琴瑟八大王，王王在上"。岂有此理，恬不知耻，分明是"魑魅魍魉四小鬼，鬼鬼犯边"嘛。它们迫使清政府开放登州、烟台等口岸，掌握着烟台通商大权，管辖着潍坊以东三十多个县的商务，垄断着市场，掠夺着资源，从事着宗教和文化的渗透。并在烟台山一带的朝阳街，海岸街，顺泰街，滋大路等处建立了领事馆官邸、教堂、公寓、医院、学校，以及仁德、太古等十几家商号洋行。

　　每每走进烟台山，拾级而上，总会想起这段历史。历史的是非曲直固然是不可忘记的，然而也不能一直耿耿于怀的。但眼前这些漂亮的开放式的建筑，总不免会使我浮想联翩：我国的边疆，那里的房屋也是开放式的，并且是多姿多彩的，充满文化和艺术的魅力，还有他们的服饰，他们的歌声。这些都反映了那里的人们对待生活的态度，是那么的乐观，那么的热爱。他们不求拥有，不求获取的生活方式，把自己融入广袤而美丽的大自然，以牛羊为伴，以多样的生物为伴，过着游牧田园式的生活，完全是大自然生物链上的一个结点。自己的一切都是自然的，自然的一切也就属于自己的。

　　而汉族人的房屋则有点相对封闭，不像少数民族的房屋那么开放，传统的汉居总是封闭式的四合院，还有一扇紧闭的大门，色彩单一而深重。这种深居式的生活方式，成为禁锢人们处世思想的樊篱，只能是墙高院深，赖以安居，当被破门而入时，则会骇然，"一尺之墙三尺法"，怎么会如此？八达岭长城正是这种思想樊篱的物化。一段历史必然有一段历史的特征。十九世纪是一部掠夺的历史，我国闭关锁国，最后被迫打开国门，烟台是也，天津是也，北京亦是也。我很推崇历史上的一位皇帝"寇可往，吾亦可往"的雄才大略。敌人可以入侵，我们为什么不可以远征呢？为什么不可以讨伐呢？为什么只是筑起长城，日夜巡逻呢？为什么只是筑起烽火台，以狼烟传递信息以警报呢？大海本就是一道天然的屏障，又在海的岸上再加一道高墙，那也只能是聋子的耳朵。波涛汹涌的大海尚且阻挡不住，一堵墙何堪一击唉？

　　历史毕竟已成为历史，漫步烟台山品味一下历史、咀嚼一下文化、放飞一下思绪，游一席之城观三国之风情。既可以以史为鉴，也可以一怡心神。英国领事馆那"外廊式建筑风格的设计，有单、双回廊及环廊，简洁、朴实、休闲，具有浓厚的异国情调；美国领事馆则是四坡式建筑形体，屋顶中间为玻璃平顶，下接二层室内吹拨共享厅，顶部设有阁楼，楼体有双面外廊，室内均为曲线式木质装饰，具有欧洲古典主义的遗风；丹麦领事馆整体外墙是粗犷的咖啡色花岗岩毛鼓石墙面，边角无砖垛，护栏为石柱，看上去却像一个碉堡，具有欧洲古老的城堡建筑风格。林林总总的建筑，堪称近代建筑的"大观园"。走进每一座别墅楼都感觉十分舒适，尤其站在窗户前或露台上，树叶、花草伸手可捻，十分悠闲。

　　登上灯塔，那就是烟台山的最高处，历史、文化、自然，沧桑与繁荣都尽收眼底。北望芝罘岛，西眺蓬莱阁及海上仙山长山列岛，东望崆峒岛，接渤海而襟黄海，扼京津之门户，是重要的战略要地。因此，曾在山上设狼烟墩台，就这样人们便称其为烟台山，然而这种解释，使烟台山的美丽大为逊色。其实"烟台山"的名字很美，美有其美的内涵，美有其美的渊源。烟台山之名有许多美丽的，令人充满幻想的来历。这里山海相连，山上烟雾缭绕，太虚般的平流雾，可谓之烟台；海上烟波浩淼，仙境般的海市蜃楼，可谓之烟台；历史上秦始皇"五岳寻仙不辞远"，三次东巡觅求长生不老药，站在山上望着茫茫的大海，发出"烟波微茫信难求"的感叹，可谓之烟台；白居易诗云："忽闻海上有仙山，山在虚无缥缈间。楼阁玲珑五云起，其中绰约多仙子。"可谓之烟台；苏轼诗云："东方云海空复空，群仙出没空明中。荡摇浮世生万象，岂有贝阙藏珠宫。"可谓之烟台。这都是烟台或烟台山美丽名字的佐证。何为不用，偏用那段不愉快的历史来命名呢？

　　站在烟台山上，远眺山下风波不涌的太平湾，依然连着波涛汹涌的大海，进进出出的船只仍然飘扬着各色的旗旌，中西文化的交融已进入了一个新的时代。只有那烟台山脚下的礁石和大海还在唱着旧时的歌，友好地交互着颈项，偶而"噗嗤"地笑出声来，卷起一堆雪浪花，自古至今永恒而变幻。人们坐在礁石上，靠着大山，望着大海垂钓；或卷起裤腿，俯身拾海，享受着大自然的恩赐。这些都从没有给人带来悲伤和失望。当你失意时，坐在海边的礁石上，望着大海发呆的时候，大海却会惹你快乐，让海浪花溅到你的脸上，沾湿你的衣裳，送给你清凉，使你恍然大悟，哦，原本世界是这样的，有风平浪静，也有惊涛骇浪。

　　山不在高有仙则名，群仙出没的烟台山，充满了灵气，是一块风水宝地。这里沉淀着多个民族异彩纷呈的文化，洋溢着一个民族不屈不挠的精神。历史已往，世纪更新。烟台山已成为百年商埠的明证，站在山巅可俯仰改革开放崭新的一页。

二零零七年九月

再访黄龙九寨记

再次访问黄龙与九寨。第一次是坐在大巴车上，颠簸了几个小时，翻山越岭才到达这里，旅途的风光饱览无余。这次是从四川乘飞机前往九黄机场，一落地就是满目青山，此起彼伏，美丽如画。

一

从机场乘一辆中巴沿着公路直达雪山梁子。这是去黄龙景区山路的最高点，海拔四千二百米。路途中，大家都兴致很高，两眼睁得大大的，向窗外观看崇山峻岭及藏羌风情。等快要到达黄龙的时候，陪同人员问："谁需要氧气筒？"大家反应漠然。有经验的旅客说："每人拿一筒吧，以备后患。"下车后每人一手一个氧气筒，一手一瓶矿泉水。有人开玩笑说这叫"二手抓"。坐索道上去后，便觉腿软，头稍有一些晕，但无碍大事。我记得一年以前我来过黄龙，那兴致自始至终保持旺盛。这一次仅一年之隔，身体略有不适。等走下黄龙时，感觉如上去的时候差别不大，但有的旅客氧气已经吸完了。

当坐上返回的车时，大家基本上没有什么大反应，可谓高兴而来，尽兴而归。但我第一次来时，清楚地知道，乘车约二十分钟后准会有高原反应，尤其是经过雪山梁子的时候。所以我一上车便开始吸氧，并劝同行者一起吸。他们不信，很多旅客都认为在黄龙山上活动近三个小时，都没有反应，下山后坐在车上不动怎么会回潮呢？结果二十分钟后，果然开始头疼和恶心。最爱说笑的旅客也顾不得谈笑，软绵绵地斜躺在车座上。整个车子里只听得"喇喇"吸氧的声音。当再次到达雪山梁子的时候已是黄昏，雾气弥漫，车行得很慢，但很快车子就转向山下去了。

人们又逐渐地苏醒了过来。渐渐地雾气消失，近十点钟了，天空还是亮的，路旁没有灯光，只有车灯照明，但依然看得很清楚。车子左拐右转地向前滑行，速度还算快吧。白天的青山，变得黑黝黝。白天的蓝天，变成了暗蓝色。白天的白云变成了一个个黑色的蜘蛛，悬挂在天空中。渐渐地车子滑到了山谷，在树林中穿行，滑向了九寨沟。

二

到达九寨沟以后已是晚上十点多钟，我们的团队已劳累不堪，迅速入住九寨天堂。九寨天堂有一句形象口号"不到九寨天堂等于未到九寨沟"。我们这回可以说算是到了九寨。入住后未有好好地看一看九寨天堂，只是草草地收拾一下便很快地进入了梦中天堂。九寨天堂，在一个大的森林里，依山而建，成扇形结构，每一间房间都有露天凉台。站在凉台上看到的是古树，是森林，仿佛一切刚性建筑的墙壁在这里都消失了。建筑风格、文化内涵都融入了藏羌文化和西部牛仔文化，是一座完美的休闲度假酒店。在房间里可以享受到自然的气息，在房间外可以目睹大自然，置身森林之中。

九寨沟在阿坝州内，属九寨沟县域。这里自然的、人文的互相辉映，相得益彰。我很喜欢那些五颜六色的藏民房屋，那些像古城堡式的羌族的吊楼。它们把这里的大自然映衬得十分美丽。这里是绿色的世界，是水的世界。山高水长，万物茂盛，生物多样。当地的人笑谈"九寨沟的牦牛吃的是虫草，喝的是矿泉水，拉的是六味地黄丸，尿的是太太口服液"。九寨沟是一个生物资源十分丰实的地方，树高，天蓝，草美，水肥，云白，一切都是美的、生态的。正像我们在电视里看到那样天地广阔，空气清新，男男女女的舞蹈、歌唱如此自然、自由、自在。在这里山自由地延伸，水自由地流淌，云自由地舒展。羊儿自由地游动，马儿自由地奔跑。一株野花也烂漫、灿烂，树木生老病死完全是物竞天择。

在九寨逗留一天半，第二天上午十一点时分，我们便乘车去九黄机场。一路上的风光像一幅幅美丽的油画，各种植物开着不同的花朵，以不同的姿态，不同的颜色向我们示意再见。除了这些野生植物以外，还有山坡、水湖、藏羌民居，也像一幅幅图画。车上的同行人说："路边这景色在我们北方都是绝美的风景，而在这里人们看到的只是锦上添的花儿，感不到花的美丽。"

九黄机场到了，一入候机大厅看到人们都是蔫蔫的，有许多人早上八点的飞机，未能登机，飞机由于大风不能降落。我们也都做好了准备，果然十二点十分的飞机直等到晚上八点多登机，九点钟才起飞。早上八点到下午六点钟，未飞起一架飞机，也未降落一架飞机。所以下午六点钟以后每来一架飞机，候机亭的旅客都会欢呼着站起来。候机大厅乱得很，人们都吵吵着要误机补贴或赔偿。这时，我们才理解了来时一个导游说的"十飞九黄"的真正含义。

二零零七年九月于九寨

海上桂林

晚上站在巨轮的甲板上，望着大海，黑茫茫的一片，什么也看不清楚，只有海风送来，方觉到大海的气息。夜里躺在船舱里，与其说头枕着波涛，不如说头枕着发动机。听不到波浪的声音，只有发动机的轰鸣声"隆隆"地伴你入眠，而又时常把你从梦中惊醒。船左右前后摇摆，又像一个摇篮，比较柔和，有时幅度一大，便会略感到一点失重的滋味。一晃就是十几小时，也是别有情调的。

清晨，雾气弥漫的大海一片微茫的烟波，天空与大海纯一色的青。船在海上漂泊，四周不见一点的杂色，看不到一点岸边的影子，完全是水的世界，颇有崖远、天高、水深之感。

站在甲板上望去，海上仍然是雾茫茫的，能见度较低，冷冷清清的海风被前行的船速迎来，临风而立，略觉瑟缩。望着近处荡漾的碧波，呼吸着来自海面上清新而又潮湿的空气，如在人世之外，恍若天涯海角。突然一座山岛独立地漂在海面上。哦，真是奇迹，在这汪洋大海里，竟有这么一个壁立的岛屿。经同行者告诉，我方才知道快要到达越南的下龙湾，这个壁立的岛屿是下龙湾的使者，给游人送来了下龙湾的消息。

逐渐地天边露出了光，那是欲出的太阳，但乌云也在海面的上空飞渡，等太阳露出脸儿的时候，乌云仿佛故意地遮着那已经是来迟了的阳光。只觉更远处的天边一片微红，突然在那微红的天边，又一座山峰突兀地立在平整的海面上，渐渐地，渐渐地，许多小山相互独立地出现在眼前，一时间船的四周就被各种奇异形体的山所包围，大有"忽闻海上有仙山，山在虚无飘渺间"的意境。

这就是越南境内的下龙湾。其位于越南东北部的广宁省内的下龙市，距首都河内约一百五十公里，越南人自称其为世界第八大奇观，一九九四年被联合国教科文组织列入世界遗产目录。是世界大自然的遗产，被称之为"海上桂林", 但这里比桂林更明朗, 因为海域辽阔, 山峰奇异并密疏相间。

从巨轮上下来后, 乘一小船飘然水上, 如仙客往来。舡绕山转, 横看成岭, 侧看成峰。阳光下的下龙湾, 碧水如翠, 山岩若龟, 卧立水中央, 石缝中长满了树木, 干净利落, 像一幅幅水墨图案, 诗意浓郁。夕阳中的下龙湾, 一改那青碧的色调, 成为暗红色的梦幻般的景色, 从近望远, 层峦叠嶂, 由暗红到黑变灰, 直没于天边。那些荡漾在金黄色海波里的小舟, 逆光而观, 影绰如墨。当太阳落山之后, 山峰则如神秘的古城堡坐落水中, 此起彼伏, 连绵不断。

我们乘船来到了一座名叫天堂的岛山, 山高海拔三百多米。山的一面有一小片的银滩, 登高而望, 岛山星罗棋布, 船行其间, 真有到了天堂之感。在这一千五百五十三平方公里的海面上共有一千九百六十九座大小岛屿浮出水面, 形成了世界独一无二的稀奇美貌之景色。山不仅有其美丽的外观, 那玉韵岛、观澜岛、明珠岛和姑苏岛等皆赏心悦目。也有其美丽的心灵, 像天宫洞、木头洞、惊讶洞、迷宫洞、贞女洞等若干的石岩洞, 皆因景观独特而闻名。

除了这些自然风光以外, 你也可以驱船来到海上, 以观那些奇异的海味, 当地渔民在木筏上用海水圈养着海鲜, 如果你感兴趣可以用网兜, 捞上你喜欢吃的海鲜, 拿到船上, 让船主烹饪后以品美味。当你到达木筏上时, 也会有那些驾驶技术非常娴熟的妇女或孩子驱一条小船, 满载着各种当地水果, 靠在木筏的边沿上叫卖。他们都戴着一顶苇笠, 摇着两只船桨, 在碧水中、青山下别有意趣。这里是人们忘我的天堂。

二零零七年十二月

游雁荡山记

雁山志记载："雁山，一名雁荡（宕同），一名平湖，一名雁湖。去县东乡九十里，高四十里，顶上有湖，方可十里，水常不涸。春雁归时多宿于此，故名。或曰山势最高，上有水荡，惟雁宿焉。"这就是雁荡山名字的由来。

雁荡山始于南北朝，兴于唐，盛于宋，距今已有一千五百多年的历史，占地四百五十平方公里，最高峰一千一百五十米，其中有灵峰、灵岩、大龙湫、雁湖、中折瀑、显胜门、仙桥、羊角洞等八大景观。并以灵峰、灵岩、大龙湫为最甚，素有"雁荡三绝"之美誉，被人们称之为"二灵一龙"。这使我脑海突然闪现"有龙则灵"的概念，有趣的巧合，巧合得有趣。这"二灵一龙"，自古至今，文人墨客皆有重彩。两灵："骇见二灵景，山林体势豪。插空天柱壮，障日石屏高。览胜苦不足，登危不惮劳。白云飞动处，绝壁走猿猱。"可见岩峰之险峻，之雄拔。但"两灵"又风格不同，各有千秋。元代文学家李孝光曾云："峭刻瑰丽，莫若灵峰，雄壮浑庞，莫若灵岩。"一龙："万丈龙湫水，飞流翠碧开。卸凝河汉落，涌若海潮来。飘洒四时雪，喧阗万壑雷。庐山吾未到，气象胜天台。"

雁荡山，堪称是一座名山。其丰实的人文资源和美丽的自然风光，皆可被称之为第一山。一些历史上的知名人物都对雁荡山情有独钟，像晋宋诗人、文学家谢灵运，北宋科学家、政治家沈括，明地理学家、旅行家和文学家徐宏祖等。他们的足迹成为雁荡山的"发迹"，给雁荡山留下了足够的人气。

今至温州市，就已经到了雁荡山之脚下，自然也就嗅到了雁荡山的气息。这难免使我有了登雁荡山以览胜景的欲望。于是乘一中巴一行几十人同往，从温州市驱车向东北方向行约五十分钟，便到达乐清市，乐清市就坐落在雁荡山下，乐清市也因雁荡山风景瑰丽，山明水秀，声音清脆如音乐而得名。

　　车子沿着一条干涸的只有乱石的小河直开到山里，岸边建有一些客栈和餐馆，还有旅游小商品店铺。一下车第一印象则是空气清新，大树参天，笔直如杆，竹叶青青，碧如春兰，真乃茂林修竹也。山峰如盘、如柱、如人、如禽、如兽，堪称一石一观，一峰一景。岩石的分布，岩峰的形体，层峦叠嶂的整体布局极具艺术魅力，令人连连叫绝。一座座岩峰的颜色灰中透黄，虽是流纹岩的本质面貌，但却有一种中国的面容，古朴典雅，绝不哗众取宠，像是一个个古时代的美神，悄悄地从四面八方向你走来，突然在你近处停立下来，以各种神韵之姿，静静的供你鉴赏。岩、石、峰，有的如天柱一般，有的如石笋一样，有的肩并而立，有的突兀而起独立天地，有的如一巨僧作揖而立。有的如叟，或方面大耳，笑容慈祥，或瘦如猴腮，愁目恨眉。有的像佛，有的像寿星，任你想象。俗语说"山不转水转，水不转人转。"绕峰而观，面目变幻，刚才像人，角度一变又若禽兽，全然没有了人的影子，犹如画皮，如入"聊斋"之境，然而总觉和蔼可亲。

　　雁荡山的岩、石、峰与瀑、潭、湖、洞、谷、涧等形成了一个立体画面，相得益彰。瀑、潭、湖，如线点面之完美结合。瀑如线，潭如点，湖则如面，先成点，又连成线，后则成面，稍后又流成线，跌成点，汇成面。撕不断，扯不乱，总是千丝万缕，形成了水的世界。有的瀑布落差一百多米，飞流之时，借风之力，挥洒如雨，所以被人们称为梅雨瀑。有的瀑布细如一绳，犹如天壶呷茶，被称为一线瀑；有的瀑布宽如帘幕，和风之时帘幕如织，平整如绸缎，风劲之时，帘幕吹皱，若有人拨帘欲出，十分有趣。瀑水跌下后，有的落在湖水之中，有的跌入平铺的石岩之上，一霎那间，水变珍珠，大小不一，蹦跳着落入潭内，继而又合流远去，绕过岩石，歌唱着流入湖中。水者神奇者也，可大可小可多可少，一滴水有一滴水的形状，两滴水有两滴水的容量，一湖水有一湖水的平静和风采，你都不会因缺少三分之一的水而感到残缺不全。水就像神猴一样，有分身之法，不仅如此，水还可以变为各种面目和形状，总是那么完美。水的哲学美妙之极，博大精深，无法诠释和效仿。倘若人有水的变法，则不为人而成妖也。

洞、谷、涧，使得山有空旷，有幽静，有洞天，有幽帘，有阴阳，有湿涩。水边有草，岩边有木，山间白云悠悠，形成了自然生态之美，成为融观赏与休闲二者兼有的圣地天堂。走在山中，只有山神、水韵与你相伴，忘乎所以，回归自然，融入自然，仿佛已得道法之门。

天色将晚，雁荡山不能遍览，意犹未尽，恋恋不舍地离开了雁荡山。导游说先吃晚饭，然后晚上再去雁荡山一睹山的另一种神韵。我很纳闷，山里的夜一定是寂寞的，有什么好看的呢？但是看了晚上的夜景，我大吃一惊，方知自己大错特错。晚上乍一入山，漆黑的一片，渐渐适应后，朦胧之中见前方一片山刃像一屏风墙一样，堵在了正前方，四面黑暗，唯这片山仿佛有灵气一样，亮如佛光，峰纹看得清清楚楚。许多游人自然惊呼"啊，神气！这就是灵岩与灵峰的由来。"

走到岩峰之下，折向左边，沿岩峰山屏向前，隔着一条小河或山谷，一边走一边观赏对面的岩峰，像暗淡灯影里的媳妇模糊的五官，创造了许多美好的想象。直走到了灵岩寺前，寺前的山峰犹如一对情侣，相互拥抱着轻轻地亲吻着，惟妙惟肖。导游又带我们向灵岩寺的左前方望这同一座峰，已不是含情脉脉的情侣，而变成了一只敛翅的雄鹰，正在俯视着我们，惟妙惟肖。在这雄鹰的左前方是山峰上一块巨石，如一巨鲸，在空中游翔，惟妙惟肖。其右前方的峰顶上有一巨石像一独角般的犀牛在望月，惟妙惟肖。返回时，离灵岩寺远些距离看寺前的山峰，仿佛那位女子生气似的，背靠着男子，双手握着胸前的长长辫子。男子则不知所措，不知如何是好，惟妙惟肖。

今晚月亮还没有出来，但是满天的星星，使天空微亮，这微弱的星光剪出了这些倩影，使人们在冥冥之中欣赏着、想象着，无止境地挖掘着雁荡山的形与神，享受着似像与非像的模糊哲学。

二零零八年三月

游云台山记

云台山位于河南修武县境内，郑州出西北七十公里处。今从郑州前往云台山，市区内交通如同果酱，从住处走出市区就花掉五十分钟。在上高速公路之前的一段路上，车辆堵塞毫不逊色于市区。当走到堵塞瓶颈处才知道两车相撞，争执不下。挪出是非之地，来到高速公路入口处，标志仍然是不能通行，高速公路上也发生了连环车辆相撞。高速不通，甚是沮丧，只好走小路。但小路仍不好走，修路、泥泞、村庄，不能速行。外面的世界很精彩，但外面的世界却真无奈。哎！"葫芦僧判葫芦案"，车子偏又误入一条歧路，路上闲无车辆，心中忐忑不安，不知方向对否，一路停车问路，一直走到云台山的脚下，一块牌坊上面赫然写着云台山几个字，但是仍没有看到云台山的影子，因今天大雾弥漫。一般来说，远山如黛，早应该映入眼帘，但直到中午走进云台山的怀抱，方才看到那些高入云端的山峰，朦朦胧胧，如在梦中。这时我猜想云台山是否因此而得名。

看着这些恍如仙境的山，甚感近在眼前，远在天边，虚无飘渺。峰顶两侧怪石林立，有的若飞禽走兽朝圣似的，各做举态。有的像一座城堡似的，塔尖耸立。

在这茫茫的苍山之中，有一条长约两千米的"Z"字形峡谷，深近百米，从上俯视，令人神魄飞动，十分瘆人。岩石主要成分是石英砂，细腻而坚实，颜皆紫红色，故曰为红石峡，长约一公里。沿着一条陡峭的石阶曲折而下，在峡谷两边石壁的一条栈道上逶迤而行，头顶上就是巨石，有时石檐很低，不小心会碰着头顶。穿过一个小石隧道又是石栏石路，对面的石壁近在咫尺，形成了一线之天，这时就听到了流水之声，但只闻其音不见其影。再往前则看到了水的影子，峡谷两边的石壁都被泉水浸透。继续前行，见一天桥横架峡谷之间，桥下有流湍急，名叫白龙瀑。郦道元《水经注》记载，白龙瀑跃入的地方就是白龙潭，上游之水归流于此，便不见了踪影，潜流三十余里而复出，真若白龙也。过桥继续前行则山峰若垒，如人工砌筑，严丝合缝。峰上碧树青青，峰底秀如碧翠。再向前白瀑连连，飞沫如雨。路窄石滑，湿气弥漫，石壁上长满了青苔，像三角形状的壁松，层层相叠，绿黄相间，直从谷底爬到山巅，葱郁若林。峡谷尽头到了，顺石阶而上，到了子房湖，又入梦幻。从子房湖乘车到茱萸峰，车在山峰间沿山腰穿行，一边山峰壁立，势若斧劈。石壁的颜色灰白相间，像一幅水墨百美图一般，身着长袖，从天而降，令人想起李白的长诗《梦游天姥吟留别》，诗中写道"霓为衣兮风为马，云之君兮纷纷而来下。虎鼓瑟兮鸾回车，仙之人兮列如麻。"而另一边山谷险峻，如临深渊。俯视众山，如观沙盘，沙盘之上雾如薄纱。雾纱之下植被起伏，仙境如在眼前。仰视高峰，如站立的灰熊，浑实憨厚。当到达观景台时对面的山峰之上坐仰而卧着一个大佛，以石为身泰然自若，以松为眉恰如逼真。山峰下的石壁，一毛不生，色如皮肤，形像肚腹，这便是大山的心扉，它真诚地告诉人们，这就是悬崖峭壁，万丈深渊。因有此告诫，故大佛便酣然沉睡。

车在山腰间穿过了十四个山峰隧道，十分惊险，有的隧洞弯如抛线，弧大弯急，一洞一天，路回峰转，云深山远，不辨南北，直到茱萸峰下，方知东西。唐·王维的汉白玉像立在山腰，上面刻着《九月九日忆山东兄弟》："独在异乡为异客，每逢佳节倍思亲。遥知兄弟登高处，遍插茱萸少一人。"来到这里望山峰就在眼前，峰如一龟，我欲攀之，但同伴都已筋疲力尽，导游也说上下约需一个半小时。他们则望而却步。我也只好偃旗息鼓。云台山上有许多的古迹，如汉献帝的避暑台和陵墓，魏晋"竹林七贤"的隐居故里，唐代药王孙思邈的炼丹烹药的遗迹，还有那天台瀑三百米的飞流，崖以作势，仄而旋舞，溅玉飞珠，我皆因时间而略去不观，但却不曾遗憾。遗憾的是未登上茱萸峰，未能远眺太行之苍茫，未能瞻望淮川之沃野，未曾旋身俯视云台山之全貌，未曾将三十座奇峰秀岭收入眼底。下山时不免若有所失。

正流连忘返之时，忽然发现山麓延绵空阔。也许上山时两眼只盯着山峰，心神已往，却忽视了山麓的景物。这山下到处长满了树木，清明刚过，正是梧桐树花开放的好时节，许多的梧桐树散落在树丛之中，像一串串的小铃铛似的紫中隐白的花儿，扬扬洒洒开满了枝头，真乃繁花似锦。我很爱梧桐树，冬眠之后先开花过把瘾，然后再生出绿叶。树长叶自是天经地义，但那灰不溜秋的老树的枝干，怎会赤裸裸地长出如此美丽的花朵，并不曾有绿叶的呵护，其令人难以置信，仿佛是"老树春深更著花"。梧桐树就是这样，花则满树一串串，叶则满树大若伞。奇迹！所以梧桐树被看作是福贵之树。俗语说："家有梧桐树引得凤凰来"。梧桐树也是吉祥之树。她不比梅花、樱花逊色。她们有同样的品质，像"春江水暖鸭先知"中的鸭一样，她也是最先反映出春的暖意。她那笔直的树干，婆娑的树冠，俨然像一位亭亭玉立的美人，满头的花簪。当其树叶长成时，又像一位端庄的母亲，荫及游子。我忽然想起山上最高峰茱萸峰上的树木，像榆树、槐树、橡树等则刚刚绽出绒角来，就是梧桐树也只是小犊初露。

二零零八年四月

登沂山记

　　沂山，位于沂蒙山区北部，占地面积六十五平方公里，是汶水、弥水、沂水、沭水的发源地，虞舜肇封山赐名为"东镇"，后周穆王、汉武帝、隋文帝、唐太宗、宋太祖等皆亲临封祭。

　　进入山的怀抱，虽然感到隐匿，但并未觉到险要，还是有点开阔。漫山遍野的全是槐花，不曾有人采摘。整个山谷都弥漫着槐树花甜淡的幽香。

　　从沂山的北门直到法云寺，这条蜿蜒的山路两旁，一边是山的坻坡，长满了杨槐树，山坡青青的略有岚风，透过杨槐树的树桩，可以看到阳光映亮的天际所衬托出的山峦。分明是太阳已到了山西，是下午四点半时分。路的另一边是堆满了山石和杨槐花的山谷，山谷不深，有潺潺流水，有的地方则像一个盆地。坐在车上俯视山谷中那大片的杨槐花，深深地呼吸，若有仙气，山谷的对岸杨槐树下则是野花若织，一片片的淡淡的白花，一片片的浓艳的黄花，精巧得像画工们的作品。

　　车走过了一条"Ｚ"字形的路便到了法云寺，停下车我们准备爬上最高峰一百零三米的高处，那也叫玉皇峰。但没有明显的标志，如何去向玉皇峰，便问寺中之人，"穿过法云寺，寺庙后山上有一条石阶可以登上，天色已晚，你们若爬到山顶约需两个小时，建议你们驾车攀上"。法云寺规模可以，但香火不旺，冷冷清清，不见游人，我半信半疑地寻找那条通往山顶的石阶，原来就隐藏在最高也是最后的一座庙宇的后面，不像有人走过。但我们并没有采纳他们的建议，也没有动摇，相信只要是向上的路便应该是对的，于是继续沿阶而上，迈开步伐抢时间，以便天晚之前下山。石阶两边仍然是杨槐树居多，空气甜香。忽一抬头一枝槐花荡在眼前，我们便摘下几串添到嘴里，这感觉便不似嗅着的美好，不勉略带点苦涩，但却实在地感觉到了槐花的味道。然后又轻轻地拨开枝条，再继续前行。

　　石阶尽头是一条汽车跑的水泥路，穿过又是林间石阶，先向下折走过一座石桥便又是石阶。石阶均匀，有陡有缓，有折有弯，像一条百足之虫，蜿蜒而直通到玉皇顶。玉皇顶上有两个庙宇，不像古人留下来的，仿佛是近年才盖起的，一片破落景象。其中北面的一座较矮，门上写有玉皇庙，门前的香炉是用水泥做的，炉手一只断去，分明无人燃香。庙内则满地纸灰，一定是有人烧纸求佑，墙上挂有一面小红旗和一面小黄旗，一旗是求祈及第的，一旗是求祈救难的，从上面的文字可以知晓。南面的一座较高，是玉皇峰的主殿，有十几个台阶上去，里面空空如也，面徒四壁，但殿外有栏，可绕殿一周观四面风光。向东一望霁霭下面是山丘绵延，近处只见黑松掩山，远处一片梯田，视野宽阔。北面可望到狮子峰，若一头雄狮卧在峰巅，头侧向西方欲吞夕阳。狮子峰的北面则有一歪头峰，这山峰的西南众峰依次落去，仿佛一只巨蜥爬在山峰上。向南则是四面群峰，中间有一个小峰，很周正，而四面的群峰则像是几匹骏马各向一边奔去，确得登高望远之快。

这时不见太阳，也不见天晴，只是天苍苍的笼罩着远山，微风袭来，顿扫爬山之苦。当走回头路时，才发现在这条百足之虫的石阶上有几块巨大的飞来石，如坠之状，很不安稳，走在其下，便加紧了脚步。

下山后坐上了车，把所有的车窗滑下，又尽情地享用这山中草与花的香气，尽情地兜着山风来到了山下，山下茅屋中已有了升腾的炊烟。暮色苍茫，晚风轻拂，已是一天安闲的好时节。路边的摆摊人，卖着各种山货，围观的人们怡然地把仅穿的背心卷起，悠闲地用手抚摸着肚皮。还有自由的羊群和放牧人。

二零零八年五月

千佛山

千佛山，是一座不很高的山，但也算是一座名山。山不在高，有仙则名。千佛山上有如此众多之佛，自然也就有众生仰慕。

这座山是我留有足迹最多的一座山。如果把我历次的脚印摆开排列，一定会遍及整个千佛山。上大学时就登千佛山，而且几乎每天登山以健身。那时仅是拾级径直而上，又径直折下。但有时周末闲暇也跟同学一起，去看一看那些洞中的佛面，念念心中之愿；去看一看那些烟雾缭绕的寺院，闻一闻烟火之香。我爱这千佛山，爱这种佛教文化的环境，在佛光的环境中，在佛法的保护中登山，是颇可得士气的。

大学毕业之后，每来济南总要抽出时间登上千佛山，佛法轻助，佛光引路，身轻足捷，有时从山麓到山顶再到山麓仅需四十分钟。今天来到济南已是晚上七点钟，济南的五月晚风吹拂，非常美丽宜人，于是决计要夜游千佛山。晚间登千佛山这还是第一次。今晚上的月亮还没有出来，自然也就没有明月松间照，但天空似乎微明，那是来自泉城的万家灯火。所以也能见到似明似暗的松间的石阶。只因太熟悉了所以心中有底，左右弯转也自如地如同白天行路。当到达"齐烟九点"的牌坊之时，回过头来看一看泉城辉煌的灯光，则只能从松枝间斑点相见。境界不高，眼光自不及远。继续登高，达半山腰之上，有一观览亭，方觉豁然开朗，已看到了泉城的万家灯火，那三面荷花一面柳，诗一般的泉城就淹没在这美丽的夜色之中。

最后，攀岩式地小心谨慎地攀上了千佛山的顶峰，环身四顾则看到了满城山色半城湖的济南，一览无余。不仅可以观齐国的辉煌，而且也可以远望鲁国的夜色。千佛山南望，山峦叠嶂，一片苍茫。由三座山峰形成的山谷中，三条公路灯光蠕动，如三条水溪蜿蜒自去。这是千佛山之最高境界，胸怀天下，目收四海。忽然才感到"高"与"远"是必不可分的。王安石的《游褒禅山记》中云："险以远，则至者少。而世之奇伟、瑰怪、非常之观，常在于险远……"，也充分说明了高远之境界。只有高才能远瞻，只有远瞻才能望高。

当从山顶折回时，则沿着另一条石阶。石阶及两边的石墙，已被人们的手足摩擦得光如滑石，在暗夜的微光中发着水一样的凉光。石阶两边的松树抄着手形成了一道植物隧道，颇为宁静。偶有窃窃私语，再就是自己的脚步声，想必佛爷们已经睡着了，老木鱼子的佛声早已不闻，香火已消。偶尔看到有手执电筒的下山者，或不远处黑色或白色的幽影，会使你想到鬼魅，有佛法保护自不必怕，其实也并不可怕，那都是穿黑衣服或白衣服的爱山者。

这时的月亮还未照来，但只要找到第一个台阶则可以跟着感觉安然地顺阶而下。一步一个石阶，很快便从佛群中走出，仿佛佛光一直在照耀着我们的感觉和脚步。

二零零八年五月

与图们江同行

　　我们与图们江相约在图们市，然后车沿着图们江边的一条窄窄的公路蜿蜒东上。弯曲的路上，不曾见到对面跑来的车辆，只有我们的车幽然地独自在奔跑。

　　路两边草木丛生，可谓一片绿色起伏的海洋。除了脚下这条人工修筑的公路，到处都是自然的宠物，很少有人文的修饰，在广阔的天地之间，公路显得很窄，车像船一样仿佛是在绿色的波涛中乘风而行。

　　天空中那美丽的白云，像棉团一样在天地之间卷舒着，使得蔚蓝的天空如此的明澈而深远。我有点目不暇接，犹豫着不知看满目的绿色还是看飘逸的白云，但是我很快做出选择，还是把目光送给了大地。

　　图们江的两边是连绵不断的山。有的地方，山离我们很远，层层叠叠如在白云深处。有的地方，山又离我们很近，山像是起伏的丘峦，也许我们就在山的怀抱。在这山水之间，有水的灵光，也有茅屋的孤独，有人工秧稻的整齐，也有野生红莲的随意。

　　图们江是中国与朝鲜的界河，是延边朝鲜族自治州第一条大河流，满语原称"图们色禽"，"图们"意为"万"，"色禽"意为"河源"，朝鲜语称豆满江。隔岸望去，可看到朝鲜人家的房屋，也可以看到他们一起劳动的画面。据说他们还守着集体劳作的规矩，统一上工，统一收工。图们江的水是浑浊的，这与朝鲜采矿有关，像从尘埃国里走来。虽然把一部分尘埃留在了江岸的石头上，使得石头几乎已看不到面目。然而前行的江水，依然像一条土龙灰溜溜地远去，急切地想跳入大海以洗去全身的尘埃。

　　图们江发源于长白山东南部，由红土水和溺流水两条源流汇成。其干流流经和龙、龙井、图们、珲春四市，向东北又折向东南，在珲春市防川土字牌处出境。中朝段河长五百一十公里，后经朝俄边界十五公里流入日本海。沿途有十公里以上的河流一百八十条，三十公里以上的河流三十条汇入。

　　图们江穿过几个标志性村镇三合、开山屯、甩弯子、敬信和防川，三合镇以上为上游，河流穿行于玄武岩熔台地的深谷中，谷深达百余米，河道坡度陡，平均坡度下降百分之二。水流湍急，河槽窄深，河底多大孤石，水声轰鸣，数里可闻。三合至开山屯为中上游，山地森林逐渐减少，河谷逐渐开阔，形成较宽的河谷盆地，在这里我国境内的红旗河汇入，平均水面宽约五十至一百米，水量充足，丰枯变化较小。开山屯再至甩弯子为中下游，在这里我国境内的嘎呀河汇入，河面再一次展宽。水流变缓，平均水面宽六十至二百四十米，水深约一米二至三米。沿江人烟密集，两岸多农田。甩弯子至敬信以下为下游，地势开阔平坦，坡度减缓，我国境内的珲春河汇入，水量大增，水面宽为二百五十米左右，河道水流左右摆动，江中形成岛屿和沙洲，因而有大片大片的湿地。这里就是防川，是图们江即将入海的地方，被称为世界公园，也被称为防川风景区，是中、俄、朝三国的交界处，距珲春市六十五公里，进入此地时，路两边各有一块石碑，一边的石头上写着英文"UN world peace centure"，石头顶端上有一个石雕的和平鸽，另一边的石头上题刻着"防川风景区"，落款是"启功题"。绿洲碧水环绕，坡上碧草如织，偶有的沙洲裸露出白色的沙粒，如残垣断壁似的，爬蔓着几棵单根细苗的芦芽草。

　　在这里"鸡鸣闻三国，犬吠惊三疆"，东望左为俄罗斯，右为朝鲜。我们登上了一所边卡哨所远眺，大好河山相融一片，除边疆隔离的铁丝网墙壁可分国界，别无标志。当地人指着一条林中的防火路说，俄罗斯军人边境巡逻，经常开着坦克或是装甲车从路上轰轰地走过。站到哨所顶上可以看到一片房子，当地人告诉我们那边就是俄罗斯的部队边哨。而朝鲜一边隔江而望不见哨所的存在。当地人说朝鲜都是暗哨，在山上有猫耳洞。正说话间我们走下了边卡哨所，太阳已西斜，已在我国的群山怀抱之中。

二零零八年六月

岿岱山的宁静

近于黄昏时分，我走进了烟台海边的东炮台公园。嘈杂了一天的东炮台公园，终于沉寂下来，一片宁静。

东炮台，其位于海拔二十五米高的岿岱山上，西北东三面临海。是清政府为抵御外夷，一八九一年由李鸿章选址而建。这里设有几门大炮，还有战壕、碉堡、营房、弹药库等。显然，这里曾是一处战场。

海滨路的一边，有一个门洞，上边写着"表海雄风"。进去后便是岿岱山，山的一边有长城般的烽火墙，墙外就是辽阔的渤海湾。犹如《桃花源记》所述："初极狭，才通人。复行数十步，豁然开朗"，是一个广大的世界。

旧时军备战壕修葺一新，沿着旁边的一条小石径漫步，两边全是槐树林，西去的斜阳，不曾照射着我们，婆娑的树冠成了我们的遮阳伞。清风徐来，凉爽极致。树林间的喜鹊，站在树枝上，喳喳地叫着，总是前后地摇晃，寻求着平衡，并不时地跳来跳去。公园中的这条林荫小道与外边的滨海路，只有一墙篱笆之隔，但却有天壤之别。虽可听到路上"呼呼"奔驰的车辆，但却让你感到一份宁静。

岿岱山下是一片礁石，礁石外是一片海，海里有几个岛屿，清晰可见，如在眼前。山的东边，阳光被山所遮掩，远处的海一片明亮，往来的游轮在蓝色的海面上航行，映着太阳的余辉。近处的礁石则是一片清辉，上面长满了一层层的海蛎子，一次次被人们撬去，只留下一片片的鳞角般白色的残壳，像是春燕衔来的白泥，又像暗夜里弥漫着的满天雪花。礁石间的水像湖泊一样，在天的映照下像一面面不规则的镜子。靠近水边的礁石，像一个个绿岛，残壳上挂满了绿色的海菜，那是海水退去时，被那残壳的棱角所挽留下来的。

许多拾海的人们穿得花花绿绿，头戴围巾，不停地俯身捡拾着什么。我知道有许多可以捡拾的东西，但不知道她们对什么感兴趣。在小石头下面那些小蟹子，当你搬开石头时，它们横行着，欲找藏身之地的样子，有趣、可爱。

栈道一边高立的崖壁，有的纹路清晰，如行云流水。有的瘦骨嶙峋的怪立着，分明曾经受过大海的洗礼，但现在已成为大海的守护神，只是远观着大海潮起潮落。间或长着小草，创造出一幅幅魅力的画面。尤其是那些野生的芦苇，根部如兰草一样茂盛，抽出的草芥上挑着如狐狸尾巴一样的白翎。

肖岱山的西边，残阳如血，照着东炮台西边的海，大有"半江瑟瑟半江红"的意境，也照着这一片犹如琴弦般的礁石。渐渐地太阳从楼的顶端落下，在林立的高楼间露出她红红的脸。但猛一抬头就不见了，只是在天空中留下一片红色的影子。

走下栈道，俯下身捡起一块小小的礁石，除了牢固贴在上边的贝壳外，还爬满了小小的黑色海螺牛，一小堆一小堆的，带有大海的气息。

太阳终于收了自己的影子，大海与天际之间那一条不很明显的分界线也渐渐地消失。城市那斑斑点点的灯火又燃烧出光彩。海水依然哗哗地唱着白天的歌，礁石却变成了一只只举头向天的黑色的海豹，是大海永不作声的伴侣。

天色向晚，调头回身。绕过肖岱山，向东一望，明月如一副铜镜挂在了海的上空，潮水也已淹没了一些礁石，"海上明月共潮生"的情景真切动人。渐渐地月亮有了微光，海上一道月华，波光闪闪地从海的远方直铺到脚下的礁石边。月亮像一个竹篙，月华就像是一根金线，又牵着我童年的梦了。

月光下，沉默无言的大炮向着大海。是它曾撕碎这美好的夜色，咆哮着、呼啸着飞向来犯之敌，使这宁静的夜色变得惊慌。但大炮的由来就是为了这夜的更加宁静。

当我就要离去的时候，近处草丛里的昆虫开始鸣奏，忽觉秋凉。皎洁的月光，撒在海面上，被海水摇晃得碎如金屑，像一条通入龙宫的金光大道。

二零零八年九月

▎读昆嵛山▎

昆嵛山，《齐乘》有云："秀拔为群山之冠"。北魏史学家崔鸿在《十六国春秋》里称昆嵛山为"海上诸山之祖"，故有"海上仙山属蓬莱，蓬莱之祖是昆嵛"之说。神话传说中的海上仙山蓬莱、瀛州、方丈就从这里演绎而生。

东出牟平约三十分钟的车程，便可以到达昆嵛山的主山脉，而它的支脉则在刚出牟平之时，便探出身来。

坐在车子里，一路走去，看着山脉，颇得其意。这一角度的背景自然是蓝天白云，峰静云动，分外地清晰，尤其是在秋日。道路两边的山峰并不很高，不必担心其刺破青天，因此，山锷亦不会残去，你只需要放眼舒目。

山上虽然长满了草木，但仍然遮不住那些怪石。它们都向上聚拢着，动作像乌龟又像一位大力士一样的稳重。

物以类聚，这石头的聚积形成不同形体的奇峰，像一座座天然的雕塑，带着灵魂似的，几分愁绪，几分欢乐。那般的柔情，那般的刚毅，展示着未曾粉墨的永恒的瞬间之美。

其实，我清楚地知道，它们一定是在俯视人间万象，而又向往着天堂。也许它们是来自地狱或来自深渊。但也许来自外星球，来自于另外一个世界。也许来自古埃及，来自于希腊的特洛伊古城，也许来自于五千年东方的殷、商时代。在它们的中间可以找到任何一位社会舞台上的人物，无论是伟大的人还是渺小的人，无论是将军还是诗人，无论是花旦或是小生，还可以找到各种动物，它们的神情欲说还休。

背景的天空中，一层层的云仿佛像石头精灵们上天的云梯。山下多处湖水，两岸长满野草花。尤其是夕阳斜照的傍晚，太阳把适度的光射到了对面的山上，石头一片欢悦。给人一种温馨安逸的环境，那种感觉像是在冬天里，一个人坐在了舒适的沙发上，宽敞高大的屋子里是暖暖的空气。

　　昆嵛山里有个烟霞洞，去那里的路上，奇石奇峰不断，一入山中便有一个巨大的乌龟昂首欲行。深山中有一块平地广场，西山坡上高高地建有神清观，朱梁灰顶，古木参天。一条高而陡的石阶直通寺门。穿过神清观，左拐一条林间石街，幽静宜人，两边的石头上苔藓印石，纹脉美丽如画，两边高树的叶子已经变黄，增添了环境的静美。石街的尽头就是"烟霞洞"，洞是在一块浑然一体的大石头上自然造化而成。据说金大定七年，咸阳道士王重阳自终南山云游东下，收丘处机等七弟子，在此讲道，创立了全真派道教。故"烟霞洞"与"菩提树"是可以齐名的。看了这个面徒四壁不很大的洞，我便由衷地钦佩起这些古人来。越过烟霞洞再向山上攀，已无路，但仍然可辨上山的方向。这里已无其它杂树，只有一色的针叶松。叶子是绿得醉人，但根却苍劲得可怜，如蛇、龙、八带鱼一般，在岩石上寻找扎根之地，成为了一道景观，它们肩负着生的使命，可称之为"命根子"。它就是筋、就是骨，就是意志。爬上一个山峰，豁然另一个世界，群山峻岭，四面环立，要不是太阳的高挂，则东西南北难以分辨。山岚如霭，太阳也被弱化了，显得如此渺小。

　　昆嵛山有大崮、小崮、招风崮、枪杆崮、苍山、老铁山等七十二峰。最高峰是泰礴顶，海拔九百二十三米，可沿着一条溪谷而上。登上山顶大约需要用一个半小时。半腰之处林木葱郁，透过树林偶可望到山峰泰礴顶。眼看就要到达终点，但路弯急转，一峰在前，绕过后，方可直攀泰礴顶。缓处平坦如川，陡处如若登天。每一座山峰的四时风光堪称四绝，十分的迷人，无论是春天烂漫的山花，还是盛夏蔽日的浓荫；无论是金秋漫山的红叶，还是隆冬万里的飘雪。但是最令人迷恋的还是泰礴顶的俯仰景观：群峰峥嵘，满目浪尖，云海升腾，尤其是太阳西下，被山峰遮住之时，只见西天火红一片，像炼钢的炉火，霞光满天。在泰礴顶的南麓，坐落着始建于东汉桓帝永康年间，盛极一时的胶东第一佛教古刹。据《宁海州志》记载，早在战国时期曾建有一座庙宇，取名"无染院"。清光绪十三年《重修无染禅院碑记》中考证"无染"为"其地距乡村辽远，居之者六根清净，得大解脱，故名"。寺东北有齐王坟，相传齐宣王被田氏放逐东海岛，死后葬于此地，坟上还有一棵不老松傲然屹立。唐代的《无染寺碑》记载："松蔓森邃，崖谷幽奇，大川激沧海之浪，极顶峭虚危之宿，院额'无染'，堂房四匝间松挂，张凤翅以翰翔；殿宇一基架梁椽，砌龙鳞而偃蹇。僧延冬夏，实为养道之方，额清节庭，永晴高峰之势。"可见当年的宏观胜况，现寺院已倒塌，耳房尚存。像这样的古迹还有岳姑殿、月老祠、七真墓、帷幄洞等，都位于群山环抱的幽谷之中。春时溪水、瀑布、清泉回清倒影，夏时风激悬流，秋时碧波荡漾，冬时含珠吐玉。真可谓仙境，无处无时不令你陶然醉之。

我曾沿着一条隐约可辨人迹的小径上山，山麓处湿地中长满了杂草，中有细细的静静的溪流，偶尔在离离的百草丛中忽闪着眼睛。使得草鲜嫩可爱，绿的如碧，红的如火，黄的如锦，多色相杂于往年枯槁的草芥中，细密如织，烂漫自由。其实这时的季节已不是春天，而是一个苹果笑红了脸的季节。这些可爱的植物一会儿聚集，万花如织，一会儿又分散，这边是一片一片的红，那边又一片一片的黄，这边是如繁星一样的小花，那边是如红色玛瑙一般的野果子。小径消失后，我们取道于杂树乱石间，脚下无路，头上却有一道道的网，上面有一位花斑蜘蛛王，小心谨慎也会粘个满头。还有许多树枝横在中间。就走在这当儿，突然同行的朋友喊道："呀！奇迹。"我转头一看，在树下有两棵灵芝草。我也喜出望外，这还是我平生第一次看到野生的并正在生长着的灵芝。显然这里是人际罕至的地方，是大自然的独立王国，从未有人打扰过它们。今天我们这几位不速之客一定出乎蜘蛛们的意外，你看它们仓皇横行而逃，一定惊讶于我们这些庞然大物的来临。然而，我们依旧欣然前往，但杂草便有了另一番景象，一簇簇的独立地生长着，叫不上名字。各种树木也长满了山野，有分布于我国最北界的刺杉，最南界的红松，也有世界树木"活化石"水杉，并有三百多年树龄的北方玉兰王、千年树龄的杜松、古银杏，还有鹅掌楸、华山松、美国火炬松等颇具观赏价值的树木。据载，昆嵛山是我国南北植物的交汇点，植物品类达一千多种，其中国家重点保护的一级和二级植物就有十四种之多，但我却独钟于那些在石缝中生长的普通的野枣树，如钢筋似的支楞着，如此顽强。

　　猛一抬头，我们就站在了两块大的石峰之下，石峰秃得光滑，无路可攀也无援可牵。绕了半圈才从其后寻得一路，站在上面高兴地望着嵯峨的山峦，望着水墨一般的山色，望着深远的山坳，望着蜿蜒而去的河水，像读着一篇优美的景物散文，蔚为壮观矣。

二零零八年十月

烟雨黄山

黄山原名叫黟山，天宝六年，唐玄宗李隆基改黟山为黄山，从此"待字闺中"的黄山，名扬四海。

徐霞客说："薄海内外无如徽之黄山，登黄山而后天下无山，观止矣。"黄山南雄北秀，间有泰岱之雄，华山之峻，匡庐之瀑，雁荡之石，并峨嵋之清凉，衡山之烟云。黄山"无峰不石，无石不松，无松不奇"。所以自古至今黄山美景便被称之为三奇：奇松、怪石、云海。

这仿佛是昭然之事，然而仍有人复问：黄山之奇何在？是石、是松、是云、是泉？仍有人回答皆不是。今日我真正体会到了黄山之奇的真谛。那就是"变幻"。

天下着小雨，雾气颇大。坐在索道车中，四面皆空，白茫茫一片。"黄山一夜雨，处处挂飞泉"。只闻飞瀑之声，不见白练之影。早听人说雨天雾大，到黄山什么也看不见，故心情平畴，不抱有希冀。当索道升上云层，回眸俯视，雾气成云，云涌如海，露出海面的山峰如岸，高处山谷的云雾如泉，果然是一大奇观。这才使我兴奋伊始，心情起伏。

走下索道，由于山高气冷，脚下的石阶上，已结了一些冰茬，脚下路滑，走起路来不得不小心翼翼，步履蹒跚。于是便在旁边的服务站买一双"谢公屐"套在自己的鞋子上，便解决了路滑的问题，有了攀阶的胆量和信心，也找到了"脚著谢公屐，身登青云梯"诗一样的感觉。

登上好汉坡，东南折再上一平台，便看到了烟雨中的迎客松、送客松，还有那个仰卧酣睡的佛祖。身后的一块巨石上镌刻着："大巧若拙""天仙荣景""群峭摩天""代宗逊色""紫玉屏风""气象万千""奇观"等字辞。从中可知黄山之圣。那一片片的松林中升腾着雾气，朦胧了稍远一点或稍深一点的松林。雾色苍茫中的劲松别有风姿，由于向阳之故，枝叶都向一边生长，像张开的双臂，拥抱着阳光。天都峰在黄山东南，站在迎客松下，望天

都峰，隐约可见相会的众仙人。由于天都峰休峰，故不能前往，因此也并不
遗憾。徐宏祖言"天都峰独巍然上挺"。如若不休峰，今日之天气，也只能
像徐宏祖一样"持杖凿冰，得一孔置前趾，再凿一孔，以移后趾"，循此法
方可得以度之。从迎客松处折回，来到好汉坡的平台之上，然后沿峭壁上的
一石阶而上，石阶上已覆盖了一层厚厚的冰，只有靠峭壁的一边在流水。我
们小心翼翼地爬上了沿峭壁搭起的一条悬空栈道，便使我们如入天堂。天上
烟雨，地上冰凌，栈道的栏杆上也嵌上了一层亮晶晶的冰，如琼道玉栏。那
些高山杜鹃的叶子上镶上了一层冰，像一朵朵绽放开来的水晶花。那些落去
叶子的不知名字的灌木，被冰压弯，枝干像张开的弓，一触即发似的。那些
黄山松冰雪压枝，像一把把巨大的雨伞，不停地滴落着水滴和冰凌。铺天盖
地的冰，四野弥漫的烟，不辨南北，仿佛是梦幻一般。我们也像一个个仙人
徜徉在仙境中。其实并不夸张，在一千八百米的高山上，岂不是已在天上。
这时，我们已站在莲花峰下，莲花峰"居黄山之中，独出诸峰上"是黄山最
高峰，主峰突兀，气势雄伟，群峰簇拥，俨若莲花初开而得名。由于莲花峰
被封休峰，我们不能前往，只能站在莲花亭遥望这座秀丽的山峰，但是什么
也看不见，连隐约之影也被雾气吞噬了。在黄山上，有九重天能见到三重，
也许莲花峰已置于三重天外。

　　从莲花亭下来向鳌鱼峰而行，路上上下下地走，左左右右地折，撑着一
把雨伞像是在天街上，一切都新鲜、宁静，只有雨声和泉水声。除我们几位
外很少有人来访，看那近处的山峰倒像是八方道人似的与松并立着，目不转
睛地瞑视前方，见我们走近，仿佛欲言，然而又止。我则已禁不住吟咏道：
"黄山天街雨，步其上，听泉飞。万壑雾云弥，向下望，看幻影。"

　　自一线天趋向鳌鱼峰，两峰夹着一条石阶直通天空。登到半腰时，鼻尖
触石，十分陡峭，我们打着的小雨伞已不能通过，只好收起伞来。向背后一
瞟，腿脚发软，心中发怵，只好手扶两壁，匍匐在石阶上。我常常在梦中见
到这些峭崖绝壁，自己常常几乎要坠下来，恐惧地抓住小草或树根。但由于
有援可攀，有坎可踩，故最终还是战胜挑战而登上顶端。今天梦已成真。我

想也许我再不会爬第二次。虽不是绝壁，但真乃是天梯。徐宏祖云："两壁夹立，中阔摩肩，高数十丈，仰面而度，阴森悚骨"。稍事喘息，折方向再向上爬，来到鳌鱼峰上。风雨交加，已撑不住伞了，只好任风雨吹打。这鳌鱼峰确像是一只大鳌鱼，上面有一只金龟，曰为鳌鱼驮金龟。鳌鱼峰的另一侧是万丈深渊，已被云雾锁上。据说过去有的游人不小心跌入渊中，犹如恶梦一般。现在已架起一道石栏，凭栏而望，雾渊苍茫一片，不禁心悸而返。继续北下，来到丹台，吃了午饭，沿 S 形的一条山路上行。路的两旁是高挺的松柏，时常落下冰凌。登上光明顶，望四周，雾茫茫，虽居高不能远眺。遂折下沿北线而东折至索道。至此天都峰、莲花峰、鳌鱼峰、光明顶之雾姿已尽历目下。

有人说每次来黄山都不一样，或晴或阴或雨或阳，或晴阴雨阳交替变幻。今天我看到了黄山的雨，黄山的雾，黄山的冰花，黄山的松，黄山的石，黄山的云海，似乎一览无余了。但都是上帝一点一点零零碎碎地送到眼前的，最遗憾的未见到黄山之全貌，雾气像一副盖头，遮住了远处的山峰，不能远观其集合之雄秀，但能看到另外一种景观，岂不也是幸运之至吗？

刘海粟这位大画家多次登黄山，欣赏大自然这幅艺术品，从黄山上获取知识，道法自然，拜自然为师。范曾说，黄山是很难用西方的油画艺术来描绘的，只有中国的传统艺术才能表现出黄山的形态和神韵。

今来黄山一观，果不其然。在雨天里，天空如一张宣纸，山峰、松石如一幅水墨，在天空背景下伸张，颇令人为之瞠目结舌。黄山只有着足之处，而无着笔之白。天衣无缝，黄山必在其列。

二零零九年三月

太湖美

　　从浙江天目山的苕溪和江苏宜溧山地北麓的荆溪流下来的水，形成百条娄、渎、江、河，注入了太湖，使太湖成为浩淼大泽，自古至今烟波不息。

　　多次去太湖一带，望着茫茫的太湖，总想沿太湖岸边走上一圈，总想在太湖上泛舟来往彼此，总想在这湖光山色里徜徉游览一番，但都因时间而不能全观，只能窥其一斑。在岸边则爱太湖的浪声，在水上则爱太湖的鳞波，在周边则爱太湖的山色。

　　今天终于有一天的时间，想尽情详观太湖，但遗憾的是正值雨天，云水一色，如雾如纱，这灰色的帷幕遮住了一切。这正给我一种感觉："浩瀚"。望不见边，看不到波光，只看到眼前碧水中那一片荷花，那衬着鹤立着的炫耀着姿色的荷花的叶子，平展在水面上，手牵手、肩并肩，绿得醉人。朱自清称之为"婷婷舞女的裙"，而荷花则像舞女，尤其是像天鹅舞女昂着的头，几分羞涩、几分豪迈。还有那一片苍绿的芦苇在雨中发出"唰、唰"的乐曲，微弯着腰向着茫茫的太湖，在风雨中摇曳。还有一片竹子，青青的、生机勃勃地在雨中泛着一片新绿。还有许多的景物，却在阴雨中显出韵味来。你可以慢慢走着瞧，不要让它们遮住了你的眼。

　　但太湖岸边总长四百多公里，乘车疾驰也需要四到五个小时的时间，这岸边一步一景，曲折多湾，湖岬、湖荡相间分布，还有周边山丘的变幻及苏州园林式的花庭，怎能是一日可以游览完毕的呢？仅那邓尉山的梅海，又称为"香雪海"，也足以使你驻足不前。曾有一首诗赞美过梅海："入山无处不花枝，远近高低路不知。贪爱下风香气息，离花三尺立多时。"在这里你可以品出为什么："雪输梅花三分香，梅逊雪花三分白"。梅海与其相衬的古刹司徒庙及庙中的"清"、"奇"、"古"、"怪"四大古柏相映成趣，是邓尉山的绝妙之处。足可以使你徘徊半晌，而不觉日斜。

　　太湖有四十八个岛屿、七十二个山峰、一百八十多个大大小小的湖泊，湖光山色，相映生辉，不雕不饰，使太湖以生态自然之誉秀美天下。太湖美丽的景物不是一天就可以全部收获的，恐十天八日也难为之。但又苦于没有足够的时间，那就只好采用数学上的"不完全归纳法"去观览。徒步岸边，或泛舟湖上，变换一种角度去欣赏太湖的美，去观赏岸边山色，望湖中渚岛。只是恰逢雨天之故，近处山色朦胧，远处山色隐约。不过可以细赏雨滴与湖波相互干涉而产生的涟漪之美，坐在船的甲板上，呷一杯茶，观雨洒江天，那茶韵中不免有了雨韵之香，两香并品，别有滋味。到了湖心，四顾茫然，忽然又想起"日暮乡关何处是？烟波江上使人愁"的诗句来。

船行中忽见有三座小屿，号称"三仙岛"，据说范蠡与西施在太湖乘舟隐去，就是在这里隐居的。西施乃越国美人，春秋末期越国大夫范蠡为助勾践打败吴国，把西施送与吴王，越国灭吴后，范蠡辞官而去，携西施驾一叶扁舟，出三江，泛五湖而去，杳然未知去向。此古人也有记证："已立平吴霸越功，片帆高扬五湖风。不知战国官荣者，谁似陶朱得始终？"据传说范蠡和西施是隐遁太湖，因此太湖自然也有了西子的胭脂红粉之美。但太湖之美从不以胭脂为荣，而是崇尚天然之姿。故西子之于太湖仍"待字闺中"。而苏东坡的一首诗"欲把西湖比西子，淡妆浓抹总相宜"却把西施掳入西湖，从此西子与西湖就连在了一起。所以，西湖之美多人文，太湖之美出自然。

范蠡与西施隐居在这孤独的小岛上不愁吃，不愁穿，过着悠闲自得的生活。太湖之水，浩浩三万六千顷，漫漫周围八百里，物产丰饶，自古就是遐迩有名的鱼米之乡。物华天宝，足可以坐享其成。天华谷尖茶、花亭湖鳙鱼、红光栗、白尾银鱼、薄壳青虾、绒毛蟹等都是太湖的名产，最有名的是银鱼、白鱼、白虾，素称"太湖三白"。银鱼形如玉簪，色如白银。宋代诗人"春后银鱼霜下鲈"的名句，把银鱼与鲈鱼并称为鱼中珍品。白鱼亦称"鲦"，体狭长侧扁，头尾上翘，细鳞如涂，银光闪烁，《吴郡志》载"吴人以芒种日谓之入霉，梅后十五日谓之入时。白鱼至是盛出，谓之时里白"。白虾鲜美，内嫩壳薄，无需调味料，仅把白虾捧入锅中清煮之，则鲜美之味道四溢于房厅，不食则醉人之肠胃，我有幸在鼋头渚的一家湖鲜酒店中一品芳味。

　　还有那迷人的太湖珍珠，更是圆润柔和、光泽明艳，硬度高强、富有弹性，以无核为奇，名誉天下。太湖与合浦、南海、洞庭并称我国古代珍珠四大产地，清慈禧太后曾大量使用珍珠养颜益寿。太湖蟹贝壳坚隆，凹纹似虎，颜色青黑，腹素白色，雄尖雌圆。素有五特征之誉："青壳、白肚、金爪、黄毛、体壮"，从寒露到立冬，是太湖蟹大量上市之季节。古人诗曰："九月团脐十月尖，持蟹饮酒菊花天"。民间也有谚语云："麦黄蟹肥"和"菊盛正是蟹肥时"，这两季不仅蟹肥而且蟹香。还有俗语之说："蟹味上桌百味淡"。各种水中之物各有所长，说得你已垂涎三尺。

　　太湖是一个宝库，烟波水面虽是一片空白，但水下却是一个丰富的世界。要了解太湖，除漫步岸上、泛舟水上，到集市上看一看，到酒桌上尝一尝，到书堆里查一查，你就会体味到太湖的博大和丰满，才能真正了解太湖美的内涵。

　　太湖的烟波虽然只是暂时地挡住了一切色彩，但是即使是在阳光明媚的日子，有些东西也是不能被发现的，从情景上看，仅是两种意境而已，故雨天遗憾，晴天也遗憾。反之，晴与雨都不必遗憾，各有千秋。而从本质上看，那些历史的、文化的则是需要寻踪的，有些连踪迹也被风吹浪打去，是要到古书堆里去寻觅的。

　　所以太湖的美也有书籍里记载的那些故事的粉饰，但归根结底的美，还是在于那片波澜不惊的被人们称为"大海的儿子"的水，在于那烟波浩渺一眼望不到边的水。所以有一首歌名字叫《太湖美》，歌词大意为：

　　太湖美呀太湖美，

　　美就美在太湖水。

　　水上有白帆，

　　水下有红菱，

　　水边芦苇青，

　　水底鱼虾肥。

　　湖水织出灌溉网，

稻香果香绕湖飞。

太湖美呀太湖美，

美就美在太湖水。

彩霞映碧波，

春风湖面吹，

水是丰收酒，

湖是碧玉杯。

装满深情盛满爱，

捧给祖国报春晖。

太湖美呀，太湖美……

二零一零年七月

大海的晨曲

　　我沿着熟悉的马路来到了东海边的那一片黄金色的海滩。首先一片澄明向我袭来，紧接着是大海的碧蓝的冲击，天空蔚蓝的冲击和着新鲜的空气给了一些清新。我转着身子，张开双臂，深深地呼吸，远望着周围的景色。东方的海面上，太阳也已经升了起来，红红的，圆圆的，辉光还没有那么强，但我已经感觉到了她的温暖。

　　这偌大的空间、美丽的海边景色竟只有寥寥的几个人，其中一个是一位女子带着一条狗走在水边，走在阳光下。我是面向太阳看过去的，故像一个现实的剪影。除此以外就是那些鸟、蚌、蟹各自在忙碌着。于是我就独自拥有了这美好的时光和这得天独厚的环境。我和远处的海岸上的那些高矮不同、错落有致的默默矗立的建筑一起享受着聆听着这大海的晨曲，便感觉到过去失去的那些早上的时光是多么的可惜。

　　大海里的波浪在阳光下，粼粼的波光不断烁烁瞬闪着，一浪接着一浪来到岸上，冲洗着脚下这片阳光下闪着点点金光的沙滩。波浪的海面上飘着许多的鸥鸟。一会儿飞起又落下，一会儿飞去又飞来，一会儿嬉闹鸣叫，一会儿相安无事。其中有一只雄鸟一定是在追求一只雌鸟，发出呦呦的叫声，但雌鸟并没有情意，当雄鸟追上来时，雌鸟不理不睬地快速向前游去，当雌鸟远离，雄鸟又鸣叫着在后面扑扑啦啦飞过来，雌鸟仍我行我素，继续向前游去。三五次后，雄鸟失望了，鸣叫着直向高空飞去。但鸟的喜怒哀乐就只好由鸟去了，我却总是快乐的。正在走向前时，忽地一片鸥鸟哗地飞起，迎着太阳，沿着海面，翅膀舒缓地划着弧线，那样的有力量，那样的有秩序，在水天之间尤显得动人。原来是我的近前惊扰了它们，它们也只好飞落在离我更远的海滩上。从岸边的松树上飞来了几只喜鹊，落在沙滩上，并舞蹈着走向鸥鸟群、与鸥鸟共乐，使得大海的晨曲更加和谐优美。

　　眼光从远处回到眼前，突然发现了许多的小动物在脚下游动。于是自己蹲下细观，才发现是许多的小螃蟹。当它们感到有动静时便瞬间遁进沙滩里去了，只有许多浅淡的沙窝。当你平心静气的稍一等待，它们又会从沙窝里像戴着铠甲一样满身附着沙衣，像一个小小的机器人似的动静相结合的慢慢的行动起来，一会儿又像是一个复活的小动物，很快的在沙滩上横行了。你从脚下望过去，望向远方，只见沙滩上密密麻麻的，如同蚂蚁成群形成了一个大的阵容，巍巍壮观。在广阔的天地之间有这么一支小精灵的大部队在行军，拥挤得几乎放不下一只脚，使我不敢迈出脚步，唯恐踩着这些可爱的小生命。

在小螃蟹的队伍行间里，有许多令人们关注的白色的蛤蜊，肉已被鸟儿啄去，空空的立在沙滩上。由此，我想起了"鹬蚌相争"的画面，才找到为什么有那么多的鸥鸟在岸边盘旋，为什么有那么多白色的蛤蜊只剩下了美丽的贝壳。我手中拾获了几个大的白色蛤蜊的贝壳，从根部散发着波纹。但海岸上大方地陈展着许多，我不能更多地携带，后悔没有准备一个大的口袋。当正在欣赏大海送上岸边的这些礼物时，又发现了一个大的白色贝壳上面已经长满了多种寄生物，看上去有点文物的形态，我也就只好舍弃一个，再收获一个了。

通过这些岸边的现象，我忽然想起了前几天大风曾疯狂地摇着大海，惊涛骇浪把那些海草、蛤蜊等杂物送上了岸边，我无意当中成了一个不费吹灰之力的拾海者。那天的海浪一浪一浪地疯狂地扑向岸边。那些被人工用石头砌起的海岸，激起了滔天的巨浪，一时雪花万朵。巨浪受到撞击后迅速回返与正在扑来的巨浪相遇又一次激起巨浪滔天。前赴后继花怒放，此起彼伏波汹涌。那简直就是摇滚乐，撼人心魄。今天倒像是一台赏心悦目的轻音乐。

渐渐地阳光强烈起来，洒在大海上，洒在了沙滩上。船儿收工了，鸟儿飞走了，小精灵们遁去了，只有那些美丽的贝壳在阳光下更加美丽，有的闪着多彩的光泽。我又忽然意识到，这晨曦的一段时间是勤劳者们的时光。

大海，天空，沙滩，阳光，浪花和这些勤劳者们共同奏响了大海的晨曲。

登崂山速写

崂山远看裸石满目，近观整座山都是乱石垒成，一块块光秃秃的石头堆积着，中间生有许多的松树，松石同生，故有石的怪状亦有松的奇形。

沿着一条深涧，自然也是山谷，一边用石头砌成了石阶，从乱石中间曲折地蜿蜒而上。

初，只觉窄而陡峭，渐，视觉宽广起来。回首而望，方见海阔天空，山峰叠嶂。

山间山下红色的瓦房错落在山坡上下，颇感到一种美观。东边是海，西边是山，山已遮住了西边的太阳，阳光只在天空间光明着，在远海处落下余辉。大有"半江瑟瑟半江红"的深意。

石栈道曲折着向着太阳直上西边。西边的山峰，犹如屏障，加上南北两边的两座山峰，犹如一把天然的太师椅。快要到达最光明处时，山峰壁立，栈道便绕过此峰向北边山峰攀去。

石如石灰沙聚成一样，灰色而洁净，有的上面长成了青苔，如五大洲、四大洋的地图一般；有的上面爬满了红色的爬墙虎，天然之作，美如画图。草松其间，风吹而摇。有的巨石赖以松树之上，仿佛危在瞬间似的。东南处二峰又出，眼前已有三峰伸向大海，有一峰被称为崂山的龟头。这时石栈道向北峰而上，至顶端处，可望北海、东海矣。

来到顶峰，山风骤聚。四处顾盼，一览无余。原来的车从东向北、向西、向东转了一圈，才从此栈道上了山。原路已在山脚下，望之遥远，如一条白色的曲线。路是盘旋而上的，登山之处已在山腰。西边仍是那座屏障，石间的松树如山水墨画中的墨迹。有的山峰如天上古堡一般在屏障之侧，山峰层层叠叠地与白云相抵。站在北峰处可从西边山峰一侧观其后峰如碧，松壑层叠。

站在山峰之上观海，如在天上俯瞰。海边的山峰如一土丘一样，只看到松树的碧绿和山间那条公路，已看不出堆砌的乱石。

在此山峰之侧有一个小的庙宇，里面供奉着胡家仙佛。虽然此峰并不高，但俗语云："山不在高有仙则名"，崂山本来就是一座海上仙山，但并不是所有的山峰上都有仙佛洞。由此想到"水不在深有龙则灵"，山下的海一定有龙藏身。这里是东海，那一定是敖广龙王所在。于是我感到也沾了一些仙气。

沿着原来那条上山的路下了山。

太阳的光已完全被山峰挡住，把阳光直逼到了天上，光也在不断地变着色，由黄变红，由宽变窄，由强变弱，最后也渐渐地收了它的光辉。暮霭渐临，天海山一色，苍茫一片。

登云门山记

从小在潍坊长大，自然早有耳闻云门山，但一直未能近览。记得小的时候，有一种烟的牌子叫云门烟，是一种大众化的烟卷，盒内有一层用于隔潮湿的金纸，很有点奢华。这种烟无形之中使云门山的知名度大增。并听说云门山上有一个"寿"字，是书法体字，"寿"字写得很长，所以人们都借之说"长寿"。今有事在潍坊休息站停留约两个多小时，突然萌生登一下云门山的想法，于是沿高速公路奔向青州。出青州市南约二十分钟，便看到一片连绵的山峰。我估计这就是云门山了，因为潍坊被称之为昌潍平原，除云门山外，不曾有什么山。

我们注意着指示牌，沿一条小路直奔入山内。进入山里后，便觉着山是这样博大，四周都是山峰，中间很空旷，不知往哪里走是云门山的主峰，也不知从哪条路上才能登上云门山顶。于是停下车来，问几位正在闲话的老农，他们非常热情地告诉我们说："从这条小路往上走。"我们只好折回头疑惑地向他们指给的方向奔去。路边的茅屋或草房子，四周随意堆砌的石头瓦块，颇感自然舒坦。春天虽然到了，但山里的树木却未曾感到春天的气息，那些古树干枝，在天空中清楚地支楞着，周围虽也有松树，但也是墨绿色的，比较肃静。这就是大自然吧。我贪婪地望着这一切，仿佛是一位久别的朋友。噢，原来大自然都被城市的膨胀赶到了这座山里来了。

我来云门山，也不想来看什么风景，登山健身这是我唯一的思想。但这些不曾被春天唤醒的大自然却成为我意外的收获。看一看白草下面的绿色，看一看自由散落的乱石，观赏一下古轴中的墨枝，观赏一下山峰的石纹和形体，那都是一种很好的休闲，是一种难得的休闲。

车沿着一条弯曲的小路，两边全是树，幽静得很，直走到一个豁然开朗的停车场，这就是登云门山顶的始点。一个牌坊，牌坊内就是一条通向山顶的石阶。我们买了票，就沿着这条石阶，拾级而上。我问："云门山有多高？"

工作人员回答："海拔约四百多米吧。"我想，噢，四百多米，上下大约需一小时。于是一步两个台阶地向前拾去。爬山是我的一大爱好。我常说爬山是一门科学，爬山是一部哲学。要用脚尖踏上石阶，脚根往往悬在空里，这样会使整个身体富有弹性，颇有健身之效力。每拾级上一个台阶就会积累一份健康，并且要保持一定的速度，慢则益少，快则益多。很快就爬上了云门山顶。顶上莫非就是那么几点老式亭阁、庙寺之类的建筑，我也无意留神，只是登高而望，四面山远，心底宽了许多，好感心神舒弛。

因时间关系，我又神速般地折下，没有走回头路，从东边上去又从西边转下。穿过一洞门，就从山的南面到了北边，回首一望，才知云门山是由此而得名。在山门的右边有一处墨迹，其中赫然而不易被忽视的就是那个长"寿"字。人们站在"寿"字下拍照，没有一个人的个子高于"寿"字下面的那几笔划"寸"字，故而有"人不如寸高"之说。很多人都走上去摸一摸，以换取长寿之福。许多的景区点皆有类似的祈福之处。如有的龙龟被称为鳌，说摸一摸头，一辈子不用愁，摸一摸手一辈子什么都有。于是许多游人争先向前一摸，这才兴高意满地离开。并有许多的游人走到哪里纸香烧到哪里，如此虔诚，有时会五体投地，以便获取心诚则灵的实效。

我曾读胡适先生的一篇文章《名教》，如对一个人有恨，便可以写一张大字报，上面写上打倒此人，然后贴出去，怒火自然就会胸中消，那被"打倒"的人也会自然遭遇不幸；当人丢了时，写寻人启事的时候，把人倒过来写，人自然就会找到。像现在贴福字一样，把福字倒贴，福仿佛也就到了。这一些都是属于"名教"之列。我常常思考"佛教"之事，虽然与"名教"不同，但都有共同点，就是一个"教"字，"佛教"是否也有"名教"之嫌？佛有石刻的佛，有铜铸的佛，有木制的佛，有泥塑的佛，甚至有画在墙上的佛，无论什么材料的佛，无论在什么地方的佛，仿佛总有些人跪下来就拜。从前有一个笑话，说一个人家里供着一个佛，这个人很心诚，家里只要有大事要事，都要先告诉佛，并请佛保佑。家里做什么好吃的都要先供养在佛前，先让佛吃。有一天这个人在家里炖了一锅肉，还未炖熟就有事要出门，于是就对其儿子说："等煮好了肉一定要先给佛吃，并倒上一杯酒送到佛前，然后自己再吃"。儿子并不信佛，等老子一走便把佛身推倒在地，佛跌成了几块。等这个人回来后，看到这般景象，大怒，对儿子道："这是怎么一回事？"儿子说："是佛自己不小心摔到台下碰破了身体"。"胡说，佛是用泥塑的，怎么会自己移动而碰破？"儿子说："那些佛本是用泥捏，怎会吃肉把酒喝？"这个笑话很有趣，很有点说服力。

人总是这样，自己塑一个物体，在精神上赋予其神灵，并认为其道法自然或佛法无边，于是自己就甘心情愿地被束缚在圈子里，奇怪。看一看这些游人，都在忙着摸这个寿字。不过仿佛也有益，要摸到寿字就需要登上山来，无意中就受益了。我们节省了摸"寿"字的时间，很快又来到了山下，便乘车而去。从山下上山，又从山上下山，仅用了一个小时的时间。

冬游香山

第一次来到北京时，就去了香山。那是三十年前的事情了。当初自己的妻子在北师大学习，读硕士研究生，我来北京出差，一起去了许多北京的名胜古迹。但香山给我留下的印象是很深的。那时正是枫叶红了的时节，街道两边熙熙攘攘的游人一边走一边观看或者购买小商贩们的货物，有食品，有纪念品，其中有许多是用枫叶做成的。

我还清楚地记得，我和妻子是东南门进入的，然后一起爬山，一直爬到山顶。下山时又一起走下了山，那时坐一次索道是一种奢望。索道的价格大约是三十元钱吧，对我们来说是天价。下山后自然融入了街道两边的人流之中，每人买了一只梨膏，举在手上边吃边看边走，并买了一个用枫叶做成的旅游纪念品。其中一件是一个红叶纪念章，绿色的底盘上有一个红色的三角枫叶，简单而美丽，就戴在了妻子的衣襟前，现在不戴了，但仍然珍藏着。

山路的景观早已忘却了的，已想不起有什么可以记起的地方，但与妻子共游香山的情景如在眼前。妻子回忆说山顶上有几方石头，还有一线天等景观。我说你一定记错了地方，是不是另一座山的景色，哪有什么一线天。

今天可不是一个看红叶的季节，也不是一个旅游的好时候，而正值是一个寒冬。但因来北京住的离香山近，故也就有意去登一登香山了。这一次是我的女儿和我一起去的。我们只想着闲来漫步，悠然而来去，故都穿着一双笨重的皮鞋，穿得也一本正经的，也是从东南门入。迈进香山公园就是一个四合院的古刹，其院中间是一个水池，已结了厚厚的冰。正殿门前有两棵元宝枫树，我们就从右边的一条山路上山了。山上除了古刹建筑和那些松树以外，没有什么颜色，大部分是赤裸裸的树枝，风儿吹着，略感一些萧瑟。所以悠然虽不能说不复存在，但大打了一个折扣。阳光泻在树林中，洒在上山的石阶上，给人以温暖，又能找到一点悠然之感。如若没有阳光，寒风吹来，身心皆凉，可能会使我们灰心转身。我本也这么想，如果山里有一处茶舍，温暖而有雅趣的话，我们就准备不再上山，而要在这大山里的一角品一下茶，以享香山的禅意。但见过几处却都是令人看了比天更寒冷，故我们也就决计再往山上去。山路边有一个古刹，名字叫玉华岫，就在岫峰之下，很幽静，走进后较阔，山坡处有一个依山而建的长廊，既可当廊用，又可当墙用，十分巧妙。西北靠山峰，东南是悬崖，也是一处观景的绝好地方。长廊在山的一边有一个门直通上山之路。我们就从此处穿出继续上行。山里树高谷深，风轻人静，略感一些快意，故逐深入。偶从山上下来一些游人，但寥寥稀疏，大部分是一些健身的老人，而不是看光景的人。

不觉到了一个亭子，上写有多景亭，旁边有一棵高大的古松，被修树人砍掉了许多枝条，犹若苍龙。在亭上向东望去，大片的楼房分布在这个山的怀抱之中，远处也有几处湖水明净如镜。除此之外，别无景观。多景亭在这个季节已名不副实，但也有其用，可以改一个名字叫望远亭，就恰如其分了。

转身上行，油松参天，山路婉转。寒气使我们加快了脚步，已全然没有了那种信步悠然之意，健身意识占据了全部思想，上去后到了山顶可以乘索道而下，以弥补三十年前的遗憾。那条索道也成了我们上山的动力，于是就穿着这身会议室里的服装用以爬山了。此处有一个古刹，墙上写有到山顶还有九百米的路，高度二百米，于是峰回路转，岩转级回，几经多路，攀过几峰方看到那突兀在山顶上的几方巨石，那就是终点。我突然想起妻子说山顶有几块巨石，说得对，就是这样，从巨石中间上行，便是一线天的景观，穿过一线天就到了山顶，索道就在此处。

皮鞋"咯咯"地敲在石级上，与那石板上的寒光相合着，有声有色地曲折攀上，身上也冒出了涔涔的汗水，一鼓作气地跃上了山顶峰。上有一个古建筑，是一个服务处，陈列着一些卖给游客的东西，中间散乱地摆着几张桌子和椅子，门口一个烤箱里正烤着各种肉食，香气熏鼻。建筑前是一个平台，登高壮观，无峰遮拦，金黄色的阳光洒满了山峰。

从古刹建筑上走下，兴致勃勃地去了索道口，但令人出乎意料的失望又一次扫尽了我们怡然的心情，由于风大，索道停运。我们只好再次踏着光亮的台阶"咯咯"地沿着索道下的一条路往山下走去。石阶很陡，几乎是直上直下，如流泻去，几乎没有一个弯折。眼睛只盯着脚尖和石阶。突然两只鸟儿灰土土的在石阶边的灌木丛中"咕咕"地叫着嬉戏，起初我还认为是两只硕鼠，细观才知道是两只鸟，叫不上名字，比麻雀大一圈，模样差不多。顺石阶一路直下，这时已到中午时分，和煦的阳光洒满了石阶，上山的人也多了起来，在石阶上相向侧身而过。在香山怀抱里，一个很大的公园展现在了眼前，白杨树，树枝丫密密麻麻地伸向天空，很有美的姿态。参天的松柏高大挺拔，洋槐树的颜色是淡墨色的，像一条古龙在天地之间。那些枫树虽没有叶子，但有一股生机在孕育着。那些白皮松多枝而发聚散有度，任寒风吹打。树林间多了一些相互搀扶的老人，对对鬓白，缓缓地悠然地在山路上走动，看上去就是一个目的，漫步。他们就像一片竹子，相互扶持抗着寒风。我赞美那些竹子，它们长得那么纤细，中有孔，但坚强。我也惊叹那竹子，竹竿是那么干燥，如何长出那么多的翠绿的叶子？在这座香山中寒光中有坚强的生命，也蕴含着强大的生机。

又从东南门出来了，街道两旁的商铺已有几处开张了，卖着各种商品，其中有卖各种干果的，我便买了一点山核桃。女儿想吃梨膏，眼前张望却没有卖的。上车而去，方见路边有一个小商店前摆着几只梨膏，我说："那不是吗？"但没有下车，我又多了点遗憾，没有满足女儿的想法，因为那也不完全是吃一只梨膏，而是一种童趣，是一种美好的记忆。

放歌阿里山

阿里山位于台湾嘉义县内，面积约为三万二千七百公顷，在地图上看其俯视图，形若一浮水的青蛙。阿里山海拔二千六百公尺，最低的山峰也海拔五百公尺。海拔高度的变化从山麓一直向上到峰巅，山上植被丰茂繁杂，素来以高山森林著称。在这几小时的山路上，可以使人观看到热带、亚热带、温带的各种植物，一会儿是茂林修竹，一会儿是高竿的槟榔，一会儿又是野芦飞白，一会儿是黄花映帘。

从山下乘坐大巴车穿行山间，由于山峰叠嶂，迂回曲折，约需要二个小时，方能到达森林游乐区，此处海拔近二千五百公尺。山上除多样生物以外，最吸引游客驻足的是三四月间盛开的樱花，还有许多保育的生物，如山羌、长鬃山羊、台湾猕猴，及台湾的一叶兰，还有笋菜，还有野猪等。这里高山流水，雾霭弥漫，故阿里山的高山茶也闻名于世，畅销全球。

在这段崎岖的山路上，车内已有许多人打鼾。其实人的一生有许多的东西闻所未闻，有许多的东西见所未见，有许多的东西就更不能享用了。明知此理，但总不能行，还要睁大眼睛，珍惜时光，尽量地阅尽人间景色，但到头来也不知看到了什么，只是一道道的水，一座座的山，没有什么好向那些梦中之客炫耀的。但我总是感觉到一种快乐，坐在车上看大好河山，就像读一本好的有益的书一样让你入迷，大巴不断地为我们翻开下一页，读到的总是崭新的内容。沿着大自然脉络游动，听取大自然的心声，仿佛是与大自然在对话。人有神仙，树有神木，石有山神，水有龙潭，草有灵芝，花有仙子。万物皆有生命和灵性，与之对话，自己便成了为大自然这本书中的主角，岂有不为圣人之理？人们的睡眠，使我遐想的翅膀振动的频率更快了。一边是峭壁悬崖，一边是万丈壑谷。一会儿又到达一处河水干涸、累石遍布的河道，只有一条细小的河水像一条细线蜿蜒而来，一会儿是阳光明媚，一会儿是雾气弥漫。一幕幕的画图和场景，总会拨动你的心弦，而发出美妙的弦音，那就是心声，她自然会与天籁之声相合而奏鸣。

这就是痴者，陶醉在自然之中，有许多如我者，每到一处总是争先恐后，目不暇接地收集一些资料，拍摄一些相片，唯恐遗漏一点。往往是资料所取越来越多，行囊越来越重。又要多走一些地方，多看一点东西，于是乎便体也累心也累也。那一包一包的资料如获至宝，但等到回到家中，便放在一个角落里，再也没有时间去整理阅读，日久尘封。

但是我坚信，那大自然的绿，大自然的红，大自然的紫，大自然的蓝，大自然的橙，大自然之七彩，一定会给你以竹的虚怀，以松的坚毅，以山的豪迈，以水的温婉，以草的简朴，以花的烂漫，以日的热情，以月的高洁，一定会给你以天性。那千姿百态的动植物或多或少都会给你以利益，以理以智，以涤荡尘俗。所以终归是睁着眼睛的好，因为对于我来说即使是闭上眼睛，也在想象那蒲公英的飘逸，风信子的理想。所以不如就睁开眼睛，使现实主义和理想主义融合，使理想在现实中游走，最后也是现实变为理想，使理想成为现实，一些动物都变为白鹿，整个世界也就都变成了桃园。

我不想去描绘山势，大家必自可以想象。山与山是大不相同，各有其貌，各具其势。像人一样，同样有四肢，有鼻有眼有嘴有耳，但长相迥然，仅五官，也是见微知著，且不说气质上的不同。山与人同。我也不想写日出、瀑布与人文，更不写那些无形的湿度、氧量、空气、温度的宜人，只想写一下阿里山的神木。山顶二千五百米处到处是被称为神木的柳杉。古树参天，粗则几抱有余，满身长满了绿苔小草和蔓条，根部发达，突出地面，犹如巨龙掌爪。人在其间如坠万丈深渊。最古老的树已有三千多年的岁龄，有的已经拄上了拐杖，有的已经死去，赴倒在山坡上，但它那发达的根系仍在，像一座座木屋似的，诱使游人串入钻出，与之合影。细看有的根像一定格的巨浪，有的根则像一巨大的冰茬，有的像虎，有的像龙，多姿多态。老的死去了，根虽有多种形态，但每一株倒下的老树，它们的根就自然成了它们的坟冢。一代死去，第二代则又在其上茂密如盖，遮掩坟冢，像是守墓人一样，长年累月，风雨中立。在第二代的旁边又有第三代已展新姿。天人合一也，生老病死，无可抗拒，一切希望只能寄予新生。无论是极峰处，还是山麓下，无论地位高低，无一例外。在自然规律面前，总归平等。这是生命的轮回，病树前头自必有万木之春，哪有天老地荒之说，若有人谓之必是"杞人忧天"。从达尔文的进化论而言，必然是越进化越优良的。

富春江的山水

夜里才乘一辆中巴车，穿过一座城市，来到这里。那是我们预先定好的一个住所。进入以后看到的是房间和灯光，在黑夜里，外面除路上的地灯以外，几乎什么都看不见，也就只好入睡安眠了。

早上拉开窗的帷帘，太阳才刚刚升起，红彤彤的光芒洒在窗外的水面上，水面的远处是一层一层的山峦，自然的树丛中生长着一层一层的茶树。

吃早饭的餐厅是临水而建的，坐在那里，喝一杯现磨的咖啡，阳光也一改红彤彤的颜色，换上了金光，劈头盖脸地射过来，虽然耀眼，但感觉却暖洋洋的。眼前这美丽的画面，也使人心舒神逸。

"昨夜的一宿，哪里知道是在这样一个仙境一般的地方呢？""如果早知，一定要好好地睡。""宿了一晚上都不知道是如此好的地方，白住了一晚上"。大家调侃着。

吃完了饭以后，乘车沿着长满竹林的小路，去看了围绕水边建的别墅，看了高尔夫球场。沿山路向上直攀到山高处一个很大的住居，方可观望整个度假区的全貌。山山水水及错落的房子，收入眼底。更觉风景独好。山顶上这间房子里供奉着佛像，是人们打坐的地方，看后也颇为感慨。人们尽情于山水之间，放浪形骸，欣赏大自然，叹大自然之妙，叹大自然之奇。在这之间得大自然之气，融大自然之中，得健康之体，获快乐之神。人们便会忘记自己，这就是所谓的陶然忘机。

当人们拜佛，求佛之时，又使自己从自然中回到了自我。那些人们亲手制作而来的佛像，无论是用木制、铁制、石制、泥制、纸制等等，都被供奉在高台上，然后去举手、躬腰、叩头。无论那些佛像是古代的，还是近代的，还是现代的，都是人类根据自己的面貌而制作的。人们自我欣赏中把自己神化了，用于去说服自己，同时也用于去解脱自己。这就是所谓的自我陶醉。

在这样的环境里，无论一个房间，无论一座阳台，无论一片树荫，无论一井庭院，都可以放一个茶几，摆几把藤椅，几位好友围在一起，喝杯咖啡也好，喝杯茶也好，喝杯酒也好，都是一种好时光。但只需要没有时间表，只需无限的时间去挥霍。从早上到中午再到晚上，星星复出，月亮明照。喝累了可以抬头眺望一下，喝足可以起身走上几步，喝醉可以倒头睡上一觉，不必去看那么多的景致，不必去等到夜幕降临而睡眠，更不必早出晚归，一日三餐，就在这儿随心所欲的懒上一天，这恐怕也就是神仙的生活吧。

这个地方是富阳县。富春山在这里，富春江的水从这里流过，山清水秀，周边离黄山和天目山都不远，我也常想这里的山水皆美，当初李白是否常在这里，藏身山水之间呢？

水静静地如一面镜子，山和树倒影其中，再有一小舟荡漾其上，把倒影搅得恍若碎片，又使你觉得如虚如幻，于是诗情画意不禁会涌上心头。难怪浙江境内有多条中国的唐诗之路。一条是在浙东，一条是在浙西。浙东唐诗之路是从古城绍兴出发，自镜湖向南去，经过曹娥江，沿江而行，入浙东明溪，溯流而上，经新昌的沃江，到达天姥山，最后到达天台山的石梁飞瀑。浙西唐诗之路是以新安江（千岛湖）至富春江为主体，沿线经富阳、桐庐、建德、淳安四县，此在历史上曾为吴城之地，固有"壮游吴城"之称，有一百二十六名诗人留下脍炙人口的诗篇。读读李白的那些山水之诗，就如同眼前这美丽的景致。有时诗意之美，远非现实所得，所以这陶然与陶醉，自然与自我是需要相融的，而在这里诗与景却两全其美。

桐庐、富春、德清、湖州，这些带有诗意的地名，见字便有醉意。故历史上不仅有李白爱山水、爱美酒，有许多的人也在宫廷当中做过官、受过委屈，才知道大院高墙外的春日骄花之美更令人受用，这才放下那豪华的官邸，换取自然的山水，把自己的足迹留在山川之间，以诗而留名。严子陵虽没有入宫做官，但也从不向往，也从不欲体验，而是深深的隐入大山大水之间，过着垂钓的生活，毅然决然以大隐之情拒绝东汉开国皇帝刘秀的寻访邀官，后来得到了人们的赞许。严子陵没有留下过多的东西，也许是最聪明的，只是留下一个名字，一段故事，供人们去评说，供人们去使用。但作为严子陵本人或许连名字都不想留下的，而是因皇帝的寻访才使自己的名字留在世上，而没有把其身世一起带入山水之中。若在天有灵，不知道严子陵自己有不幸之意否？

　　古之时至现如今，就有"学而优则仕"的官本位思想，而严子陵有条件，却不做，故人们敬之、颂之，严子陵本人无可颂之处，但时弊有抨击之处也。也许严子陵有其自己的可取之处，因为一个离群索居的人，必有其好，必有其是，而不仅仅是简单的以钓鱼聊生吧？为什么后人为其修祠？又以其名命名钓台？

海的博大

　　风景美如画。一边是层峦叠嶂的山脉，一边是波涛起伏的碧海，上空是白云飞渡的蓝天。海环抱着山，还是山环抱着海？但有一点不容置疑，那就是天空笼罩着这一切。一个温馨、自由、狂放，充满着大自然性格的有形而无边的空间让人感到一种博大。

　　伸出的几座山峰，像是山神的两只胳膊，仿佛是在拥抱大海。金色的沙滩，形成了一个黄金色的月牙。海滩上边的山坡，许多人家把别墅盖到了上面，并在山峰下错落有致地展开。这是神仙居住的地方，那么的神秘，那么地令人向往。

　　站在山上向东望去，那就是无垠的大海，湛蓝湛蓝的，上面除了万顷一碧的波浪，再也没有什么了，那么的博大，那么地令人陶醉。

　　海是博大的，有人说海绕山而转；山是博大的，有人说山圈海而立。苍山如海，浪涛如山。这很难令人分出伯仲。两者的相接，无论如何也是博大的，必定与渺小无缘。那种博大会把人融化，所以在这里没有看到飞鸟，或许被融化，或许飞落在林中的一棵大树上，正享受着天堂般的景色。

　　西阳斜照时分，但也许是由于西边的那一片山已完全遮住了全部的阳光，也许是由于阴天的缘故，海湾里只有一片澄明，不曾有强烈的光射来。这与青山碧水是特别相宜的。

　　那些小鸟和海鸥，仿佛永远地被陶醉，不能鸣啼，也不敢振翅，唯恐打破这一片境界。但游人却不同，欢笑着走向在绿水青山之间的那一条金黄色的沙带，走向海浪。游人走过，无论是怎样的疯狂，也只是留下一个一个沙坑，不曾留下一个清晰的脚印，你很难辨别和认定谁曾经走过。但是人们仍在沙滩上骑马奔驰，也在驱动着那些橡胶轮子的机械车奔跑。但人们的呼声、笑声和马蹄声、机器轰鸣声都被大海的潮声所吞噬。

　　大海的波涛时常袭上沙滩，一浪高过一浪，沙砾被浪抛起又丢下，丢下又抛起。沙砾伴着浪花在飞舞，形成了一片时白时黄变幻的魔带。人们走在上边，不用说脚印，就是沙坑也很难留住，很快会被逐来的海浪拭平。人们挽起裤腿踩浪，近观滚滚而来的波涛十分壮观，大有排山倒海之势。明知波涛会来，会浸湿自己的衣襟，却仍然站在那里等候。波涛卷着沙砾袭来时，人们会束紧身子，提起已挽上的裤腿，以免被海水打湿。但海浪却故意地把浪花抛出，淋湿人们的衣襟，更不必说提得很高的裤腿。浪花并不无偿地淋湿人们的衣裳，它会捧上一把沙砾，送到你挽起的裤脚中，算是送给你的礼物。当你放下挽起的裤脚，沙砾就会露出潮湿而洁净的面色。

一浪刚退，另一浪又会卷沙重来。当海浪撤退之时，速度之快让人眩目，那立体化的海浪，在退下之时突然如席一般地铺开，白色的浪花如雪片一般形成一幅平面花纹图卷。幻灭之间你会感觉天旋地转，如山海倾倒。如果你总是盯着那些浪花，你就会感到"对此欲倒东南倾"。这时需要你远观，方能产生一种定力。你才会突然发现剧烈的变化是局部的。如果一个人只盯着局部，就会把自己置于局部当中，你就会站立不稳。这种幻灭与永恒的游戏是海边游人们乐此不疲的。

一浪不平一浪又起的自然现象，人们已惯看幻灭，从不深究，为何如此永恒不息，但人们又惯于做一名游客只去观光并享受着。

其实，人类是自然的一部分，尊重自然也就是尊重自己，大自然给予人类的就是生存环境，这对于人类是至高无尚的。

在这样美好的境地，人们自然都是陶然忘机者，然而大自然的另一种现象"暮霭"降临了。晚风轻抚，撩起了游人的衣裳，一种惬意写在脸上。白浪仍然追逐着沙滩，并未在意暮霭的降临，只是大海、大山、天空逐渐融为一体，一种博大在弥漫。远处山坡上的人家的灯光逐渐点亮，自然吞噬了游人。

海边的收获

这一片海很美，是我去海边偶尔发现的，但它一定是早就为你而存在。它是在一个岛子的北面，一个不很大的海湾。海湾的东面是一片深入海中的礁石，西面是大片的鹅卵石，再向西，便是伸向海里的一个小山峰。

就是这样一个地方，北风常常送来美丽的雪浪花。

这里不是什么世外桃源，但是有世外桃源的宁静，虽然涛声喧嚣。在这里即使什么也不做，只是坐在这片礁石上，默默地远望前方无边的蔚蓝的大海和乱云飞渡的天空，也足可以放飞你灵魂的翅膀。

闲舒，自由，如悠然的海风海浪一样无拘无束。

秋天九月的一个下午，约五点多钟，我又来到这个海边，只想把自己置于大海与天空之间，做一块片刻的礁石，融有限的自己于无限的自然之间，放浪形骸。

漫步走向海边。一股海腥味扑鼻而来。大海如此浓烈的气息，忽地使自己清醒了许多，精神为之振奋起来，一种好的心情盈身升腾着。走到近处才发现潮水与我的心情一样高涨，已经涨到最岸边，吞噬了大部分的礁石。水和陡峭的石壁只剩下很窄的一线，不容过人。涨来的潮水改变了海边的布局，一时让人不能习惯。

先前来的时间，从未看到过大海如此的饱满。正张望之间，突然发现海水中有一道殷红的光带。顺着光带望过去，西边山峰上面有一轮红红的太阳，圆圆地挂在天上。

太阳是真实的，但有时也会幻变，金黄的脸突然变得通红，消去了一天来刺眼的光芒。这使我可以睁大眼睛仔细地观察这轮红日了。此时是下午五点十分。今天海边落日的景象令我不禁激动。其实我也曾多次见过夕阳的景色，每次虽都惊叹夕阳之好，但都没有今天这样一种感觉。

忙碌，已经忘记了天上还挂着一个太阳。其实这不是一个人的病症，而是公众的通疾。大家都只顾小家而忘记大局，"万物生长靠太阳"，千真万确，但有谁会常感恩太阳呢？

眼前的落日，我如获至宝，兴奋异常，坐下来，目不转睛地欣赏着这无比美丽的夕阳景色：太阳、小山峰、大海及海中被波浪击碎了的太阳的殷红色的影带。

仿佛夕阳也发现了我似的，羞涩似的逐渐地在向幕后隐去。一切都在变幻，虽然是渐渐地，然而又是很突然地。俯仰之间落日已淡淡地挂在天空，海水中的那股殷红影带也渐渐沉入海底，越来越深，一会儿就隐约可见了。但最终夕阳还是消失在天空这张大幕的后面，殷红色的影带也完全沉入了海底。

霎时，一切都变得严肃起来。大海只剩下青蓝色，岸上的树林只剩下墨绿色，天空也只剩下淡淡的黑色，山峰也只剩下浅浅的黛色。这般的颜色，这般的神情，也使我收了兴致，转身上岸。

但就在这一转身时，一轮明月又挂在了天上。我想，刚才明月与夕阳一定是同在的，一定是日月同辉的，但我只顾欣赏太阳，而忽视了刚才明月的升起。

今天的月亮格外的明。月光洒下，又使得这一切的严肃变得平静和活泼了许多。松林中的小飞虫也出来凑热闹，跟你开玩笑，叮着你不放；秋虫也开始为月亮的光明而吟唱。我望了一眼明月，驱车丢下这一切。但脑海里那个夕阳再也没有落幕。

虎跳峡的波涛

今至云南，时为下午两点。匆匆又乘一辆车前往香格里拉，途经金沙江虎跳峡。虎跳峡的波涛撼人心魄。同行者都欲去一睹其壮观，于是同往。

金沙江发源于青海境内唐古拉山脉的格拉丹东雪山北麓。流经起伏跌宕的高山深谷，所以水流湍急，向东南奔腾而下，在云南省丽江纳西族自治县境内的石鼓附近突然转向东北，形成了著名的虎跳峡。

车已行驶在高山悬崖之上，有人介绍说山下就是金沙江，向下望去深谷中是一条静静流淌的河流。啊！这就是金沙江。

车在前往，顺流而下，在一个山谷的一边停了车。人们一下车便听到了金沙江的涛声，探头向深谷看过去，一下子惊呆了，刚才那静静的河水，怎么变得如此的桀骜，并发出强烈的持续的轰鸣。人们惊呼着，举着相机不停地把波涛收入镜头。当地人说，沿着这条人工的木栈道可以一直走到虎跳峡的最底处。于是人们又前行，一步一景，渐渐近于虎跳峡。愈近涛声愈大，愈近涛浪愈汹，愈近水气愈湿，愈近人们的心情愈激动。那波涛的磅礴、那波涛的隆隆、那众人的欢呼，几乎使人们的心跳出来。

人们终于在激动中探到了底处，两岸是陡峭的山壁，势如劈竹，窄处仅有几米，乱石其间，水流湍急。江水在此撞出了最灿烂，最澎湃，最壮观的波涛。落差之陡峭，又增添了波涛汹涌之势，增添了波涛壮观的色彩。

人们站在岸边，看这波涛翻滚的大势，倾听着这波涛狂撼的大音，便被彻底地征服了，几乎感不到自身的存在，那波涛、那浪花、那天籁、那轰鸣吞噬了一切。

人们在这里体会到大自然的壮观，人们在这里看到了大自然的力量，人们在这里看到金沙江的风采，看到了不可抵挡的洪流，犹如强龙猛虎。人们在这里看到了虎跳峡的怒吼，看到了虎跳峡的狂欢，犹如虎咆龙吟。

人们在敬畏中，欣赏着惊涛骇浪，调皮的金沙江的洪水，跳着、飞着、滚着、翻着向前涌去，瞬息万变，无一类同，展示着它那粗狂的美姿。涛声也随着水在跳、在飞、在滚、在翻，如一曲狂想的摇滚曲，振动着，加剧着人们那颗跳跃的心。

如果把金沙江全长缩小到人们的掌中，人们可以看到它真如一条飘带一样，如李白所说"黄河之水天上来，奔流到海不复回"，上游是何等的飘逸、流畅，是何等的细腻、委婉，而在这虎跳峡处是何等的奔放、狂躁，是何等的壮观、瑰丽，直到它流入大海，它又变得何等的深沉、博大，人们不禁惊叹于金沙江的江水了，惊叹于虎跳峡的浪涛了，惊叹于虎跳峡的浪花了，惊叹于虎跳峡的涛声了。

人们站在岸边直看得头晕目眩。那隆隆的金沙江水，昼夜不息，争先恐后地向前奔涌，带着它金色的波涛，带着它金色的怒吼。仿佛是千条金龙风驰电掣般地从这里捋过，张牙舞爪，喊声如雷。仿佛是万匹野马冲破羁绊从这里奔腾而去，仰天长啸，蹄疾如飞。可作诗曰：

金戈铁马，厮杀怒吼，人迹乱。

旌烈戟飞，兽奔鸿惊，鼓声撼。

过关功成兵溃减，勒马凯旋帅增衔。

倾城出迎大王旗，笑脸苦心列两边。

帅占宫殿酒色兼，不服明朝又厮战。

正如滔滔江河水，一来一去五千年。

这虎跳峡的波涛正如那些波澜壮阔的历史卷面，记录着那些英雄的凯旋，记录着那些历史的血泪，记录着那些民族的悲歌。人们从晕眩中醒来，抬头看一看两岸的陡峭山峰，此处险要之地，一夫当关万夫莫开，只有猛虎可以一怒而过，故人们称之为虎跳峡。

此时西南的阳光正照在这条东北流向的金沙江面上，那金黄色的江水又抹上了一层金色的光，波涛激起的水花、水汽，衍生出七色的彩虹。这时的虎跳峡的波涛有形、有声、有色、有彩，带着许多让人折服、让人叹服、让人痴迷、让人忘我、让人恐惧又让人振奋的华符毅然地奔赴前方。从未因为人们的欣赏、羡慕、呐喊、欢呼、离去而驻足。从没有因为白昼黑夜而有丝毫的削减之势，总是咆哮着、怒吼着奋勇向前。

夕阳已被峰峦遮住了光线，人们那对香格里拉的向往，也被这虎跳峡的激情逊去许多。离开后人们默默地回忆着虎跳峡的波涛，耳边仍然是那隆隆的轰鸣的波涛声，如雷贯耳。人们真的醉了。谁说：天地有大美而不言呢？风声是否是大自然美的言语，雨声是否是大自然美的言语，雪声是否是大自然美的言语，松声是否是大自然美的言语，水声是否是大自然美的言语，竹声是否是大自然美的言语。回答一定是：是的。这虎跳峡的美，就是舞蹈着、狂奔着、呐喊着、吟唱着展示在人们眼前的。

虎跳峡东西两岸的石峰，中间的柱石，与水撞击出的美，有波有浪有瀑有涛有声有色，那才是无瑕之玉。大自然之大美无不在天籁之音中表现。我们应用心去解，用心去释，那才能听懂大美之言尔。

山 的 哲 学

许多的山，只要能登上去，那么那条上山的路径一定是弯弯曲曲的，一定是上上下下跌宕起伏的，这就是大山的哲学的曲线。

大山就是博大的山，其博大的精髓就是其有哲学性。古语云："山不在高，有仙则灵"。这话也充分说明了山是有哲学性的。一座山不是因为有仙而有名，而是因为这座山的灵性可以产生仙，仙是山的灵性的体现。而现实中，许多湖水出高峰之上，这也是山的灵性的体现。

中国许多的散文家都写过山的文章，在他们的笔下，山的灵魂、山的体魄，都得到了很好的挖掘，总给人一种美。但是再优秀的散文家对山的描述也只不过是皮毛之笔，不能入木三分的。即使那些常年在山里生活的人，与山常年厮磨的人，也不能完全准确地写出山的风骨。唐诗中有一句诗写得很好："石泉淙淙若风雨，桂花松子常满地"。那是怎样的一种意境，但也只能写出作者主观的感受，对大山客观的东西也并没有去描绘。但有一点，每一个人都很清楚，那就是大山是扎扎实实地踏踩在大地上，也就是说，脚踏实地。因此，为山的博大、意志力提供了强有力的后盾。所以大山是坚固的、大山是坚强的、大山是从容的、大山是自豪的。

人们说，大山是孤独的，大山是寂寞的，其实不然，那是大山的沉默。大山的博大是无与伦比的，故人们谓之孤独、谓之寂寞，但大山仍旧是沉默。这就是山的意志力。总之，山是博大的、是有意志力的、是深沉的。它总是由着山路的曲折，由着泉水的跌宕，由着山花的烂漫，由着风雨的飘洒。

山 的 美

山的美，被许多的诗人和文学家赞美过、歌颂过。也被许多的旅行者和热爱登山的人探究过、攀登过。

山的美，是多元化的美。每一座山的美都各有不同，都有自己的美的意境和美的特征。在不同的绝对性的前提下，也有它相同的一面，也就是山有它共同的美。这种共性的美，可被称之为山。从山的字形看，山是起伏不平的，跌宕无序的。多个起伏，多个跌宕便形成了浩瀚的苍山。山的共性的另一个特点是高度，"离天三尺三"、"登高壮观天地间"、"登泰山而小天下"。这就是山的美的普遍性。其个性就是起伏的大小形式，跌宕的陡缓程度，峰峦石谷的幽明晦暗。有的山像一幅油画，有的山像一幅水墨画，有的山隽秀，有的山雄拔，有的山青，有的山裸。不一而足，这就是山的美的特殊性。

有的山可以听瀑，有的山可以看石，有的山可以观峰，有的山可以探谷，有的山可以赏花，有的山可以养生，有的山可以问险，有的山可以健身，有的山可以观松，有的山可以凌云。这所有的一切都在山的怀抱里变幻着。山的包容使它们变得多样，山的仁爱使它们变得美丽，同样的一棵草木在山里则就长得特别的充满生机和活力，山有山的世界，山有山的气候，"人间四月芳菲尽，山寺桃花始盛开"，那也是山的性格。

山的美，路回峰转，景异色新。每每走进山里都赏心悦目。那就是走进了自然艺术的殿堂。每一条路径就像殿堂中的自然艺术长廊，令人目不暇接，看那里的雾、云、树、瀑、泉、虫、鸟、石，人人都会神悦情怡。

漫步在山的世界里的人们才真正融入了自然，与鸟共鸣，与鹤同舞。享受着树木的宁静，山风的呼唤，还有斑驳的阳光，生性烂漫的野花。突然乌云飞来，还有雨的洗礼。

入山而人性至归矣。

石头（二篇）

一

石头是山的化身，是大自然的化身。见石头一斑，知山之全貌，知大自然之演变。

一石一形，一石一态，着实让人迷恋。古代大书法家米芾就是一个石痴，见石必拜。他认为石头是具有生命和灵气的，是神的化身。

当然，除米芾之外，许多的人喜好石头，从大自然的某一角落捡回家后，或供人欣赏，或自我陶醉。因为这些石头上，印有人物、动物、植物，还有高山流水等各种美丽的图案，可以说无奇不有，一切大自然的东西，大自然的姿态，大自然的气势都可以在这里找到。

有许多艺术家把一块石头雕刻成各种图案，成为很美的艺术品。这固然很美，但我更喜欢那些自然天成的东西，愿意观赏那些经过长期水的冲洗，风的吹化，地理质变等原因造成的石头的形状和图案。

我看过许多的奇石展和许多名家的收藏，观石如观苍山，如观沧海，如观大千世界。我无论走到哪里都会留心身边的一些自然艺术的美，美景会以笔记之，清新会以口吸之，高山会以足登之，渊水会以身击之。走在山里、海边、路边，总觉得每一块石头都是美的，它们散落在山间、水边、树下、草丛中，如此自然而恬静，有的如飞来之石，有的险绝立于峭壁，各得其所。对那些小的可以携带的石头，总是以艺术的眼光加以审视。

我收藏几块石头，一块是较大的，需两手用力搬运，那上面有两种颜色，一种是黄色，一种是黑色，黄色如几条龙，黑色如海又如夜空，几条龙从水中或夜空伸出头，相互狰狞。还有两块较小的，一手可携。其中一块，黑白两种颜色，且都是一点一点相间的碎色，像灯光下夜色里的雨点，又像万马奔腾，更像月光下的清泉石上流。另一块则像一艘帆船，在暴风雨中破浪前行，惟妙惟肖。

　　我去九寨沟，捡到两块石头，如鹅卵一样大，一端平坦，可立于案上。上面有多条白色的斜纹，很细很长，背景为淡灰色，像被风撩起的柳条，另一块像突兀的山峰，而底色为黄褐色，上面的白色像从高山上流下来的瀑布，跌落在下一级石峰上，飞溅起无数的碎玉，此势如九寨沟的万丈飞瀑。

　　我去灵岩寺，在寺院外墙乱石中捡到一块石头，上面不规则的坑坑洼洼，但无棱角，很圆滑。整体形状像中国的版图。在青岛的位置还有渤海湾，但在路上不小心掉在地上，把东三省碰掉了，我感到失去完美，就送给了随行的一位朋友，他很高兴，爱不释手。但我至今也很后悔没有留下来，碰掉了一个东三省尚且美中不足，最后给了人，就把整个中国也送掉了，这岂不更加遗憾。不过，我还收藏一块石头，这很令我骄傲，此石比较大，像一个突兀的小山包，须几人协力才能搬动。底色是黑色的，上面漫布了无数的白色斑点，如满天的飞雪，又如灿烂的梅花，故被称为雪花石或梅花石。这些石头都是大自然的杰作，真实、流畅、美丽。

　　有一些美是通过石头的形象体现出来的，有一些美是通过石头上的线条体现出来的，有一些美是通过石头上的颜色体现出来的，有一些美是通过石头上的图案体现出来的，有的综合一体。这些美都是永恒的，都是无与伦比的，它不像鲜花，会败落；它不像彩虹，会幻灭，它永远是不朽的。

　　石头不像人都往高处走，希望出人头地，它永远是默默的，你把它放在什么地方，它就在什么地方默然而立，甘于寂寞，从不浮躁，甘于迎接日月交替，从不怕黑夜的漫长，无论风云变幻，风吹雨打，它都岿然不动，像林则徐所说："不以祸福避趋之"。这就是石头的精神。它从不傲慢，虽然昂着头。也从不谦虚，总是满腹经纶，实实在在，如此沉着。可以一万年在土下、水下、坝下，从无怨言，总是做着默默无闻的角色。可以千万年地屹立在天地间，像泰山、阿尔卑斯山、昆仑山、黄山、富士山，那都是石头顶天立地的身影。

　　石头，上可擎天，下可作中流砥柱。石头的心理，是实在的，是平常的，又是平衡的。

二

石头是很美的，人们常常把它作为工艺品，但也被人们赋予了另一些功能，如可以镇宅避邪，可以给人带来吉祥如意。我国就有《石头记》的故事，长篇大论，耗去了许多人的精力。这些都是人们喜欢石头、热爱石头的文化积淀。其实，石头没有那么复杂，只是因为人的复杂，石头也变得复杂起来。但石头再复杂也是简单的。对于石头我是唯美主义者。

海边的石头有其圆滑和心脉，还附着大海的气息，带着大海的况味，隐藏着大海的狂涛。观石可以看到大海的深远，看到大海的广阔，看到大海的风云变幻。但是，有谁知道这些呢？仅看它的外表，已没有了棱角，圆滑得几乎所有的人都喜欢，连孩子们也把它捡起来把玩。这就只能仁者见仁，智者见智了，或者说：会看的看门道，不会看的看热闹。但无论如何，石头总归是石头，决不是鸡蛋，如若食之，必会硌掉大牙。

山里的石头有其棱角和衣纹，带有山的冷峻，可见山雨欲来的狂暴，听到山风摇枝满楼的呼啸。泰山的石头有其雄魄和天韵，黄山的石头有其国色和天香，雁荡山的石头有其灵巧和天然。虽然质地和颜色不同，但是都印有风雨雷电洗礼的印痕。它们永远不倾倒，永远不困倦，总是昂着头，瞪大眼睛望着苍天，察言观色，已把天机看破。它们对苍天的喜怒哀乐处之泰然，总是一副不惊的神情。

沙漠的石头有其瑰丽，带有怪兽般的鹤唳的吼声，带着黑夜中沙砾如钉的痛苦和无奈的表情，沙魔吃掉它的肉，风飙吸干它的血，只剩下那嶙峋的瘦骨。那些喜欢艺术的人们在阳光下把它们带出沙漠，欣赏它们剩余的躯体，使它们脱离了那魔鬼似的没有心肺的雕刻家，脱离了那片水一样冰凉的荒冢。

小河的石头有其腻滑，每天则有温柔的水抚过，有时石头会拽来水的笑声，水会把那些小小绿藻当作礼物送给石头，石头就把它们做成衣裳，披在身上以遮阳光。还是做一块小河的石头幸福，在它们的下边也躲着有趣的小虾、小鱼和小蟹子，没有人去破坏它们这种和谐，这石头也乐于这种安逸，从不奢望什么，从不追求什么，只是默默地随遇而安，以一种自然的情怀，尽情地享受着自然的快乐。

小河的石头的生活是安逸的，但它没有大海里的石头和沙漠中的石头有其价值。大海里的鹅卵石和沙漠中的风砺石都是经过了涛厉和风声的，正如梅花经过了冬天，受冰霜之苦一般，换来的才是梅花之香。那些美丽的卵石和风砺石却受到人们的青睐，当它们修炼成功后，会被人们珍之如宝，来到书香门第之兰室，颐养天年，备受推崇。

爱好石头者，认为每一块石头都很可爱，拾起来看一看都有美的地方，所以石头就成了那些爱石者消闲的伴侣。即使几块普通的石头，在别人眼中一文不值的石头，也会爱不释手，望而生神。如果普通的石头，做上一个底座，摆在书橱里，一下子也就身价十倍。它们的价值不可以金钱评论，如果从它们带给人们的精神享受来讲，那就是无价之宝。伏案累了，站起身来，走到书架之前，观看一下石头，或打开橱门，把石头撮在掌中细观，那真是一件快乐的事情。看其形又知其来历，就又把你置于山海之间，思绪飞舞，情形再现，倦意顿消，心花怒放。

你留心一下山石的性格，海边的石头的性格，河中石头的性格以及沙漠里的石头的性格，不像社会上的人一样吗？我不知道世上的人都愿意做哪一类人，都愿意过哪一种生活。但是不管你的生活、你的人格和哪块石头相似，都有值得赞赏的一面。唯不能做粪坑里的石头，又臭又硬，人们历来不喜欢。

关于石头是写不完的。石头是大有学问的，完全可以写成几部书。但我并不想到此而结尾，仍要回到开端去，以石论石，决不掺杂一点人性，不想把石头和人挂起钩来，不想把石头扔到粪坑里去。还是还它们以原来的位置，无论是海、山、河或沙漠。只要是它们的选择，则便是适宜的。让它们在那里过它们的生活，历练它们的性格和品质。只要它们愿意，苦也是甜的。即使有一天，它们离了故土，它们也会有过去永远的回忆，有未来永恒的美丽。

泰岱松云

　　相传远古时期，有七十二位君主来泰山巡狩祭祀。自秦皇汉武、唐宗宋祖，至明朝历代帝王，先后有十二位皇帝亲临封禅祭祀。从先秦到明清四千年间，有数以百计的帝王向天朝拜祭泰山。历代名人雅士也来到泰山、吟诵泰山，孔子、司马迁、张衡、李白、杜甫都留有不朽之作。

　　其中杜甫的诗"岱宗夫如何？齐鲁青未了。造化钟神秀，阴阳割昏晓。荡胸生层云，决眦入归鸟。会当凌绝顶，一览众山小。"被广泛流传。何时来到泰山脚下，何时这首诗就在嘴边吟诵。

　　杜甫的这首诗《望岳》写得好啊！把泰山的高大、雄伟、瑰丽恰当地写入几句诗中。真是硬铁匠遇上了好钢口，一座伟大的山又被一位历史上伟大的诗人歌颂，强强相济之效赫然历史。

　　泰山的最高峰是玉皇顶，其实它的周围方圆几百里都应是泰山山脉，这正合了杜甫诗中的句子"齐鲁青未了"。

　　泰山之北灵岩寺周边的山脉及泰山之东南的沂山和蒙山山脉，都有泰山的雄拔和气势。这些山脉无不钟灵神秀，山水相依，连绵不断，浩如烟海。驱车远望，心驰神往，真是天工之大极，正如杜甫所云"造化钟神秀"。

　　古人对泰山的理解和体会绝非后人所能领悟。古时的交通工具是日不过百里的，尤其是到了那些山区，是只能徒步跋涉的。山山水水都有古人的足迹。古人从泰山脚下踏着山脉一步一步地登上极峰，与山的交流、神会是循序渐进的，是心灵的相通。

　　古人对山气、山体、山脉、山魂、山魄的整体把握都是来自于亲山。完全把自己置于山的环抱之中，像一石一松一样守望着泰山，或像一水一瀑一样徜徉在泰山之中。他们欣赏着每一块山石，欣赏着每一棵青松，观赏着每一道山溪，观赏着每一帘流瀑，而又从这些石、水、松、瀑中汲取着灵动之气，于是他们也就得山之魂魄，得山之精灵，得山之神妙。许多好的诗篇便流于笔墨，翩然如鸿飞向泰山的每一个角落，使泰山有了人气，有了石刻，有了迎客松，有了十八盘，有了"清泉石上流"。

而现代的人们游泰山只是"徒有虚名"。驱车来到泰山脚下，沿着蜿蜒的山路直冲到中天门，再换乘索道，荡漾在空中，上了天衢，那就算登上了泰山，然后也喊上几嗓子"会当凌绝顶，一览众山小"而已。其实并没有真正体会到泰山之雄拔，这与一步一步迈上天街的那种感觉是有天壤之别的。脚下才有真味，而那种机械铁甲已破坏了杜甫诗中那种"荡胸生曾云，决眦入归鸟"的意境，也无法领会石刻"虫二"之意"风月无边"。

从红门处出发登上泰山，那就是真正登泰山者。我赞成从这里始发。这里有古人之足迹，也有古时之遗迹。据说孔子登临泰山是从这里起步。不过现在这条上山的路看上去有些风雨故道的苍凉，有些败旧，其实是一种历史的沧桑和历史的印记。从这里出发真有点神圣的感觉，也有"林深不知处"的意境。两边的小货铺，花花搭搭地摆满了多种商品，红墙黛瓦的山路驿站也都成了商铺。但还是有许多古迹可赏可观，如红门、红门宫、谢恩处、合山社碑、皇清碑、斗母宫、碧霞灵应宫、财神庙等。在"红门宫"三个大字之下是"瞻岩初步"四个字，把红门为登山佳处一语道破。门旁边有一副对联，上联是"千峰云影护禅关"，下联是"万壑泉水沉宝磬"。

红门被称为"一天门"，是有一定高度的，下有岱宗坊。红门路北首，东临中溪，西靠大藏岭，创建时间无考，明清重修。庙分东西两院，东为弥勒院，西为红门宫，中有飞云阁相连。红门宫为泰山中溪的门户，自古有"红门晓日"之景，清人赵国麟诗"凌晨登红门，霁色明朝旭。俯视万家烟，平畴尽新绿。"

过红门，路边的山溪与山路相伴，同样弯曲着。虽然溪中无水，但被水冲刷得光滑润圆的石头堆满了河底，也颇有流水感，有时也能听到淙淙的水声。那些平缓的石阶也使你多有空闲，摇眼撒景，观水听松。轻松之间，闲眼之处，忽见经石峪牌坊当头，环顾四周，景色旷达，如若桃园世外，红叶在峪，苍翠相拥。关于经石峪之名，我还不知如何得来，但看到经石峪立即想到在红门起步上山不远处有一石刻，是光绪辛丑九月既望写的《经石峪看红叶诗》，由吴门石祖芬题："中天门外梵仙乡，枫叶初经九月霜。独倚高柯舒冷艳，不侪凡卉炫秋香。孤红莫恨荣华晚，众绿都成惨淡光。休上危桥云步迥，更高寒处更凄凉"。可证光绪皇帝亦从红门入，到达经石峪便叹息高处之凄凉。

经石峪过后就有一段小小的慢十八盘。这才是真正十八盘的序幕，爬上这个小十八盘，便是中天门，可在此歇息，然后冲刺南天门，在这里人烟熙攘，人流入门。中天门自古至今：可纳达官贵人入门户；不拒凡夫俗子入门里。

中天门位于黄砚岭脊之上，建于清，北面为黑虎庙。古之泰山之中，多有老虎出没，为使老虎不伤百姓，在此建有黑虎神庙。可以遐想，神庙北可谓深山，一定是老虎之窝，故在此建庙。从黄砚岭脊的中天门向北便是一个山坳，是通向更高一峰南天门的一个低谷。从红门到中天门一直在登高，忽地小转而下，则颇感自如轻松，可谓是一段苦中之蜜。但路峰一转，便又迈上陡壁山坡，一个石阶接一个石阶摆在面前。从红门到中天门是体力的拼搏，而从中天门到南天门则是意志力和耐力的拼搏，但泰山的景致也往往使你抵消部分疲劳。这时你既可以看东岳诸峰，峰岩裸露，如脊上长城，在夕阳的映照下，如鎏金似的闪着金光与天上浮云呼应成画，再加上近处树枝相与，则意境深远；也可以看峰下松姿，松间露石与飞流泻瀑；亦可以向下俯瞰峰峦叠嶂，树木含烟。

步云桥处"霖雨苍生"。瀑布直垂而下，如若天露洒向人间。就在这里，路又转过了一个弯，在这叠弯之处，迎客松出现。路一边的山石，纹脉恰似流水，一道道白浪急湍，仿佛从高处流向眼前，于平缓处水花烂漫，灿若银蛇乱舞。

这个步云桥为独洞山溪之桥，使人流从东边转入西边，也使景色异转。许多石刻在这里落刀，其中一处是"至此始奇"，雄劲有力，还有在山写的"登欢喜地"，是嘉庆丙子年仲春时间。在这座桥北面瀑布旁写有"河山元脉"，落款长白文煜，写于咸丰庚申四月。紧下面是"都归一览"，则写于民国十四年五月。再下面是"奇观"，落款庚申中秋节北陵王玉树。很有意思的是，虽不是同一时期所题写，但把它们连串起来读之，含义颇深："河山元脉都归一览奇观"。在飞瀑上面的山峰上，还有草书"云步跻天"，可见登山者的风采。在其旁是"俯瞰群峰"的正楷四字，是光绪庚子八月吴门石祖芬写的，与《经石峪看红叶诗》刀出一人。向上走，又见"栏环翠秀"四字，落款为咸丰丙辰孟夏长白升福，不知与前面的长白文煜是什么关系，是否同一人或者同姓兄弟？

过桥上转右边是几个令人喜爱的榜书"登峰造极"和"冠盖五岳"，皆是繁体，气如泰岱。"冠盖五岳"是"光绪三十一年清和中浣济东泰武临道丁达意暨泰安府知府吴筠孙、泰安县知县李于锴游此之功石"，是为题款，也为记事。

任克溥也在此题刻颂泰山诗："岩岩气象岱宗开，五岳首推信壮哉。势接沧溟藏雨露，形连霄汉起风雷。千丛脉秀龙鳞树，万丈骨高虎卧台。策杖重游堪纵目，盘桓懒去问蓬莱。甲戌暮春东昌任克溥题书"。还有杨辛"泰山颂"诗一首，刻于石壁："高而可登，雄而可亲。松石为骨，清泉为心。呼吸宇宙，吐纳风云。海天之怀，华夏之魂"。落款："余廿六次登岱顶，纵情山水之间，求索天人之际。仰之弥高，探之弥深，感生之有涯，学泰山无涯也。己卯春，杨辛"。字写得苍劲如钢。

近龙门处，石脉犹如瀑水，看上去就是清泉流石上，故我谓之曰"泉石"。观赏着这些"泉石"和石刻，不觉已到龙门，我颇觉奇怪，于龙门前后石如流水，真乃龙门。历下魏祥识草书"龙门"，非常形象。入龙门逆流而上，到达升仙坊。向下一望，秋染长枝，红到壑旁。向上一望石阶如障，已到了号称天门云梯的紧十八盘。

十八盘，在对松山北的高阜之上，旧称云门，今称开山，清乾隆末年所建。十八盘下有开山、升仙坊，上有南天门，东为飞龙峪，西为双凤岭，十八盘落于其中，名为石壁谷，石壁谷两侧有"天门长啸"、"层崖空谷"、

"如登天际"等石刻。自开山至龙门为"慢十八",再至升仙坊为"不紧不慢又十八",又至南天门为"紧十八"。十八盘绝对是泰山一绝,俗语云:泰山之雄伟,皆在十八盘;泰山之壮美,尽在肯登攀,这是有道理的。光绪丙午柳堂摩题南天门铭:"开谼荡,何险危;仰不愧,履如夷";最后一幅题词是"首出万山",乃嘉靖甲子四月吉旦由东昌府同知脱镐。此时的十八盘全踩脚下,南天门赫然横道,一洞通天。进入南天门洞,豁然开朗,一个广阔的天上世界畅怀眼前,穿天街,再登玉皇峰。

泰山最早的石刻是始皇二十八年,也就是公元前二一九年。至此石壁题刻蔚为壮观,俯瞰群峰波澜壮阔。可谓人文与自然齐峰。有民国十六年丁卯仲秋无名氏题刻:"眼底乾坤小,胸中块垒多,峰头最高处,拔剑徒狂歌"。最令人仰止的是乾隆夜宿岱顶诗刻二首:其一"攀跻凌岳顶,仆役亦已劳。行宫恰数宇,旧筑山之坳。迥与天为邻,潝然云作巢。依栏俯岱松,凭窗眺齐郊。于焉此休息,意外得所遭。恭诵对月诗,徘徊惜清宵"。其二"傍晚云雾收,近霄星斗朗。天籁下笙竽,松花入帷幌。神心相妙达,今古一俯仰。始遇有宿缘,初地惬真赏。清梦不可得,求仙果痴想"。落款乾隆戊辰二月晦夜宿岱顶作,御笔。

泰山之博大,一点点笔墨是难以挖掘的,只有亲临泰岱才能心领神会。最后我也只想送上一首诗以颂泰山:秋意染长枝,胭脂落壑花。泰宗亦有色,吟哦还须歌雄拔。重嶂叠远山,烟岚绕树桠。无处不纵情,体悟还须攀十八。

游白水寨记

白水寨，一听这个名字就是有水的一个寨子，可以想象出白水之美，不由得使你向往。白水寨位于广东省增城市的东南部。走到那里一看，一座高山约九百米高，已经被人们所征服，在其怀抱里修建了一条石阶，大约有近一万个台级。

车一到山下大雨就下了起来，四面的青山在微寒的初春婉约而苍翠。这与南方的气候有关，在北方尚不曾有绿色，枯色还在封锁着一切，还见不到春色的景致。但春毕竟要有去处，原来在这座山里歇起脚来。其实春色是这里四季的主宰，只有绿色浓淡之变化。

白水寨，主要是因为有这么一座山而变得多趣。我们也因山而前来，故从车上下来打上雨伞，直冲着台阶而去，一进入山中即可听到水的声音。循声望去白色的山溪如飞龙腾跃。我方幡然大悟，"白水寨"的名字一定是由此而来。

逐向上，雾气渐浓，转回之处有一平台，台上有一破旧的小屋。本欲小憩，然不经意之间远见水从天降，跌于山坳之间，沿山之峭壁形成飞瀑百丈之势。但就因距离较远，而没有强烈的跌宕之声，但不失壮观。攀到这里景愈新人愈惫，一个生龙活虎的小分队，也已脱衣扶杖，步履踉跄，气喘吁吁，汗流浃背，刚才俏语连珠者，忽然沉默不言。但当听到瀑声又一次向我们接近时，一种振奋之情又一次鼓励着我们的脚步。赶紧向前，一条岔路摆在面前。一阶是旧阶一阶是新阶，同行者有人建议沿新阶前行可近飞瀑，有人建议沿旧阶向前可抵达瀑潭。以经验而知旧阶可通瀑下，新阶可通峰上。于是在登高与壮观之间选择了前者，也打破了同伴驻足听瀑的美好心愿。又拖着疲惫的脚步向上攀登，把泉水的声响再一次抛去身后。前面是一片很陡的山体，路在此有一个很大的迂回，几乎成了一个倒下的 A 字。就在 A 字的尖处再一次听到了水的声音，这一段石阶的两旁多是比较典型的南方树木，最多

的是桂花树。桂花树的叶子和花落满了山路。我突然若有所思,想起了古人
的诗句"石泉淙淙若风雨,桂花松子常满地"。这两句诗就是中国山水诗人
情怀的真实写照。于是我就踩在这些碎小的花叶上听着泉声等着我的同伴跟
上,把这两句诗诵给大家听,临其境,悟其意,乐其趣。

走过这一段潮湿的林间山路,来到一个悬空的观望台,用木板建制。凭
栏远眺雨雾迷蒙,鸟语空谷,风声林间。稍歇后继续前行,至一平台,有一
老夫在卖各种小吃,煮南方野菜,小憩后沿着一条较平坦的山间小路穿过一
片松林,豁然开朗,一个平坝横在眼前,沿一条人工石阶向上至顶,方见一
高山平湖,阔然展示在眼前。暮霭微降,但已不能观高峡平湖的全貌,顺坝
而行至南端,再上二十几石阶又一山岗,上有建筑,观之方知此水为山下瀑
布活水的源头。此处乘坐一辆十三座的小车至最上峰,下车以观,又见一高
峰平湖,绿碧如玉,又知此水必为最源头也。这里已是九千九百九十九级石
阶处。于是乘车顺山路蜿蜒而下,回到山下时游人已少,寂寞与暮色同至。
于是我们便抛开寂寞、水声,在暮色中踏上归途。

登这样的山可以享受宁静,但是享受不到那种凝练而浓缩的宁静的,那
就是高一级宁静,可以送它一个名字叫寂寞。有一些山,山上水很少,几乎
山谷间是干涸的,只有夏天才有水的声音,多数的季节听不到水与岩的撞击
声,看不到抛起浪花,有时连风声都没有,偶尔也听不到鸟鸣。你可以尽情
地享受那种寂寞。但是大部分的时间山里是不乏风声和鸟鸣声的,但这也是
颇多的享受。我写过多首诗,赞美过山,其中一首《暮色拾级》的诗:

空山飞鸟鸣,

林间吹草声。

石阶隐我影,

天籁伴人行。

暮色添壑暗,

山岚洒肩顶。

高巅矮群峰,

半日照苍冥。

但在白水寨这座山里，水汽雾气很浓。山中的水声、风声、鸟鸣之声相杂，山花也开在石阶旁颤微微地笑着，虽不热热闹闹但又不使人寂寞，独可以使人享受那份不寂寞的宁静。

在那一座山里

在我们住居的地方，有山固然是一件幸运的事情。有那么一座山，虽然不很高，只有几百米，但也是连绵不断、层峦叠嶂，且常常是烟岚云岫，意境幽远。

是哪一座山呢？就是"那一座山"。

在那一座山里有一条通往山顶的弯曲石阶，还有一条崎岖的公路，可以驱车盘旋而上。殊途，但皆可以到达山顶。也有一些小路，悠然也寂然，可通天堂，可听天籁。尤其是阳光洒下，落在草地上的时候，风琴的脚步会更加轻盈与恬淡。但我很少能享受到那自然的温馨，通常是沿着那一座山的那条石阶向上，然后再沿着那条盘山公路匆忙地下山来。这不仅可以锻炼身体，以达健身的目的，而且可以一睹山里自然的光景和人文的遗迹，是一种很好的运动，同时也是一种很好的休闲。

登山的习惯，令我深深地感受到那一座山的四季情怀。

夏天，万绿葱郁，鸟鸣猿啼。通往山峰的石阶的上面是遮天蔽日的树冠，枝叶垂青，举手可触。猴子在树枝上像荡秋千似的，从一棵树到了另一棵树。虽然它们一纵百步，动作轻盈矫健，但总是给人一种"蹑手蹑脚"、"贼头贼脑"的样子。它那不很悠扬的嘀咕声，常常引人注目。石阶两边是丰茂的杂草，野草花笑在丛中，给你一些天真和回归的感觉，会使你回到童年。尤其是那些被我称作"谷谷莠"的野草花，会使你不由地俯下身，抵起秀出的毛茸茸的穗子。记得我的童年是把它们编成兔子的耳朵戴在头上的，现在已只能是一种遥远的回忆了。有时被切割机刚刚切过的青草，四处洋溢着浓郁的芳香。

在这个季节里上山，那却是绿深不知处，一眼是望不到边的。但只要你拾级而上，一定会到达山顶，那绿色的世界就会踩在你的脚下。但即使是在最高峰，你仍然会踮起脚跟，放眼望，再放眼望，那连绵起伏的绿色依然会望不到边。

秋天，石阶上便附着秋凉了。但树枝上却挂着一个多彩的世界，叶子仿佛也不堪那色彩的重负，悠悠地无声地坠落。地上的草也变得苍劲而有韧性，上面飘落的叶子被风吹着发出沙沙的响声，那是解脱了枝桠禁锢而获得了自由的叶子发出的快乐的呐喊。但这不无凄切，也不无诗意。

当站在山顶上的时候，你会忽然感到天远物近，一切都清晰得透明。这时你可以望到地平线，可以尽享造物主的恩赐，诗人们会吟咏赞美上帝的诗篇。秋是诗的种子，是诗人的灵感。诗在秋意中会萌芽。诗人会很快地长大，会收起所有的落叶，把叶子的纤维编成一行行的诗。那几片挂在树枝上的稀疏的叶子，就是那平平仄仄的诗的灵魂。偶有鸟的鸣啼，那诗的影子就拉长了，并会弥漫整座山。当露或霜打湿树叶，滋润诗的灵魂的时候，你会感到诗的淋漓与韵律。风生之时，树丫萧瑟，诗儿又唱起了歌。这也许是秋的挽歌，冬的锣鸣。

冬天，山风呼呼地从身边吹过，吹着枯枝败叶，发出怪怪的叫声。走在台阶上抬头一望，目光穿过纷繁而又疏朗的枝桠直达顶峰。而脚下的路则拐着弯子，牵着你不能扶摇直上。你只能被一味地拖着脚步，绕着山峰一步步前进。有时，雪从天而降，雪花在枯枝间飞舞，镶在枝桠间，铺在石阶上。

删繁就简的冬天，本该是无所遮挡的，但是上帝却使空中飘着纱幔，让万物自在地赤裸在纱幔里。即使你登上峰顶，也只能一览朦胧和混沌的万物。但我是很沉醉这冬的环境的，没有人或很少人与你分享这山野中的景色，一切都在寂寞和宁静中孕育。等春天来了，攒足劲的冬，便笑开了，就重新使用它曾经用过的名字春。

春天的那一座山不是孤寂的，不是灰色的，而是充满生机的，是充满活力的，是充满希望的。它不像冬天的美那么枯燥和残缺；它也不像夏天的美那么浮躁和奢华；它也不像秋天的美那么焦躁和凄切。春天的美有冬的明快，有夏的缠绵，有秋的多彩和俊逸。走在石阶上那满枝的花骨朵，都蕴含着一股生命的力。当它破苞而放的时候，带着美的灵魂，带着生命的皱褶，带着希望的色彩，将那一股生机和能量释放。这时，你就理解了"含苞怒放"中的"怒"字用意的确切。那片鹅黄、那簇紫锦，都会给你以力量，令你感到一股信念。

这就是那一座山的四季，送给我健康和快乐。也就是那一座山消磨或吞噬着我的时光。

我不会忘记那一座山里的瀑布飞流；也不会忘记那一座山里的亭榭飞檐。在那一座山上，我不仅看到了它四季的情怀，我也看到了道、墨、儒、法迥然相异之处。它教给我博大和深奥，在那一座山里有卧在山峰上的大肚活佛，它容下了许多的天下的烟尘，但仍然笑观茫茫人世间的那些碌碌尘子。在那一座山里有站在山峰之上遮光而望的悟空，始终警惕着那些妖魔鬼怪，虽然他有火眼金睛，但也从不大意。虽然他有定海神针金箍棒，但也从不懈怠。在那一座山里有一位人妖不分"善之""善哉"的"善心"玄奘。无害人之心，亦无防人之心。总是天下太平，险恶何在？所以立在那里犹如一介书生。在那一座山里有一位"普度众生"的菩萨。佛法无边，惩恶扬善，光明磊落。大恩大德，广施天下。

我喜欢那一座山，喜欢那空山的阳光，那空山的雨滴，那空山的花香，那空山的鸟鸣，还有那空山的清气和那空山的幽静。我喜欢那一座山的四季，虽说冬天是无情的，它扼杀一切；也喜欢山里的人物，虽说唐僧是人妖不分，善待一切。因为这一切毕竟是在那一座山里。

登华山

西岳华山以险而闻名。登临华山，亲以观之，才知华山之险名不虚传。俗语云：自古华山一条路。要登上华山必从玉泉院入山攀登，别无他路。但是后来人们又架设一条索道，可直达北峰，然后由北峰再登诸峰，故而许多游人都由索道一线上山。自古华山那条老道已相对寂然。

华山位于山西华阴县境内，最高峰海拔二千一百六十米高，山峰笔直如一朵莲花，正如《水经注》云："远而望之若花状"，故名。《华山记》曰："山顶池中，生千叶莲，服之羽化，因名华山"。华山之名皆与莲花有缘。也确实如此，在华山脚下仰望诸峰，犹如那初绽的莲花花瓣。

为得山之真气，我们始足山下，进玉泉院，过而往前。路在一条山溪旁。入山之处是一座牌坊，上面写着"华山"两个大字，为彭真书迹。这便是人文，生怕人家不知这是华山，就在华山入门处贴上一个标签。入门后方觉山色秀美，石峰壁峭，水声潺潺如乐。这就是自然，不管人们形容华山如何，华山依然是华山，总是默默的、静静的屹立在那里。任树木招风，任流泉喧响，任虎豹咆哮。

沿着山谷间的溪畔的平缓石街，走了近半个小时到达"五里关"。这是华山第一关隘，这时有一种"雄关漫道真如铁"的感觉。脚下是漫漫长坡，不见一级石阶，毫无挑战性。挑战会使人清醒，挑战会使人提高意志力。没有挑战，使人意志消沉，昏昏欲睡。直到莎萝坪，石阶才飞来，攀山的激情又开始燃烧。

跨过云门，景色异常秀美，石阶旁边坐着小憩的游人，人气渐增。至此才从山溪的右边，转往左边，但已不再沿溪而往，而是远离溪水，直冲云霄。登到此处，已经筋疲力尽，云深不知处。转向驿站上的小商贩，问："离北峰还有多少山路？约需多少时间？"回答是：华山八关方走完五关。有的回答说还需两小时，有的说还需一小时，莫衷一是，不知谁说的正确。但我担心同伴们失掉信心，就鼓励大家，北峰就在眼前，胜利在望。这些商贩的回答，如同小马过河，问老牛河水的深浅，老牛说水很浅，才没小腿；问小松鼠，小松鼠则说，水很深，会淹没全身。道理相同，这要论登山者的体力。于是大家鼓劲再登。登得越高，景色愈好，既可俯视来时诸峰，又可仰望神秘钟秀的西峰。

忽然一块巨石映入眼帘，上面写着三个字"回心石"。立在此处回身俯察近峰，势如劈竹，险要无比，再向上仰望，两条天梯直插云霄，两边铁链相扶，游人仿佛匍匐而行。屏住呼吸，始如平夷，中则恐高，最高处则手脚并用，唯恐失足，手紧紧地抓住铁链，不敢有半点马虎。此时才真正体会到"回心石"的示意。但是只能勇往直前，不可泄气退步。最终上了一个小平台，才知道这就是有名的"千尺幢"。这确实是华山险要的一处代表，有"一夫当关，万夫莫开"之要。上来后，落脚之处犹如扎针之地，无回旋之余，转头上望"百尺峡"，就在跟前，又是一阵子不寒而栗。登上百尺峡，山道弯弯而舒缓，北风抚叶，纷纷飘落，一时感到冷寂。

在山路旁又有一驿站，小商贩嚷着要我们稍作休息。我们只是问北峰还有多远，那人毫不耐烦地指着山顶说，那就是北峰。抬头一望，确实也无多高了，便又迈上台阶，但台阶很陡，如千尺幢相似的惊人。这里就是所谓的"猢狲愁"。精神立即紧张起来，又一道"雄关漫道"，不得不从头开始迈。上去后，方觉阳光和暖。向前几步，忽觉人声鼎沸，抬头一看却是人山人海，熙攘在北峰之上。

几步登上北峰，忽然另一个世界展现在眼前，来时左边的山峰终于翻了过来，另一侧山谷如万丈深渊。山谷对面是高峰裸岩，只是在石缝之间长着几株树木，已被秋色染红。几座山峰左右前后相互交叠，明暗错落，毫无羞涩之态，大大方方地立在阳光之下，稳而沉之。一看就是一幅东方艺术风格的山水画图，仿佛是在白色宣纸上用墨色勾勒出的简单线条而成，但却有着一种强烈而复杂的感染力。淡雅、轻描、自然而又人文，与上空的蓝天浮云，协调而统一，天上而人间。远处的山峰也争先恐后地昂着头，怕前人看不见似的。在那片苍茫中，藏着一种神秘，山高水长，荆棘塞谷，烟岚密布。

　　自北峰又名云台峰，再向西峰又名莲花峰，再向南峰也就是落雁峰，再向东峰即朝阳峰，如在天上的仙山之上。路峰回转，关隘道狭，那才是华山之险要，可谓之为天险。在苍龙岭与五云峰处就有韩愈投书之处，可见其险绝，足以让人胆战心惊。所以对于华山之险，民间有云"奇险天下第一山，登临犹比上天难，不吃豹子胆，只能望峰叹"。

　　华山之美在其自然，而那些人文的历史故事大可以忽略不计。华山之美在其险绝，其险绝之深奥亦无人探得。天气之变，云蒸霞蔚、雨雪雾风，则就更加险绝不测了。险绝来自于自然，自然创造了险绝。故，观华山，叹奇观，念天地之悠，惊山岳之嵘，石谷流水，高峰雪莲，乃天然之道哉。

登千佛山记

日转西边，松风送爽。千佛山一片葱郁，正是登山的好时节。从千佛山南门入山，直沿着那条通往山顶的石阶拾级而上。

山门处，浓郁的香甜弥漫而来。这美妙的味道如同槐花的香气。但这个季节槐花早已衰败。四处寻找之时，方看到山门十字路口有几株野枣树，正纷纷扬扬地开着米色的小花，一串一串地挂在枝上。我特意走近嗅了嗅，以示对这些自由生长在山里的野生植物的敬意，然后情不自禁地说了一些赞美的话。

一路拾级而上，荆棘丛生，灌木葱茏，山风时常送来恬淡的香气。我多次停下脚步欣赏这些野生的小花，五个小瓣，每瓣之间长有一个绿色的花须，花瓣倒托着花蒂，上面还有许多的蜜蜂在采蜜，不停地扇着翅膀，忽近忽高。

山上稍大一点的树，就是松柏，还有野椿、黄栌等。松柏这种树木，在自己童年的时期就很熟悉。因此观之如见故旧，令人欣喜。记得外婆家里就有这么一棵高大的参天的松柏树。比房子还高，直挺挺的四季常绿。孩子们经常在院子里捡松柏树落下来的叶片和松子。那棵树的高大使我不能细观其冠，只是通过落到地上的叶片和松子来了解松柏树冠的细枝末节。如今站在岩石上俯视，近距离地欣赏这种松柏树，看到那些小虫一般粗细的松柏叶片，其中结满了松子，松子的壳还是绿色的，看上去还比较稚嫩，但至今我也不知道这松子是否可以食用。

石阶两边的树下和灌木丛中，散落着许多石头。每块石头都像佛一样圆润、包容，不曾有棱角的尖锐。我又疑惑这里曾经是沧海，否则为何这般圆滑，一定是被水冲击过，才抹去了棱角。要么就是佛的化身。捡起一块仔细端量，每块石头都很有形状，仿佛充满了灵性。我有些爱不释手，向石头下藏身的小虫们说声对不起，另寻他处安身吧，便把石头带走了。这石头是带有自由、自然的灵性的，同时也带有地理、人文的佛性的。所以有千佛山的石头在身边就有佛在身边之理。

石径上一路静无一人，脚步声和呼吸声就成了主要的旋律。这种旋律宜于思旧，使我不由自主地又忆起了大学的时代。我读的大学就在千佛山脚下，千佛山给了我许多精神的东西。大学是难忘的，大学是美好的，岁月蹉跎，时光荏苒，但却难以抹去。在此时，忽然使我想起来一首歌的词句"高高的树上结槟榔，谁先爬上谁先尝"。这首歌的词句，乍一想与登山无关，仿佛在此想起此歌有些突兀。但仔细琢磨却大有深意。这也许是山的哲学的灵感。山，无限风光在险峰。树，高高的树上结槟榔，谁先爬上谁先尝。这也许就是人们所说的"天道酬勤"吧。

大学时代往往充满了幻想，可以称之为理想，而现在的我则是常常忆起过去，怀念旧人，到底又想起了过去，往事又历历目前。

太阳已经看不见了，但天宇之明能令人意识到太阳还在起着作用。我也加快了脚步。突然一条平坦的马路横在石阶前，石阶不知去向。瞬间又看到了在路的另一边树林中隐藏着的石径。横穿过那条马路，再次重复着那些石阶，但却有了不同的意义。

晚风吹来，情绪飞扬，畅快之感随之而来。吹动的松风柏声如潮水一般荡漾而去。即将到达山顶之时，一身背旅行包的登山者从山顶袭下，与我主动搭讪说："很近了，快要到了"，指着上边说"那就是顶峰"。我昂首望一望，微笑着摆了摆手，快步迈上了最顶峰。此时，暮色微降，环顾四周，旷达如空，山下"齐烟九点"尽收眼底。

千佛山，千佛山，入山成佛，入山即佛。千佛山的佛是有灵性的，可以使许多人成为佛，此乃真正的千佛山。山上石刻的佛和在山中活动着的人们皆为佛门之子。千佛山石刻的佛乃真佛，可化身千亿，济苦人间。

人与佛的肚腹小如拳石，但去七情弃六欲，放浪形骸，逸于苍天，那么人就化身千亿，有了胸怀，佛就法度无边，有了意念。所以佛非一事一时，人非一时一事。佛与人的区别就是，佛把自己完全融入自然，而人则把自己完全融入了红尘，人应有佛的哲学，佛应有人的观念。

从千佛山上归来又投入了万丈红尘，茫茫人海，我不能永远为佛，但我可以常入佛山，常悟佛性。立于千佛山脚下翘首山顶，已被暮霭所淹，沧沧如墨。

沂南的松与石

　　车轮滚滚，翻山越岭，经过近一小时的蜿蜒的山路，才来到目的地，沂南县境内的一个地方，四面环山，朴素得如同世外桃源。这就是沂蒙山区的老革命根据地。

　　走在山路上，先不说那目的地给我的幻想和兴奋，只要沿路看一看那些大山，在苍穹下起伏着，就会让你感一种自然的舒畅。大山带给你的那种特别的宽阔，会使你的胸怀不由自主地装下了天地。

　　"人间四月芳菲尽，山寺桃花始盛开"。在这座山里没有寺，也没有芳菲，只有一种朴素的绿。那些绿，主要是青松，高高低低地随山野蔓延。有一首歌曰："花儿为什么这样红？她是用了青春的血液来浇灌。"那么这些松树为什么这样绿，不需要丝毫的犹豫，答案应该是一样的，正是因为山野的土壤里有着青春般的年华。

　　路旁与山坡上的那些朴素的石头，最令人注目。这些石头是山的子孙，出于峰，卧于坳。有些石头突兀地坐着，尤其是那些在路旁的，一转弯你会看到它很有个性地在迎接你的目光。有的即使在远处，但它那种状态如人一样踮起脚跟向你招手。还有那些壁立的山嵒，也很令人称奇。山间那些梯田一层层地都是用不规则的石头自然地摆起来的，可称得上是一大风景。在高处可看到一层层的梯田，在低处只可看到那一堵堵的石墙。这些石墙不需要钱，也没有任何成本，但它却凝聚着山里人们的辛勤和汗水。一个个山峦，一个个山坳，一个个山谷，一个个山峰，无不以同一种朴素的形态向我们展示着内心世界，即使漫山遍野的青松也没有掩饰住这一切。

　　逐渐地，我们进入了一个四面环山的地方。首先映入眼帘的仍然是那些可爱的石头，被一块一块地用在理墙上，用在盖房上，用在铺路上。一堵一堵的石头墙高矮错落地展示在人们的眼前。这些过去的传统的石头房屋坐落在一座山的南坡之上，更显得跌宕有致。路上的石头有长的有方的，都被鞋底磨出了光。一到了这里，突然就找到那种纯朴。虽然这里曾有过战争的枪声，也曾经弥漫着硝烟，但却仿佛像一朵莲花，依然清新地绽放着。这里没有私利，这里没有污浊，这里没有华丽，只有朴素。一石一草一木都那么纯洁、质朴、自然，没有半点的功利主义的影子与色彩。看到它们，无论是仇怨或是愤恨，都会立刻消散，会使你的心立刻平静下来。你看这山野，你看这水流，你听这风声，无不带着天堂的色彩，带着这一方纯朴百姓世世代代的天性的烂漫、无私和朴素。

我见到了这里纯朴的百姓，他们曾经无私地奉献过，用最淳朴的、无畏的奉献表达了他们最善良最崇高的品质。他们像一瓢清水，滋润着干涸的土地；他们像一把干柴，燃烧着激情的岁月。他们把自己的比生命还珍贵的东西都奉献出来了，在这里，生命并不是最珍贵的。然而他们又像一粒粒石子一样在大地上滚动着，像一株株草木一样枯荣无人知之，像一棵棵青松一样为行人遮着荫凉。"花好有人赏，草好无人栽。"然而，花开几度又落去，草枯几度又青来。这世界上需要鲜花，更需要草木，尤其是那些生命力顽强不需要很多营养的草木，它们才是最有韧性的，才是大地真正的守护神。没有它们，山会滑坡，土会流失。有了它们，气会清新，空会澄明。那些朴素的一岁一枯荣的草木就是他们的化身，那些朴素的顽强的长青的松树就是他们生命的象征。

这里的一切，甚至他们日常用的如磨如碾都是用石头做的。都是那样的传统，那样的朴素。这些石头就是他们生命中的符号，但这么说未免分量轻了一点，其实沂蒙群众就是一块块石头，是国家和民族的基石。

书　名:《海浪花》（一）

作　者:秋　实

责任编辑:严中则　刘慧华

装帧设计:陈汗诚

出　版:香港文汇出版社有限公司
　　　　香港仔田湾海旁道七号兴伟中心 2-4 楼

电　话:2873 8288

发　行:联合新零售（香港）有限公司
　　　　香港新界荃湾德士古道 220-248 号荃湾工业中心 16 楼

电　话:2150 2100

印　刷:美雅印刷制本有限公司
　　　　香港九龙观塘荣业街 6 号海滨工业大厦二期 4 字楼

版　次:2022 年 1 月初版

国际书号:ISBN 978-962-374-716-5

定　价:港币 260 元（一书三册）